有情怀才能走得更远

——谨以此书献给有情怀的人

陈诗良　著

SPM
南方传媒

广东人民出版社

·广州·

图书在版编目（CIP）数据

情怀筑梦 / 陈诗良著. —广州：广东人民出版社，2022.12
ISBN 978-7-218-16292-8

Ⅰ．①情…　Ⅱ．①陈…　Ⅲ．①随笔—作品集—中国—当代
Ⅳ．①I267.1

中国版本图书馆 CIP 数据核字（2022）第 242279 号

QING HUAI ZHU MENG
情 怀 筑 梦

陈诗良　著

出 版 人：肖风华

策划编辑：钟　菱
责任编辑：胡艺超
特邀编辑：李　琳　王舒雨
责任校对：郭怡琳

出版发行：广东人民出版社
地　　址：广州市越秀区大沙头四马路 10 号（邮政编码：510199）
电　　话：（020）85716809（总编室）
传　　真：（020）83289585
网　　址：http://www.gdpph.com
经　　销：全国新华书店
印　　刷：广州市彩源印刷有限公司
　　　　　（广州市黄埔区百合三路 8 号　邮政编码：510700）
开　　本：787mm×1092mm　　1/16
印　　张：15.5　字　数：310 千　　印　数：1—10000
版　　次：2022 年 12 月第 1 版
印　　次：2022 年 12 月第 1 次印刷
定　　价：58.00 元

如发现印装质量问题，影响阅读，请与出版社（020-85716821）联系调换。
售书热线：（020）87716172

融入新故乡　抒写家国情

——《情怀筑梦》序

我与陈诗良既没有"私交"，也没有"公交"，但我对他也并非完全陌生。有缘分，心有灵犀一点通。如今又读到他的新著《情怀筑梦》，对他融入新故乡用笔抒写家国情怀的长期坚守，深感敬佩。值《情怀筑梦》出版之际，欣然为序。

与诗良的缘分来自三方面：我是梅州人，他算半个梅州人；我长期在专业媒体机构工作，他是媒体的挚友；我到过安溪喝过安溪茶之后留下很深的印象，而他是安溪人，我们是安溪茶的爱好者，当然彼此也偏爱嘉应客家茶。诗良虽不是梅州人，但在武警广东省总队梅州市支队服役后，又转业到梅州市税务局，至今已在梅州工作、生活了34年。也就是说，至今已走过的52年生涯中，其大部分时间是在梅州度过的，学会了梅州客家话，并且已在梅州安家生儿育女，其妻子是梅州客家人。他说安溪是他的家乡，梅州是他的第二故乡。所以，称他为我的老乡也合乎情理。2022年"八一"前夕，《南方日报·梅州观察》刊登了诗良的事迹《继续执笔书写"税务蓝"风采》，我细读之后更是加深了对这位老乡的印象。

我对家乡的信息一直非常关注，这不只是因为我是梅州人，而且我还到南方日报梅州记者站从事采访工作达八年之久，调回报社编辑部之后又多次前往梅州采访，对这片热土的人和事有一片深情。诗良是有一定知名度的作家、媒体的通讯员，我自然对他的情况略有所闻。20世纪80年代我调离梅州记者站后，诗良才入伍梅州，据南方日报梅州记者站的记者说，他常到记者站向记者请教新闻的写作方法，很快就与新闻结下了不解之缘。

入伍不到一年，诗良就于 1990 年 2 月 4 日在《嘉应日报》(现《梅州日报》)上发表首篇新闻报道，继而又于这一年的 7 月 21 日在《南方日报》发表了新闻报道。从此一发不可收，至今为止在《人民日报》《解放军报》《人民武警报》《南方日报》《梅州日报》等中央、省、市媒体发表的新闻作品和文艺作品达 4000 多篇，其中新闻作品 3000 多篇。其通讯作品有耐人寻味的故事情节、细腻流畅的描写，不乏精彩篇章。他原本是一个业余写作爱好者，后来在部队负责过新闻报道，并不是专职的。在税务部门虽从事过宣传工作，但给媒体写稿依然不是专职的。所以，从写作爱好者到娴熟的有一定专业水准的作家、媒体通讯员，诗良一直都是兼职的。1990 年至今，平均每年发表逾百篇作品，别说非职业作者，即便是专业人士，也需要具备良好的素养和付出很大的努力。难能可贵的是写作并未妨碍诗良的本职工作，而是通过写作提高了理论水平，强化了分析问题的思路，他的许多报道对推动其就职的单位和行业的工作也发挥了很好的作用。所以，诗良的业余写作与本职工作相得益彰，其曾荣立部队三等功 5 次，多次被评为优秀党员、优秀公务员、优秀税务工作者等，就是一个很好的注脚。不仅如此，诗良的有些作品还介入社会公益事业，如《救救我们的兄弟吧！救救我们的梅州武警老战友吧！》《"梅州"，不哭！》《有你，才有韦奇的生命》等文章，唤起爱心人士助推困境者走出困境。还有《用心谋划梅州建设省际交界地区节点城市发展思路》《扛起"推动红色苏区绿色发展"的责任担当》《解放思想，走好梅州苏区新的"赶考之路"》等理论文章和报道，对促进本地区社会经济的发展产生了良好的影响。

继出版《点点星光》《滴滴心语》《围龙税月》三本书之后，现在诗良又凝聚心血和情怀出版新著《情怀筑梦》，书中道出了他的家国情怀与使命担当。《情怀筑梦》有五个篇章，始终扣住"情怀"这条主线，文章有思想、有见地、接地气。每个篇章都有独特的情怀，既有家国的大爱，也有人间的真情。"赤色情怀"，刻画出他在红色热土里生根、发芽、成长，与家乡的人民血肉相连，用根植农民的情怀，传承红色基因；"本色情怀"，彰显出他的军人本色，用终生军魂的情怀帮助遇难战友，谱写了"天下战友一家亲"的壮丽篇章；"绿色情怀"，绘画出他热爱梅州，以扎根客都的情怀，为梅州红色苏区绿色发展贡献"点滴智慧";"蓝色情怀",展现出他脱下军装换税装,不忘军人本色,用逐梦税务的情怀,讲好一个个"税务蓝"的风采故事;"金色情怀",书写出他的情怀永远在路上,用多彩人生的情怀,善于发现身边的美,投射出他们奉献人生的光环。书中抒发的家国情怀,并非凭空而来,而是经历 17 年军旅生涯、干了 17 年税务工作,并兼职当媒体通讯员,用枪杆子、笔杆子折射出来的高光。用情怀做事,用行动做成事,是一种实实在在的"家国情怀",也是这本书得以顺利出版的驱动力。

品书品人生,品出书中情怀。《情怀筑梦》一书品读之后,深感其充满时代精神和人文情怀。一篇篇文章,写出了满满的情怀,坚毅大气,催人向上;一个个人物,形成了美美的力量,心胸豁达,催人向好;一份份义举,凝聚了正正的能量,温馨纯真,催人向善。

我在网络上看到这样一句话:"乐把他乡作故乡,最是情怀显胸怀。"把这句话送给诗良也是挺合适的。期待诗良再接再厉,无论是在故土还是他乡,都继续坚定"有情怀才能走得更远"的脚步,不忘初心,砥砺前行。也期待他的笔锋越来越犀利,伴随着他的步伐描绘出更多新征程中的美丽篇章。

范以锦

2022 年 10 月 18 日

（序作者为暨南大学新闻与传播学院名誉院长、教授、博士生导师,南方日报社原社长）

目　录

赤色情怀（根植农民）

1

本色情怀（终生军魂）

绿色情怀（扎根客都）

蓝色情怀（逐梦税务）

金色情怀（多彩人生）

附　录

后　记

赤色情怀

（根植农民）

　　我的家乡安溪盛产铁观音，是全国一类革命老区县，被视同为原中央苏区县。我在安溪这一方红色热土里生根、发芽、成长，父母孕育了我，家乡养育了我，国家培育了我，我与家乡的人们结下了深厚的情谊。1989年3月，自从我走出白濑乡下镇村这个素有"大锅底"之称的山旮旯来到梅州之后，家乡就变得遥远，乡愁油然而生。一路走来，我不忘初心，勇毅前行；一路走来，我不忘乡愁，激荡情怀；一路走来，我善行天下，感恩于行。

一场来不及的辞别

　　"你奶奶不行了！"在我光荣参军入伍前一天的傍晚时分，父亲一脸悲哀地走进村部餐厅报丧。

　　这不幸的消息来得太突然了，我和参与聚餐欢送我的亲人、村民都被震惊了。我禁不住泪水奔涌，和母亲、弟弟马上放下筷子走出村部，赶回半山腰的家中看奶奶最后一眼。一人参军，全家光荣。遗憾的是，奶奶没来得及送我就与世长辞。

　　我出生在福建安溪一个茶香水甜的山沟里，从小就梦想当一名合格的军人。1987年，我因体检不合格失去了第一次参军的机会，但我没有放弃，暗下决心：不参军就不娶老婆！1989年春，我如愿以偿地实现了参军梦。参军离开家乡的前一天，我穿上那身橄榄绿军装，来到生病卧床已久的奶奶床前告别。病痛折磨着奶奶，她躺在床上不停地呻吟着，脸色苍白，奄奄一息，几位亲人守护在她的身边。我小声地说："奶奶，我来看您了，我要去很远的地方当兵！"奶奶没有和我说话，呼吸微弱，我脑海里有一个不好的预感。这时，村部的"欢送会"要开始了，亲人都劝我出发，但我与奶奶的感情很深，依依不舍。母亲安慰我道："好了，奶奶没事的。到部队后，不要老是想家。"母亲拉着我走了出来，叫我背上背包，由弟弟陪着，我走出生我养我的老家，父亲则留下来守护奶奶。走在乡间的田埂上，我内心深处不时地呼唤：奶奶，您一定要活着，等我回来！

　　如今传来奶奶去世的消息，我再也抑制不住悲伤的心情。从村部赶回家的路上，几位堂亲用尽全力阻拦我，我拼命地挣扎着，边哭边说："你们不要拦我，让我回家，让我再看奶奶最后一眼吧！"他们也很无奈，说："你奶奶都走了，回去还有什么意义？你走出家门前不是看了吗？那也是尽孝。按咱们农村风俗来说，天黑了，你不要'走回头路'，如果你真回去，那样会影响你当兵的！更何况全村人都在等着你！"

顿时，我从悲痛欲绝中醒悟过来：是啊！再过半小时村部要召开"欢送会"，如果我要赶回家见奶奶最后一面，来回走路的时间很长，那样会耽误开会时间，让全村人等候。我耳边回响起奶奶对我说的话："你当了兵，就要守纪律，不能任性。"于是我擦干眼泪，回到村部大会现场，只能在心里默默祈祷着："奶奶一路走好！"

我们村里一直延续着一个传统，不论谁家的儿子去参军，村里都要为他举行热热闹闹的欢送仪式，播放一场战争题材的电影，几千个村民围在一起，不是坐着就是站着，从头到尾看完那场非常有教育意义的电影。在送别会上，我作为新兵站在主席台上，泪流满面地发表入伍誓言："自古以来，忠孝难两全。刚才，我的奶奶去世，明天，我又要离开家乡去广东当兵。我到部队后，一定刻苦训练，好好当兵，不辜负父老乡亲对我的期望……"我泣不成声，却留下了"保卫祖国"的誓言。家是最小国，国是千万家。

第二天早上，我背着行囊离开生我养我的家乡，踏上了报效祖国的征程。伴随着锣鼓声和鞭炮声，父老乡亲排着长长的队伍，从村头至村尾一路夹道欢送我。

入伍后，我来到山清水秀的梅州当一名武警。在部队，我化悲痛为力量，安心服役，勤学苦练，完成了以执勤和处置突发事件为中心的各项任务。1992年9月，我考上了梦寐以求的军校，从一名士兵成长为一名警官，并加入了中国共产党，多次立功受奖。17个年头的军旅生涯里，我将青春热血献给了国防事业，也从没忘记送别奶奶、离开家乡时的初心和誓言。

（发表于《梅州日报》第4版《家庭》，2022-04-03）

回 家 的 路

　　"梅州至福建永定的高速正式通车啦！"——这鼓舞人心的消息传遍了粤闽两省的人民。这条高速贯通后，开车从梅州到老家福建安溪不用三个小时，大大缩短了与海西区的时空距离，无疑给梅州人插上了腾飞的翅膀，让人们更容易走出山门，走向世界，放飞梦想。

　　20多年来，我盼星星盼月亮，只盼着深山出太阳，只盼着梦想化作现实，只盼着有一天高速公路直通到我的家门口。

　　20岁是个梦一般的季节，1989年我怀着美好的梦想，从安溪一个满是茶田风光的村庄应征入伍。这个春天的上午，阳光明媚，春暖花开。客车载着我们缓缓地驶出县城，行驶在通往厦门那条又窄又弯的公路上，我们一路被颠得像兔子般蹦蹦跳跳，颠颠簸簸地持续了四个多小时。到了厦门，伴随着学生的欢呼声，我们又转乘客轮，在浩瀚的大海上，银白的浪花、澎湃的涛声，欢欣鼓舞地送我们一日又一夜。登上广州黄埔码头，我们在这座美丽繁华的"大都市"进行紧张而有序的分兵后，又马不停蹄地搭上了广州至梅州的客车。客车在蜿蜒曲折的公路上奔驰，高高的山、长长的路、弯弯的坡，我们艰难地翻越了数也数不清的山丘。半路上，我终于承受不了那种长途跋涉的煎熬，头痛欲裂、天旋地转、呕吐不止，心里很难受。熬过了漫长的一夜，直到天快亮时，我们拖着疲惫的身躯终于抵达山清水秀的梅州，当上一名光荣的武警战士。

　　晚上，几个小老乡凑在一起，怎么也高兴不起来。大家心里留下了一道无法抹去的阴影：这次来梅州走了四天三夜，安溪离梅州怎么这么远啊！

　　两年后，我回老家探亲，从早晨6点多出发，乘上那破烂不堪的客车，在通往大埔这条山高险峻、坑坑洼洼的道路上，从一个村庄驶向另一个村庄，从一条河流驶向另一条河流，从一个山谷驶向另一个山谷，直到下午4点多，客车才驶进漳州车站，然而却错过了去安溪的唯一一趟早班车，我只好在这里住下了。第二天，我早早搭上班车，又在那九弯十八拐、崎岖难行的公路上，走过了无数个不知名的村庄、无数座巍峨的大山，才平安地回到老家。

转眼归队的时间到了，我乘车翻山越岭地来到了群山逶迤、千沟万壑的九峰与饶平交界处。这里人烟稀少，十分荒凉。当车上旅客昏昏欲睡时，突然上来了三个鬼鬼祟祟的年轻人。我凭着职业敏感，发觉不妙，但我没有打草惊蛇，用半闭半合的眼光察言观色。不久，他们终于露出狐狸尾巴了。当其中一位年轻人的手慢慢地伸进一名旅客的裤袋正欲行窃时，我大声地喊道："车上有小偷，大家注意啦！"话音刚落，那个小偷火冒三丈地瞪着我说："谁偷东西？"我正义地站了起来，再次提醒同车的旅客。也许是我身上那套神圣而庄严的军装震慑了小偷，他们只好灰溜溜地下车离去。此刻，我一路上的疲惫也被这惊心动魄的一幕冲得无影无踪。

太阳快下山了，客车载着我们平安地回到梅州。晚饭后，我告诉战友，梅州离安溪真的很远很远，没有两天两夜是到不了家门口的。从那时起，每每探亲，面对坎坷不平的山道，几多欢喜，几多惊恐！也就是从那时起，我心中有了个美好的梦想，总是盼望着高速时代的到来，总是盼望着梅州离我家会越来越近。

伴随着梅州吹响"希望在路"的号角，我们盼来了梅州史上第一条高速公路（梅州至揭阳）的建成通车，它打开了山区通往厦漳泉之路，是贯通珠三角的希望之门。

2008年夏天的一个星期天下午两点许，父亲在前往田埂除虫的半路上，突患高血压导致头晕呕吐，昏迷不醒，被立即送往县城医院。接完来电，我心急火燎地驾车风驰电掣般地直奔安溪老家。然而，天有不测风云。当我们过了丰顺快到揭阳时，小车由于水箱缺水导致发动机过热熄火而抛锚在了高速路上。情急之下，我们换了车，走一程高速，摇一段山路，一直摇到凌晨两点多，才走进安溪。这一路、这一夜，整整十二个小时，我难过又担忧，心里一直祈祷父亲平安活着就好。当我来到父亲的病床前时，弟弟告诉我父亲得的是"脑梗",大脑里有淤血迹象。看见患了重病的父亲,我情不自禁地流下眼泪,心中有说不出的千言万语。

三更半夜,我一头伸向故乡宁静的月色,一头伸向心灵深处的渴盼,想家的时候,家怎么离我工作的地方那么远,不知何时何日高速公路能穿过我的家门口,让幻想的梦境衍生出幸福之果。

这一天终于来了!一条条绵延穿梭于安溪的高速公路犹如雨后的春笋般,变得四通八达,条条相通。

梅州至龙岩的高速公路通车啦!我们喜上眉梢。上杭至永安的高速公路通车啦!我们欢呼雀跃。上杭至龙岩的高速公路又通车啦!我们欢天喜地。同安至安溪的高速公路也通车啦!我们欣喜若狂。

近了!近了!离家的路越来越近了!在每条高速公路开通的当天,我在心中一次次"剪彩",体验高速通车的幸福。

最鼓舞人心的时刻到了,安溪人梦想打通龙岩漳平的高速公路正式通车啦!这意味着梅州至安溪实现全程高速。

那天,我们一边谈笑风生,一边欣赏美丽风光,仅用三个小时就平安到达老家。我将这令人振奋的消息发布出去后,写了一篇《高速通了,别走弯路啦!看看示意图有好处》的微信推文,好多人纷纷点赞转发,拥有了"20万+"的浏览量,就连我岳父一家人也为此而喜形于色。2015年大年初二,他带领女儿、女婿们自驾来到了我老家。刚下车,他们称赞道:"这条高速很好走,真方便,一眨眼工夫就到啦!"那天,我带他们参观了清朝名相李光地故居,品尝了家乡小吃;晚上,我们团聚在一起,甭提有多高兴、多幸福啊!

是啊,幸福!自从当兵那天起,我做梦也没有想到这条"幸福高速"真的会直通到我的家门口。如今,高速的发展与变迁让我梦想成真,回家的路近在咫尺,我可以带着妻女,利用周末常回老家看看,看看那家乡的父老乡亲,看看那家乡的青山绿水,看看那家乡的美好生活,一解我永远化不开的乡愁。

(发表于《梅州日报》第7版《梅花》,2014-12-31;《泉州晚报》第14版《城事》,2015-03-09)

最放心不下的是老爸老妈

又到一年中秋节，
独在异乡为异客；
我在梅州这头，
老爸老妈在安溪那头；
举头望明月，
月是故乡明；
我最牵挂的人是老爸老妈，
老爸老妈最放心不下的人是我；
浮云终日行，
游子久不至；
真的想回家，
好好陪陪老爸老妈。

又是一年没回家，
每逢佳节倍思亲；
我在大山这头，
老爸老妈在大山那头；
低头思故乡，
最忆父母情；
我最思念的人是老爸老妈，
最让老爸老妈操尽心的人是我；
夜半思亲情，
情亲见君意；
真的想回家，
好好陪陪老爸老妈。

（发布于"点点星光"公众号，2016-09-15）

父亲眼中的"饭粒"

父亲已是耄耋之年，一天天慢慢地变老了，但他吃饭总是小心翼翼，一口口地嚼，倘若有一粒米饭掉落在桌子上，他都会顺手捡起来，放进嘴里吃下去。

五谷者，万民之命。憨厚老实的父亲出生在战火纷飞的抗日战争年代，一生经历了太多太多的苦难与折磨，过的是饥寒交迫的日子。田是他的命，地是他的根，每天"日出而作，日落而息"，干的是"面朝黄土背朝天"的繁重农活。父母亲生下了子女四人，正好赶上了"文革"，一家六口的生计全都落在父亲一个人身上。父亲种了一辈子的田，靠着一双勤劳的双手，耕作出一颗颗金灿灿的稻谷，把我们几个瘦骨伶仃的孩子抚养成人。

民以食为天，老百姓吃饭大于天。当前，举国上下提倡"粮食节约行动"，这让我情不自禁地想起老父亲捡起掉在桌上的饭粒的情景。

在我童年的记忆里，我家穷得叮当响，一日三餐，喝的是稀饭，啃的是地瓜，饥一顿，饱一顿，日子过得苦不堪言。母亲伸手从米缸里轻轻地抓了一把米，放了一大锅的水，煮出来的稀饭稀得能当一面镜子照着我们的脸。

我们一家六口人吃个稀饭，像"大海捞针"一样，怎么也捞不到几颗饭粒。我经常低头看了看碗里伴有饭粒的稀饭水，照一照自己那张又小又瘦的"苦瓜脸"，心里盼望着过上美好的生活。而我的父亲很少去打捞锅里的饭粒。

我们围坐在一张四方桌边吃饭，吃着吃着，父亲不慎将饭粒掉在桌子上，他赶紧低头用手捡起来放在嘴里吃。父亲一次次"爱粮如命"的行为一直烙在我的脑海里，抹也抹不去。

记忆中小时候第一次掉饭粒时，我不以为意，而父亲却循循善诱："你掉在桌子上的饭粒是粮食，要捡起来吃，不要浪费！"

我好奇地问："阿爸，不就是一粒饭吗？"

"农民种田很辛苦，大汗未干小汗来，掉到桌子上的饭粒，要及时捡起来吃……"父亲苦口婆心地引导我。

顿时，我噘着嘴不情愿地捡起那颗掉在桌子上的饭粒吃了下去。

后来长大了，我终于明白了"一粥一饭，当思来之不易"的道理，我们四个孩子树立了"浪费可耻、节约光荣"的观念。

父亲是个木匠，每当干完农活，都会到左邻右舍打打"木匠零工"。在过去那个年代，我们闽南老家有这样的传统习惯——客人来了，主人都会拿出当地有名的"湖头米粉"。这米粉是用一粒粒大米精制而成的。米粉炒好后，盛在碗里，满满的、尖尖的，像一座小山一样，然后再在上面铺上十多颗炸得香喷喷的花生米，好让客人填饱肚子。

每当父亲出门打工，任凭主人百般劝说，都舍不得吃下那美味的"米粉炒"。他要么婉言谢绝，要么动一动筷子夹几条米粉聊表心意。我印象最深的一次是，我放学后，跑到上屋邻居家玩耍，看到父亲正在吃"湖头米粉"，他拿起筷子动了一下米粉，没想到表面花生米滚落一两粒掉在桌子上，父亲不紧不慢地把它捡起来嚼了嚼吃下去，随后又放下筷子干起活来。在我的脑海里，父亲从来没有把"湖头米粉"全部吃完。

一米粒，一滴情；一颗花生米，一生永不忘。父亲这样小小的一个举动在我心里珍藏了一辈子。前不久，父亲来梅州帮我带"二孩"，我与父亲聊起"吃米粉"的往事，他才语重心长地告诉我："过去，农村人家孩子多，如果把'米粉'吃掉，家里的孩子不就要饿肚子吗？每一条米粉、每一粒花生米都是粮食来的。"

多么朴实的一句话，让我读懂了父亲那颗善良的心、那种朴素的风格。

"我们那个年代的人生活非常艰苦，没得吃，没得穿；可现在，有的人不懂得珍惜。那是粮食，那是'五谷'，那是农民辛辛苦苦的劳动结晶。"说着说着，父亲突然严肃起来，越说越来劲，"农村人养鸡养鸭，吃剩的饭菜可以给鸡鸭吃，可城市不一样，没地方养鸡养鸭，吃剩的饭菜只好全部倒掉，这真的太浪费了！"父亲的一席话，说得我低下了头。在梅州城里，我与父亲相处的日子里，我们有时确实会把吃剩的饭菜倒掉，他看在眼里，却从不对我发火，也从未骂我一声，只是偶尔唠叨几句："你们这样太浪费了！"

一个多月过去了，父亲要回福建安溪老家，临行前，他一而再再而三地提醒我们不要浪费粮食。

节约从每一粒粮食做起，如今，每当看见儿子把饭粒掉在桌子上时，我都会提醒他"把饭粒捡起来吃了，不要浪费"。时刻引导孩子从小做起，从点滴做起，自觉参与"光盘行动"，让这种"粮食节约行动"的精神代代相传下去。

（发表于《梅州日报》第7版《梅花》，2021-12-28）

母亲自制的"五谷粉"

"你把这瓶'五谷粉'带去梅州,吃多了肚子太胀时,用开水冲点喝,就能消胀。"疫情刚暴发那年,我们一家人刚好从梅州回安溪老家过年。过了正月十五,我们整理行装离开家门时,母亲千叮咛万嘱咐。

母亲口中说的"五谷粉",由大约150种不同分量的谷物调配制作而成,是安溪老家流传下来的"秘方",专治肠胃炎或消化不良等症状。母亲回忆,她第一次做"五谷粉",是在我结婚那年。

我出生在安溪一个偏僻的山村里,1989年来到梅州参军。1999年,我与一位贤惠的客家妹结为夫妻后,在老家举办了一场婚宴。在20世纪八九十年代,按闽南风俗,主家请客宴请亲朋好友,一般都要来个三五天的"流水席"。每当办完酒席,为了不浪费,主家会把余留的饭菜,要么给帮忙做事的堂亲,要么给"家门口"一带的邻居。那一年,有一位堂亲媳妇对母亲说:"素妹,余留那么多饭菜,你可以留一些做'五谷粉'啊。"

小时候,母亲见过"五谷粉",但从来没有做过。这位媳妇的好意触动了母亲的念头。于是,她赶紧拿来筷子,夹起酒席上那100多种余留的食物,再加入事先蒸熟的地瓜等一堆"五谷杂粮"。然后,把它们分别放置在几个大大的竹筛上,拿到有太阳的地方连续晒几天。晒干后,母亲再把这些食物放在大锅里,点燃木柴,慢慢地把它们烧熟烧透。在制作过程中,母亲要像照顾小孩一样时刻盯住锅里的食物,掌握好火候,否则一旦烧过火就会前功尽弃。

经过几个小时的烧烤,母亲终于把这些"五谷杂粮"烧成木炭似的硬邦邦、黑乎乎的样子,非常难看。经过一段时间的冷却,母亲再拿来古老的石具,轻轻地磨成粉状。然后,她找来纱布慢慢地进行过滤,一点点摇,摇出了一堆又黑又细的"五谷粉"。最后，她找来玻璃瓶一罐罐地装好。看着自己第一次做成的"五谷粉"，她心里甭提有多高兴，随后她还把一些"五谷粉"送给了那些因长期干农活劳累而胸闷的邻居。

在闽南，许多农村人都懂得，想做成一瓶"五谷粉"，单靠三五种食物是没有效果的，必须要由100多种食物组合而成。遇上堂亲或邻居举办酒席，母亲便会找主家"要回"各种各样的食物，带回家自制"五谷粉"。

随着时代的进步，人们吃的东西越来越多，母亲认为做"五谷粉"要增加一些食物。于是，她掏钱到隔壁小店，买来一些龙虾、香蕉、糖果等食物，与酒席上带回来的食物混在一起，共有150种左右。然后，母亲开始忙碌起来，晒干、烧烤、锤粉……

有一年，我从部队回家探亲，对母亲说："妈，我胸部有点闷闷的，有没有什么秘方可以缓解？"

"当兵人，身体那么好，哪来的胸闷？"母亲看了我一眼，十分好奇地问。

我坦诚地说："一个单身汉，有时在外面应酬，吃饭没有规律，喝酒太多，胸部闷闷的。"

"酒不要喝，胃会喝坏的。"母亲一听到"酒"字，一边开始唠叨起来，一边赶紧从古老的碗柜里拿出"五谷粉"，舀了一汤匙放在碗里，倒进一些温开水，不停地搅拌均匀，再放了几滴白酒后便拿给我喝。果然不出所料，第二天，我的胸部就不那么闷闷的了。

归队前，母亲在我的行李里装上一瓶"五谷粉"，她说："这瓶'五谷粉'，是用两三竹筛的'五谷杂粮'做成的，做这种要花许多功夫，你要好好珍惜。以后酒要少喝，身体要照顾好！"

在农村，许多妇女都会做这种"五谷粉"，但随着时代的变迁，由于程序复杂，越来越多的闽南人不再制作这种"五谷粉"，而母亲却20多年如一日，一直坚持自制"五谷粉"。

董良森是我们村里人，时常来我家与母亲聊天。有一天，他说自己"胸部郁闷"，拍了片没有发现什么病。母亲赶紧从碗柜里取出一瓶"五谷粉"送给他。没想到，过了几天，他果然好了，专程前来答谢母亲，说："您的

'五谷粉'效果不错，我的胸部不闷了。这样，我给您 200 元人工费，您帮我做一瓶。"母亲笑着说："我不是做草药拿去卖的，'五谷粉'送给人家吃可以，但我从来不卖。"

母亲的最大特点就是乐于助人。母亲时常教育我们子女"做人要好心，把'五谷粉'送给有需要的人"。不管谁需要，母亲都会把自制的"五谷粉"毫不吝啬地送给他们。

母亲今年 77 岁了，她语重心长地说："五六年前，我身体还很好，做了很多'五谷粉'。现在人老了，走也走不动，再做这种'五谷粉'就很辛苦、很费劲了。"

每当我"胸郁饱胀"时，我都会从冰箱里取出母亲送给我的那瓶"五谷粉"，冲点开水，加点白酒，喝上小半碗，三五次后，这些症状也就烟消云散了。

（发表于《梅州日报》第 7 版《家庭》，2022-09-17）

军人过节过的是忠诚与坚守

中秋佳节，人们赏月色、吃月饼，阖家团圆。对于军人来说，中秋节过的是忠诚与坚守。

1989 年 3 月，我应征入伍，穿着朴实的军装离开了生我养我的家乡福建安溪，来到了山清水秀的梅州。临行前，我的父母一再叮嘱："到部队后，不要老是想家，要吃苦耐劳，保卫国家……"我一个劲儿地点头。

新兵连的训练结束后，我被分配到驻梅江区小花园的武警三中队，担负着梅州监狱的看押任务。监狱内的犯人大部分是重刑犯，而中队武警少，执勤岗位多，每个新兵每天都要站一至两班岗。我在这里的哨楼上度过了军营里第一个中秋节和国庆节，最难以忘怀的就是中秋节那天的"凌晨站岗"。

"起床！放哨！"领班武警来到床头把我从睡梦中叫醒，我赶紧起床，穿好军装，头顶庄严的国徽，手握钢枪，与几位一起执勤的战友，在领班员的带领下，一步步地走上各自的执勤岗位。由于我们站岗的时间恰巧是凌晨 0~2 点，是人最困、最疲乏的时候，但一种责任感和使命感让我的脑海里没有任何杂念，也不敢有丝毫松懈，时刻保持高度的警惕，一双锐利的眼睛不时地来回巡视围墙警戒线，心中总是提醒自己：一定不要让犯人在我的眼皮底下逃跑。两个小时过去了，我始终做到"站岗一分钟，警惕六十秒"，绷紧"安全弦"，专心致志履行好了职责，确保了执勤目标（指监狱）的安全。此时，圆圆的月亮高高挂在天空。我与接班哨兵交接后，在领班员的带领下，又披星戴月半个小时返回部队营区休息。中秋之夜，我给远在千里之外的父母写了一封情真意切的"家书"：

爸，妈，今天是中秋节，在这特殊的日子里，我站好了第一班岗，我感到开心与自豪。一家不圆，万家圆。我一定会好好当兵，为国奉献！

在万家团圆的欢庆日子里，我们每个军人必须牺牲自己与家人团聚的时间，放弃"小家"，心系国家。这也是军人过中秋节的与众不同之处。

1994 年 7 月，我从军校毕业，回到担负着处置突发事件任务的武警梅州市支队机动中队任排长。那一年的中秋节，由于带兵很忙，我也顾不上回老家过节，加上父母住在乡下，老家没有电话，我根本无法听到父母的声音。于是，我提前半个月写了一封家书，并到邮局寄了 300 元给父母，以表思念之情。中秋那天晚上，我全身心投入军营中，与战士们一起赏月吃饼，促膝谈心，冲淡他们在节日里的"乡愁"。十天后，我们又迎来了普天同庆的国庆节。然而，"双节"刚过，任务就来了。10 月 7 日，梅县某公司因环境污染问题引发闹事事件，一些不法分子煽动群众砸工厂。8 日上午，支队接到命令后，组织 100 多名武警官兵前往处置。在现场，我带领一个排的兵力，以警棍和盾牌顶住不法分子的石头、汽水瓶等杂物，并将不法分子绳之以法。事态得到制止后，我又奉命驻扎在这家公司一个月。在这段时间，我们坚持文明执勤、依法执勤，确保了厂区安全，受到市领导的充分肯定。

"一家不圆，哪来万家团圆？""部队是我家，有国才有家。"这些励志警句在我心中已留下深深的烙印。我当兵 17 年，从来没有回老家过上一个中秋节，而是在神圣而平凡的岗位上，忠诚国家，坚守使命。我曾经参加过梅江河拦河堵坝、抗洪抢险、扑救山火、抓捕犯罪分子等急难险重任务，多次立功受奖。我的父母以我为荣，总是激励我做个优秀军人。

2005 年底，我转业至梅州地方工作。由于平时回老家看望父母的次数多了，与父母通电话、微信视频聊天的次数也多了，便较少专程回老家陪父母过"中秋"。

岁月如梭，一晃离开家乡 30 多年了，父亲已是耄耋之年，母亲已过古稀之年。回忆起自己的军旅生涯，当年父母嘱咐我要保家卫国的话语依旧在耳边回荡。月是故乡明，我心里头始终放心不下老爸老妈，曾经写诗抒发思念之情：

又到一年中秋节，独在异乡为异客；我在梅州这头，老爸老妈在安溪

那头；举头望明月，月是故乡明；我最牵挂的人是老爸老妈，老爸老妈最
放心不下的人是我……

　　如今，中秋、国庆"双节"的日子到了，天上的明月圆了，我回老家
的脚步更近了，我与老爸老妈的心更近了！

　　　　（发表于《梅州日报》第 7 版《家庭》，2020-10-01）

母亲伟大，就是生你不容易

我哭了，我哭了，我一次次地哭了！

我流下的是焦急的眼泪、感动的眼泪、幸福的眼泪。

2017年3月6日，是我一生中最开心最幸福的一天，让我更加深深读懂了什么叫女人、什么叫母亲。

17年来，做爸爸的幸福！

第一次当上爸爸后至今已经整整17年了，随着时间的推移，当年妻子生孩子时的痛苦我几乎淡忘得差不多了；但脑海里至今还清晰地记得她非常的坚强。那天她从凌晨一直痛到晚上，透过产房的玻璃传来早已失去母爱的妻子痛苦的喊叫声："妈，妈，妈……"

当时才29岁的我，还是个年轻的小伙子，虽然是个血气方刚的军人，但遇到妻子生小孩这种情况真的束手无策，只能紧张得眼睁睁地看着妻子的痛苦不知如何是好，只有在心里默默地为妻子与孩子祈祷：平安就好！

17年来，我们拥有了一个健康可爱的小孩，拥有了一个幸福美满的家庭！

再生一个孩子，不论男孩还是女孩！

2016年，国家放开二孩政策，我和妻子想要个"二宝"，而此时我已临知天命，妻子也迈入了不惑之年。我们一直犹豫：生还是不生？经过慎重考虑，我们决定再生一个孩子，不论男孩还是女孩。

可对于高龄产妇来说，十月怀胎是一个艰难的过程。妻子怀孕早期身体反应很大，恶心、呕吐、厌食、腰酸、乏力……到了中后期，又出现恼人的尿频、血糖偏高，妻子总是要承受着常人难以想象的苦与累！

紧张！紧张！从来没有过的紧张！

很快，到了妻子的预产期，我也进入了"一级战备"状态，随时待命。

妻子分娩那天，我小心翼翼地扶着妻子，急急忙忙地将她送到了医院。眼看妻子走路缓慢、紧张的样子，我的心怦怦地跳了起来。随后，妻子躺在产检室的病床上，脸色变得越来越苍白，肚子隐隐作痛。我赶紧用纸巾擦了擦她的泪水、汗水、反酸水。两包纸巾全用完了，妻子依然痛苦地坚持着……

男人有泪不轻弹，当年我在部队时，出生入死都不怕；可是此时妻子分娩如上战场，痛苦得撕心裂肺，我这个大男人却慌了手脚，禁不住流下了焦急的眼泪。我的心脏快要蹦到嗓子眼了，我只好紧紧地握着妻子的手。此刻，我心里能够感受到她身上一阵阵难忍的疼痛。

紧张！紧张！从来没有过的紧张！在紧要关头，我担心妻子与孩子的生命安全。

屏住呼吸，一次次在心里呼唤着！

三个小时过去了，从产检室到产房，妻子疼痛得死去活来，我默默地护送着坚强挺住的妻子，眼睛又一次湿润了。

在医生把妻子推进产房的那一刻，看到妻子痛不欲生的样子，我情不自禁地半趴在她的身上，哽咽地连说两声："老婆，我爱你！你一定要坚强！老婆，我爱你！你一定要坚强！"说完，我转身走出了产房，静静地在产房门口守候着又一次"幸福时刻"的到来！

然而，我的心跳却加速得无法抑制，只能在产房门口不停地踱步。有时我会推开产房门缝，偷偷地望一望躺在手术台上的妻子。护士看到我紧张的样子，劝了劝我："你不要那么紧张，过一会孩子就出生了！"尽管如此，我依然感觉到呼吸急促得难以控制。于是，我屏住呼吸，一次次在心里呼唤：老婆平安！孩子平安！我在外面等你们出来！

等等，再等等……五个小时过去了！

时间一分一秒地过去，我在产房门口焦急地等着、等着……而产房里，一会儿传来妻子一阵阵痛苦的呻吟声，一会儿又变得寂静无声……

五个小时过去了，我终于忍不住了，赶紧打电话给远在福建安溪老家的母亲。我紧张得泣不成声地说："妈，她进产房好久了，小孩到现在还没生出来，不知道怎么办。""你不要紧张，生孩子就是这样的，母亲生你的时候也是这样。从晚上痛到第二天早上，天快亮的时候，才把你生下来！等等，再等等……"母亲的一席话，我哽咽得说不出话来。

时间过得如此之慢，一种焦急的心绪涌上心头，我不断地看着手机上的时间，总是在祈祷着"二宝"早日降临和妻子平安顺产！

"恭喜你做爸爸了！母子平安！"

六个多小时过去了，"咿咿，呀呀，哇哇……"尽管产房隔着两层厚厚的不锈钢铁门，但从里面传出了婴儿的哭声，那时，我才渐渐地露出微笑。

"恭喜你做爸爸了！母子平安！"护士走出来告诉我这个消息后，此时我无法抑制的紧张心情，终于像一块大石头般平安落地，脸上才真正露出喜悦的笑容。

过了一会儿，当我从护士手中接过刚刚降临的小生命时，静静地看着孩子，用我的心贴着他的心，轻轻地抱着孩子，喜不自禁。这可是上帝赐予我的"鸡年大礼"。

再后来，护士通知我进产房，看到妻子躺在手术台上的那一刻，我赶紧快步走了过去，亲了亲她的额头，不停地流下感动的热泪："老婆，你辛苦了！老婆，我爱你！"随后，我将准备好的一束鲜花送到她的面前。

此时此刻，一种幸福的暖流涌上了心头。

每一位母亲都很伟大

回想紧张而幸福的一天，我更加深刻地读懂天下所有的女人、所有的母亲。

做母亲难，难能可贵的是十月怀胎，肚子里怀的是一个新的生命，苦累并幸福着！

每个人都有母亲，母亲都很伟大！

（发表于《梅州日报》第4版《家庭》，2017-04-09）

这是你的儿子还是孙子？

国家二孩政策放开后，我到快"奔五"的时候才拥有了一位与大女儿相隔17岁的"二宝"。在幸福的路上，不时会遇到人问："这是你的儿子还是孙子？"嗯，这是个尴尬的话题。

一

那天晚上，我与妻子带着5岁的儿子来到电脑城一家手机店检查平板电脑的摄像头。我没有在意三位服务员窃窃私语说了些什么，但总感觉到他们的眼睛在打量着我们一家三口，其中左边的服务员不经意间抛出了一句："看样子就是他的孙子！"

"不像啊，你没听到刚才小男孩叫她妈妈吗？"中间那位服务员看了一下我的妻子，发出疑问。接着，她又一边检查平板摄像头，一边笑了笑问我："老板，是不是二胎？"

我淡然一笑："你们说儿子就是儿子，你们说孙子就是孙子！"

这时服务员显得有点不知所措，又一次目不转睛地打量我。那天晚上下小雨，出门时我穿了一身运动休闲服，两鬓的白发还真不少——近在咫尺的服务员当然能把我这位"老同志"看得一清二楚。我故意把儿子叫到身边，和声细语地问儿子："你叫我爸爸，还是叫我爷爷？"

儿子看了看我，又瞧了瞧服务员，默不作声。也许他心里疑惑：你不是我爸爸吗？怎么叫爷爷呢？

我蹲下去逗他："快，叫一声爷爷！"

儿子像小鸟一样依偎在我的身上。不管我怎么甜言蜜语哄他，他还是难以启齿叫"爷爷"。过了一会儿，他铿锵有力地叫了声："爸爸！"

此时此刻，三位服务员笑得合不拢嘴。左边那位服务员难为情地说："二孩政策放开后，好多年纪大的人都生了二胎。真的看不懂、摸不透。"

二

还别说，儿子刚出生那会儿，我始料未及地遇到"这是你的儿子还是孙子"这个尴尬问题时，确实难堪，心中的不悦表露无遗。

记得第一次带儿子回老家福建安溪，我和妻子在安溪县城一家儿童服装店给儿子买些衣服。一位二十出头的小姑娘热情地向我妻子介绍各种款式，妻子慢条斯理地挑选着，我也抱着几个月的儿子边逛边挑。

"老板，你孙子比较适合穿这件衣服。"小姑娘从架上取出一件款式独特的儿童服心直口快地说。

那是我第一次听到"孙子"二字，心里顿时不是滋味，脸一下子红到了脖子。还好，我的情绪在低头看怀里睡得香喷喷的儿子那一刹那得到缓解：管她叫什么，反正你就是我的儿子，不是我的孙子！

三

后来，"这是你的儿子还是孙子"在生活交往中时不时地飘进耳朵，从起初的尴尬到现在的自然，从原来的"十分在意"到如今的"从容应对"，我逐渐接纳人们的好奇，并且以平静的心态反观其意。

有一个周末，我陪儿子在小区玩得不亦乐乎，一位五六十岁的阿姨骑着摩托车突然在我身边停下，小心翼翼、笑眯眯地小声问道："阿叔，这是你的儿子还是孙子？"

"孙子！"我直截了当地跟阿姨开了个玩笑，看看她有什么反应。

"不对！你那么年轻，应该不是你的孙子！"听得出阿姨的意思——我从相貌上看还算年轻，只是年纪偏大。我调侃阿姨，可任凭我怎么讲，她还是不相信，我只好实话实说了："阿姨，我刚才跟你说笑的，他是我的儿子！我确实正年轻啊！哈哈！"

四

而对于"是我的儿子还是孙子"这个问题，我得重视儿子的认知心理。有一次，带儿子在剑英公园玩，路过一处小食摊，儿子吵嚷着要买肉丸吃。"老板，我要肉丸！"儿子迫不及待地指了指锅里滚烫滚烫的肉丸。"不行！不能每次都买！"我与妻子不赞同。

当我们与儿子相互扯皮时，老板娘蓦然飘来一句："小朋友，不要闹了。买不买，要问过你爷爷。"

说者无意，听者有心。如今更需要的是守护好儿子的心理健康，可不要因为垂涎于肉丸被误导了。于是我赶紧买了3元肉丸，递到他面前，提高嗓门问他："我是你爸爸还是你爷爷？"

"爸爸！"儿子有肉丸吃可高兴了，一边吃一边用稚嫩的声音对我说。呵呵，那我就放心了。

如今，儿子一天天长大了，我们每天都充满着快乐与幸福。每当有人问我"这是你的儿子还是孙子"时，儿子的脸上都会带着微笑甜甜地叫我一声："爸——爸！"

儿子的一声声"爸爸"，总是叫得我心里暖乎乎的。开心的那一刻，我把别人的话早抛到九霄云外了，在自己的脸上画下一个个"高兴表情包"。

（发表于《梅州日报》第7版《家庭》，2021-11-20）

好"妈妈"胜似父母

小学毕业后，我考上了离老家 20 多公里远的学校安溪三中，这里是清朝一代名相李光地的家乡。我走出大山来到这里求学，举目无亲，而老同学的妈妈待我如同亲儿子般疼爱，让我终生难忘。

好同学，一人一碗

"骆鹏飞的母亲去世了！"2021 年 12 月 20 日，当我听到黄清海同学传来"迟到"消息后，在悲伤难过之余，我心中不禁涌起对这位伟大妈妈的怀念之情。

在读初中时，我认识了同班同学骆鹏飞。有个周末，我受邀去他家做客，得知他父亲骆镇东在仙荣电厂上班；母亲黄金年是个又高又美的"惠安女"，少言寡语，善良热情；下有两个可爱的小妹妹。不一会儿，黄妈妈端给我一碗点心，笑眯眯地说："我们家就鹏飞一个男孩，你们俩是好同学，一人一碗。"在那个贫穷的年代，能吃上一碗点心，那是一件极其幸福的事。

后来，我时常到他家过周末，黄妈妈待我像亲儿子一样，每次给他儿子做"好料"时，总有我的一份，要么吃鸡蛋粉，要么喝瘦肉汤，我的心里美滋滋的。

初中毕业后，他考上安溪一中，大学毕业后，他去慈山财经学校工作，而我却背井离乡到梅州当兵。从此，我们失去了联系，但我们之间的思念之情绵绵不绝。一天晚上，我应邀参加了战友李农生的婚礼，他说："你有个同学叫骆鹏飞，在我们学校当老师，他经常提起你，想见你。"

就这样，我们重新拾回"中学记忆"。我趁回老家探亲之机，穿着橄榄绿的军装，来到安溪北石专程拜访他的父母。转业后，我还邀请两位老人到乡下走走，尽管黄妈妈由于晕车未能如愿，但他父亲却有着说不出的开心。

如今黄妈妈已离开人世半年多，但他儿子还在朋友圈留言怀念母亲："夜色依旧，只是伊人已然不在……善良的她，在美丽的天堂慈祥地看着我们。我们永远想念她！"

这里就是你的家

我是一名寄宿生，学校的寄宿生活充满酸甜苦辣、喜怒哀乐，但我很荣幸遇上了初中同班同学李保国，他开朗健谈，对我很好，十分欣赏我的幽默。有个周末，他走到我面前，眉开眼笑地说："诗良，这是我叔叔宿舍的钥匙，你有需要的话可以去他房间里面读书；但不能带同学进去玩，不然他会骂我的。"

他的叔叔叫李文彬，是我的数学老师，为人很好，书教得更好。我要是周末没回老家，会一个人静静地在他宿舍里读书，享受一种"老师待遇"。

这待遇只是其中一种，最高级别的"待遇"莫过于李保国的妈妈对我这个"大山儿子"的疼爱。有一天，李保国骑着单车载我到他家过周末。我认识了他一家六口人，父亲李仁贵是一名退役军人，在家门口开了个加工厂；母亲陈秀凤勤劳贤惠，待人热情。由于他们家生活条件较好，经常会做一些鸡、鸭、排骨之类的滋补汤。一天，陈妈妈打好一碗汤端给我，我有点难为情，陈妈妈笑着说："你跟我儿子那么好，这里就是你的家！好好在这里吃住。"听了后我心里暖乎乎的。

后来，李保国当兵去了，我也应征入伍。有一年春节，我携妻子看望陈妈妈时，热泪盈眶地说："我读书时，您很疼我，像父母一样，我一辈子记在心上！"

滴水之恩，铭刻心间。几十年，我多次邀请李保国、叶泉生同学组织父母"梅州游"，但叶泉生的父亲叶民耀少出门，母亲石丽华会晕车，以至从未离开过家乡。2015年10月2日，我们相约组织三家父母"周边国庆游"，为下次"梅州游"试探老人家的出行能力。第二天,我们陪着父母看一看大田茶天下景区,逛一逛永春一都名镇,走一走大美乡村美岭,几位老人边走边赞叹,回忆起他们当年"卖地瓜苗""烧木炭""走路一都"的经历,个个心旷神怡。

有心栽花花就开,你若盛开,蝴蝶自来。2015 年 11 月 7 日,李保国和叶泉生同学怀着感恩父母之心,带上七八十岁的父母,开车行程 300 多公里来到梅州。两天时间,我全程陪他们游叶帅故居,看客家博物馆,走"客天下",吃客家菜,住高级宾馆。四位老人第一次游梅州,心里乐开了花。叶泉生的父母走进五星酒店房间,这摸摸,那看看,一个晚上怎么也睡不着,第二天还对儿子夸赞道:"诗良对老人很好!这是我们一生住上最好的酒店,你有这样的好同学,我们为你高兴!"每次回老家过年,几位老人都会情不自禁地说起梅州的故事,一种怡然自得的心情永远留在梅州。

你就是他的好兄弟

路漫漫其修远兮,吾将上下而求索。在求学时代,我跟同学们情同手足,一起寄宿的叶财生、陈景山、黄清海、何庆祥等同学,都会把每周带来的"猪肉炒萝卜干""萝卜干拌花生仁"之类的"菜脯"分享给我,尤其是李全福同学家里的大米,我吃掉不少。

读高中时,李全福经常邀请我去他家一起读书、过夜。第二天起床后,我们便在他家喝些稀饭再骑车上学。李全福一家七口人,上有一个姐姐,下有三个妹妹,父亲李清溪在家门口经营大米生意,一个人支撑着全家人的生计。而稀饭则是闽南人的"生计之粮",我吃多一碗,他们就得吃少一碗。久而久之,我去的次数多了,吃掉他家的大米也就不少,每当我感到过意不去时,他妈妈苏参总会安慰我:"我们家只有全福这个儿子,你就是他的好兄弟!"

李全福的妈妈就是这样一个人,慈祥大方,笑容满面,她非常疼爱我、信任我。有一天,她难以为颜地说:"我小女儿脚受伤了,你辛苦一下,每天载她到学校读书。"我当场立下"军令状",毫不犹豫地说:"阿姨,放心,我在你们家吃了那么多的稀饭，这是我应该做的，包在我身上！"我高兴地接下这个光荣的任务，像照顾自己的妹妹一样，连续半个多月，小心翼翼骑着单车，开心载她到学校，安全送她到家中。

高中毕业后，李全福考上警校，当上一名警察。我当兵服役，成为一名武警，我们俩一直保持着难舍难分的"亲密关系"。每年回家探亲，我总忘不了看看他的父母，苏妈妈总会开心地逗我："这个诗良，下镇人，很有人情味！"

来我们家，当成自己的家

说起人情，我还得再讲这样一位没齿难忘的好妈妈。

1989 年入伍前，我和同学许建财相约来到学校办理团籍随迁手续，李炬艺同学骑着单车载我一起去。中午时分，李炬艺的妈妈陈秀香以礼相待，热情好客，煮好一大砂锅的米粉瘦肉汤，我们大快朵颐，吃了一碗又一碗。小时候，我的母亲教育过我，走亲访友时，吃饭时不要吃个精光。眼看"沙锅"里的米粉汤所剩无几时，陈妈妈喜形于色地说："你们跟我儿子是好同学，来我们家，当成自己的家，不要客气，把剩下的米粉吃掉！"说完，建财的哥哥拿起勺子不停地在砂锅里捞粉，把那一条条长短不一的米粉，打捞得一干二净。突然，"啪"的一声，砂锅裂成了两半。此情此景，我们三个人羞愧得不知如何是好。没想到，这位慈祥的陈妈妈笑哈哈地说："没关系，砂锅本身就要坏了，旧的不去，新的不来！不要把这件小事放在心上。"一句包容的话语，瞬间打破了尴尬的场面。

如今 33 年过去了，在我难忘的六年中学的坎坷岁月中，一位位好"妈妈"就像我的父母一样，在我的心灵深处，留下了一个个刻骨铭心的记忆。我一辈子都不会忘记他们。虽然他们不是我的父母，但胜似我的父母！

（发表于《梅州日报》第 7 版《世相》，2022-12-11）

好邻居，像亲人一样

20 世纪 80 年代，郑金凤家在山脚下，我家在半山腰上，成为上下屋的邻居。

20 世纪 90 年代，福建安溪县下镇村建设"新农村"，我们几家人把房子建在村道两对面，成为"家门口"的好邻居。

几十年来，我们的心不变、情未老，不是亲人胜似亲人，相互善待，相互帮忙，走过了一春又一春。

好夫妻手拉手"共渡难关"

一听到"郑金凤"这名字，你就会联想到"金凤凰"。20 岁那年，她从安溪县剑斗镇朝碧村这个山沟沟里，"飞"到了号称"大锅底"的安溪县白濑乡下镇村，与憨厚老实的陈珠玉结为夫妻。

夫妻俩靠着一双勤劳的双手，白手起家，慢慢致富。耕田是他们的命根子，夫妻俩一年到头在田野上春耕、秋收，天气晴朗时，他们被晒得脱了一层又一层的皮；恰逢雨季时，他们穿着水鞋、挑着秧苗到远方的山地种田。郑金凤动情地说："我们的骨头会长肉，只要勤劳，不怕没有钱。"

夫妻俩赚的钱除了养家糊口外，几乎是囊中羞涩，但眼看邻居家盖起了新房子，金凤与丈夫商量说："别人都在建新房，我们再辛苦也要建几间。"说起来简单做起来难。在 20 世纪 80 年代初，在农村想要建个房可以说是艰难曲折，从挖地基到运土方，从砌墙基到打土墙，从上大梁到盖瓦片，需要众多人工。如果承包给他人来做，多则上千元，少则七八百元，这一笔钱对她家来说，简直是个天文数字。

怎么办？夫妻俩下定决心同甘共苦，白天头顶太阳挖，晚上披星戴月掘，一锄头一锄头地挖，一扁担一扁担地挑。一个半月后，他们终于把一个小山坡挖成一块可以建五间房子的平土地。

在"破土动工"的当天晚上，一件件头疼的事令他们夫妻俩翻来覆去，睡也睡不着，心想：泥水工、木匠师的工钱从哪里来？还有每天的猪肉哪来的钱买？好的邻居总是会得到他人的帮助。于是，他们东借西凑，要么跟亲戚借一点，要么向邻居凑一点。与下镇隔壁的永春桂地有个卖肉人，得知她家建房子，三天两头从十多公里外的地方，走路来到她家以"赊账"的方式供应猪肉给他们。一年半后，他们高兴地拥有了自己的家。

这个家才住八年，下镇村于1989年在"村中心"规划了一个新农村，刚还清债务的金凤家又拿出一点积蓄，加上向几位乡亲借的钱，盖起了水泥框架结构的"三层半楼"。在她家的影响下，我们好多邻居也在她家周围盖起了新房，成了她的"家门口"邻居。

好邻居心连心 "守望相助"

在我们村里，有一所学校叫白濑附中。1987年7月，我高考落榜后，在学校任代课老师，而我家却在学校对面的半山腰上，学校与我家大约距离一公里多。每日三餐，我都要在两地间来回走路，回一趟家，有两条小路可走，其中一条就是金凤"家门口"那条又窄又小的路。最开心的是，每次从学校回家，下一个坡，走一段平路，再经过她家，歇歇脚、喝杯茶、蹭个饭，最后再一口气爬完又陡又峭的山路，回到自己家。

1988年底的一天，因为一件事被冤枉，我跳进黄河洗不清，每天都在一片指责声、冤枉声、训斥声中度过，就连我的母亲也不分青红皂白认定是我，一见到我就不停地训、反复地骂，有时我还会偷偷地流眼泪。

在我焦虑痛苦的时候，有一天中午，我从学校回家路过金凤家门口时，她热情招呼我坐一会儿，并询问事件的来龙去脉。我十分委屈地说："有人冤枉我，我不知道怎么办，心里不好受。现在连我妈也不相信，有时不想回家。"

"不想回家，就在这里吃。你不要难过，事情总有一天会浮出水面的。你教你的书，不要受影响。如果我看到你妈，我跟她聊聊。"那天，金凤一边盛了碗稀饭端到我面前，一边安慰我说。吃了稀饭，我又回到学校教书。

过了几天，我妈回家路过金凤家旁边那座小石桥时，她赶紧招呼我妈到家里喝口水，然后拉起了家常，她苦口婆心地说："别人冤枉你儿子，怎么连你也冤枉他，那种冤枉的事到底是不是真相，你也不知道。你儿子是个教书人，肯定懂得这些道理。有没有他自己知道！"

谈着谈着，我妈却以"听到儿子被人家冤枉，我很生气、没面子"为由置之不理。然而，金凤却动之以情、晓之以理，以心交心地说："他是你的亲生骨肉，父母是他的依靠，你要安慰他、关心他、鼓励他。急水不流山。他虽然大学没有考上，但他的将来的去向还没定，万一逼他走投无路想不开了，那你不是白白养了个儿子，白白让他读书。"精诚所至，金石为开。听了金凤的一席话，我妈醒悟了过来，变了一个人似的，再也没有训斥过我。

半年后，我报名应征入伍，就在入伍前三天，那件"冤枉"之事终于水落石出。原来，有个人偷了一位老人家的杉木被现场抓获，还振振有词地说："我还怕你这个老人，他们'那件事'是我举报的，还赚了500元。你有本事去举报！"在我妈的要求下，这位老人站出来主持公道，还了我清白。之后，我妈来到金凤家感激地说："你是个好邻居，当时我一时糊涂，好在你当时及时提醒，我才清醒了过来，那天回去后再也没骂我儿子，不然后果很难想象。"

拨开云雾见青天，守得云开见月明。也许是上天的安排，在我当兵入伍前半年遇到这样的大挫折是我人生的一个大教训。回想起来，在我刚踏出社会第一步时，虽然遇到了这样不是滋味的事，但却让我更加读懂"故天将降大任于是人也，必先苦其心志，劳其筋骨，饿其体肤……"这句话的内涵。

1989年三月初三上午，我离开家乡来到梅州当兵，从此，走上了报效祖国的从军之路。

好邻居肩并肩 "和睦相处"

金凤今年 73 岁，是个心地善良的人，热情大方，人缘好，度量大；她的丈夫是个憨厚老实的人，有情有义，成天笑哈哈，很好相处。

我们认识几十年，从山脚下搬到半山腰，再从半山腰搬到"村中心"。后来，他们去了泉州，而我来了梅州。无论搬到哪里，金凤一家人总是那样的热情，一直善待我和我的邻居。

在 20 世纪七八十年代时，农民口袋没钱，但粮食还是比较充裕的，米粉、面线从来没有间断过。每到夜幕降临，左邻右舍的人会去她家喝茶聊天，到了 10 点左右，她会先煮好一大锅热乎乎的地瓜粉配米粉或面线，让我们填填肚子。

由于我家生活条件非常艰苦，在代课期间，我每天都要在学校与家的两头走五六趟田埂路，过的是"吃饱下山、空腹上山"的生活。然而，每次经过她家时，我总是喜欢到她那里坐坐，吃上一碗金凤做的"地瓜粉"。

1989 年 3 月，我选择了当兵。在部队，我时常给父老乡亲写信，金凤自然是我的收信人之一，每每看到我的信，他们都非常高兴。不识字的她只要收到我的信，都会请有文化的人这看看、那念念。

家是装满思念的地方。1991 年，我第一年回老家探亲时，金凤远远就看到我穿着军装，在她家对面的那座"石过尾"山头走了过来，她边跑边爬，我在远远的地方听到她的喊叫声："素妹，你儿子回来了！你儿子回来了！"我妈三步并作两步从半山坡跑向山脚下，接过我的行李。见到父母和一个个好邻居的刹那，我激动得流下了眼泪。

在我们那个年代，大家都喜欢当兵，非常崇拜军人。第二天，我到金凤家做客，并鼓励她家小儿子："矮弟，你要好好读书，到时候我送一顶军帽给你戴。"一有空，我便借部单车载着他，一路行驶在村部至待御潭的乡村公路上，小弟弟高兴得活蹦乱跳。

在探亲期间，我几乎每天都会到她家，她时常告诉我们一些做人、做事的道理，她说："做人要热情好客，胸怀要宽，不要嫉妒别人。如果嫉妒别人而自己不去努力，那肯定心里会不平衡，日子就不好过。别人对我们好，我们对他要更好；别人对我们不好，我们也一样对他好，因为问心无愧。"几十年过去了，我至今对这些话记忆犹新。

后来，我当上干部，回家探亲的次数少了。金凤的几个儿子到了泉州发展，全家人在泉州都有自己的新家。金凤只有过年过节时才回一趟老家。每次一坐下来，她都会语重心长地对我说："人的一生遇到的困难与挫折多了，自然就懂事了；现在你到了一定的年龄，做人做事一定要更加谨慎！'东西要常新，做人要长久'，时间久了，才知道哪个是好人哪个是坏人。"

好的家风才能培养出好的孩子。他们夫妻俩一生含辛茹苦，把三个孩子抚养成人，孩子们也从小便懂得人情世故。金凤回忆说，有人经常到她家聊天，有时客人没烟抽了，她会赶紧叫她家六七岁的小儿子走到一公里外的地方买包烟。如今乖巧的小儿子已成家立业，依然是谁叫他帮忙，他都非常乐意去做。

由于梅州与泉州相隔太远，金凤时常与我视频通话，一小时或半小时是常有的事。前不久，她还回忆起当年我说过的话，笑眯眯地模仿道："金凤，我年轻时家庭困难，跟你们吃了不少饭，度过了艰苦的生活；等你们老的时候，我要买房跟你们挨在一起，让你们开心安度晚年。"

酒越久越醇，情越久越深。33年过去了，我在梅州这头，他们在泉州那头，但我们似乎有着说不完的话，隔不断的情，永远像亲人一样亲。

家乡，乡愁，乡情

家乡是我们生长的根，家乡是我们记忆的魂。

在福建省安溪县离白濑乡政府驻地北偏西 5.7 公里处，有一个山水秀丽、景色宜人的地方——下镇村，这里距一代名相李光地的家乡湖头镇 12 公里。

1989 年 3 月，我怀着报效祖国的梦想，来到了山清水秀的广东梅州，这一来，就离开家乡整整 33 年。每每回忆家乡的往事，那家乡的草木、家乡的变迁、家乡的故事，总是在我的脑海里回荡。

在这里，有 200 多年历史、闻名遐迩的"辇轿"。在这里，有经历几个朝代变迁的"12345"古遗址，即"一桥二墓三岩四宫五寨"。"一桥"是指古石桥；"二墓"是指天子墓、古墓；"三岩"是指莲花岩、九凤岩、福星岩；"四宫"是指盘古宫、大盘宫、九龙宫、仰高轩宫；"五寨"是指大人寨、牛头寨、飞凤寨、店前寨和上寨。在这里，有第五批国家级非物质文化遗产代表性项目代表性传承人陈练创建的"霞苑南音社"。在这里，还有那神奇的自然景观"双猴迎宾""石人床""百年枫树"，等等。

历史的变迁，变不了家乡

据民间传说记载，在元朝时，有一位传奇的风水堪舆师路过此地，站在山上俯瞰，只见四面环山，景色如画，好一派风光旖旎，使人陶醉。由于山下的村庄犹如一座美丽的小城镇，他便顺口称之为"下镇"，之后一直沿用至今。清末，此地南音盛行，亦称"霞苑"，这块古老的石碑至今保存完好无损。

我们从历史的记载和老前辈流传下来的典故来看，始祖来此定居时，由于这个村庄坐落在一个大大的"锅底"里，通往外面的世界仅有几条羊肠小道，这里的村民过着"日出而作，日落而息"的农耕生活。早晨起来，那美丽的朝霞，绚丽多彩，让人向往美好生活；傍晚时分，灿烂的晚霞，漫天飞舞，让人追求美好梦想。因此取名"霞苑"。后来由于这里山清水秀，民风淳朴，各姓氏祖先纷纷至此繁衍生息，人丁兴旺，改称"霞镇"。后取"霞"与"下"的近音为"下镇"。

那么，下镇有什么历史呢？明清时期，下镇属常乐里，民国时属长坑区，中华人民共和国成立后先后属清溪区、湖头区、湖头公社，1965 年 12 月，改属白濑林场下镇大队，1984 年 8 月，属白濑乡下镇村。早期，辖下洋中、过溪、墘尾、内宅、待御潭、上寨、岭兜 7 个自然村。而下镇村委会则设在洋中，1989 年实行"改旧村建新村规划"，在下镇中心位置新建 A 字形新街，俗称上街和下街，构成了一个"琵琶"形状的美丽家乡。

家乡的名字从霞苑到霞镇，再从霞镇到下镇，经历了历史的变迁，但变不了的是家乡的那些山、那些水、那些人、那些情。我和外出的家乡人，直到现在心中还是改变不了对家乡的思念，忘不了家乡的味道和家乡的回忆。

公路的变迁　变不了乡愁

回忆家乡的变迁，总有太多的故事；回忆家乡的公路，总有太多的情愫。

在我的童年里，父母亲时常牵着我的手，走在乡间小路上，不管怎么走，也走不出家乡上下几个小村落。从村部出发，向北走一公里多路处有一个小寨，就是"上寨"村落，寨上约有 200 平方米平地，今尚残留寨墙、瓦片；然后，从上寨村落继续向北走，又有一个小村落，叫"待御潭"。传说，宋朝时有一名御史欲路过该地，乡人聚集在村尾一小潭边恭迎，后御史不经该地，久等的乡人纷纷散去，该地就称"待御潭"。还有一个地方，因地处梅花岭下，故称"岭兜"，这个村落与上寨、待御潭方向相反，离村部大约一公里之远。

古时候，人们都是靠步行到乡邻一带走亲访友、从商就业。长大后，我偶尔会陪着父母走走亲戚，才发现村里的人们与外界打交道的方式，除了安溪通往永春的一年才路过几部车的"白濑公路"，只能在三条通往外界的山路中选择一条路翻山越岭步行。其中有一条是下镇村前往永春县方向的公路；另一条是途经岭兜村落前往湖头、安溪县城方向的山路；还有一条就是途经风景胜地"莲花岩"前往寨坂、剑斗等乡村之路。

"世上本没有路，走的人多了，也就成了路。"村里人走得最多的路，就是途经岭兜村落前往湖头镇的那条路，有 20 多公里的崎岖山路。湖头是四面八方的村民赶集之地，下镇村祖祖辈辈的人们赴圩时最常走的就是这条路。

小学毕业后，我考上了地处湖头镇的安溪县第三中学。那时，我才十多岁，我们几个求学的同学，每到周末，都会三三两两结伴从老家出发，走一段田间小路，爬一段大山坡，休息片刻，再走一段公路，然后爬下一个小山坡，来到美溪"溪后渡"，从这里渡船十分钟到湖头溪的对面，最后再走一公里多路，才来到学校求学。六年中学时光，我和同学们翻过了一座座高山，走过了数也数不清的山路。记得 1989 年我当兵前的一个晚上，下镇村民兵营营长陈南通带我披星戴月到白濑乡政府立下"军令状"去当兵，走的也是这些崎岖山路。直到 1991 年，我从部队回到老家探亲，走的还是那条又长又弯的山路。

于是，这条路成了我们村里通往外界乡镇的"希望之路"。由于交通不便、信息闭塞，只有期待那些出门打工、在外工作、外地当兵的人回到家乡，才能带回鲜为人知的新闻。

人还是那些人，路还是那条路。乡亲们知道"困难，困难，困在家里就难；出路，出路，走出去就有路"。要想富，先修路。只有打通"水尾公路"，才是下镇村民唯一的出路。为了造福子孙后代，下镇人下定决心发扬"愚公移山"精神，举全村之力，开挖一条从村口直达"湖剑公路"的路。

就这样，20 世纪 90 年代中期，下镇人早出晚归"逢山开路"，披星戴月"遇水架桥"，用了两年多时间，硬是把一座座山头移走，一堆堆泥土运走，在山脚下挖掘出了一条单车道——3 公里长的"阳光之路"。

开通公路的第一年，是我与妻子结婚的那一年。1999 年 1 月 16 日晚上，我高兴地载着"广东新娘"来到下镇村门口，由于公路的路基铺满了石头，我们的车只能缓缓地驾驶在"小石尖"上。一路上，我不时地看向身边的未婚妻的表情，心中总有一些顾虑，担心她会后悔嫁给我，但她没有任何怨言。半个小时后，我们从村口回到了家门口。

第三天，亲朋好友见证了我们的婚礼。遗憾的是老天爷下了几天的小雨，前来参加婚礼的外地战友陈昭阳、李永发、李农生、许建财等，在回家的路上，从半山腰一路打滑到山脚下，一身西装革履沾满了泥泞。随后，他们还提心吊胆地开个摩托车行驶在"小石尖"的公路上，稍不小心就会摔倒在地。

家乡的路成了我乡愁的桥梁。后来，村两委号召全村人捐款扩宽公路，我也捐了5000元，在热心人士的支持下，村里的老百姓自筹自扩公路。时隔不久，村道从下街一直扩宽至"水尾中桥"。再后来，在上级政府的关心支持下，公路变得越来越宽，越来越美。

君自家乡来，应知家乡事。如今几十年过去了，我时常想起余光中那首诗《乡愁》，牵挂着家乡人，惦记着家乡事，思念故乡，记住乡情，可谓是"故乡今夜思千里，霜鬓明朝又一年"。

生活的变迁　变不了乡情

下镇是生我养我的地方，区域面积9平方公里，盆地面积2平方公里，四面高山环抱。全村共有29个村民小组，1100多户，近5000人口中有陈、董、李、周、吴等10多个姓氏，分布在下镇各个村落。

在这个美丽的家乡，我度过了快乐的童年。自从当兵离开家乡后的33年来，每每回到家乡，看到那一张张熟悉的面孔招呼我喝茶，我都能叫得出他们的名字或乳名；每每回到家乡，看到家乡人们对美好生活的向往，我都会勾起往事的回忆。

早在20世纪70年代中后期，农民生活非常艰苦，一日三餐吃的大多是稀饭、地瓜等粗茶淡饭，过的是"饱一餐饥两餐"的贫苦生活，住的是土坯瓦片房子，穿的是新三年，旧三年，缝缝补补又三年的旧衣服。在我读小学的时候，农民集体干活要实行"工分制"，每到暑假，我都会跟着父亲来到田间地头，主动参加生产队的集体劳动，割稻谷、赚工分、分粮食。第一天，要登记工分时，有人问："诗良这么小怎么算工分啊？"我坦率地说："我年龄小，但我没有偷懒，割稻谷速度好快啊。"一句话逗得大家笑了起来，最终算了半个大人的工分给我。

进入改革开放初期，我们村一直非常落后，直到1989年实行"改旧村、建新村"规划，在下镇自然村新建A字形新街，俗称上街和下街，部分农民在"村街"两边建起了新房。随着思想的解放，村两委举全村之力，开通了"水尾公路"，连接着湖剑公路，走向外面的世界。

路通财通，村里的年轻人一个个走出山门，敢于"吃螃蟹"，敢啃"硬骨头"，到市场"大浪淘沙"。陈东豪（原名陈鹏良）就是其中的一个，1992年，他来到厦门打工，后辗转石狮帮老板卖日杂百货。打了几年工后，他决心独自创业，并于1996年办起了床上用品的小工厂，由于经营不好，工厂倒闭，血本无归。失败是成功之母。经过几年的磨炼，2000年，他再次创业，创办了泉州富贵兰家纺有限公司，产品销往全国各地，还在江苏办起分厂，企业越做越好。同年，16岁的董丽凤身带5元，离开家乡来到厦门创业，办起了"懂茶人"茶业店。后来还带领三个弟妹一起做生意，一步步打拼过来，让更多人喝上家乡好茶，成为"厦门市最受欢迎十大茶庄"之一。

就这样，一个、两个……一个个有胆识的年轻人，走出高高的大山，走向经济发达地区，有的吃苦打工，有的创业办厂，有的打拼生意……几年后，越来越多的年轻人赚了钱，回到家乡盖起新房子，把下镇建设成一个"琵琶"形的美丽乡村，农民的生活也发生了天翻地覆的变化，农民过上了幸福生活。

随着时间的变迁，转眼进入了21世纪，安溪经济发生了日新月异的变化，下镇的村民纷纷离开家乡，来到县城，打拼做生意。大部分家乡人赚了钱，在县城买起了套房，搬到城里，住上新家，日子越过越红火。

日子再红火也不能忘记根在哪里。我和我的家乡人一样，离家越远，思念越浓，心中总会有一种"悠悠思故乡，浓浓忆乡愁，满满寄乡情"的不变情怀。

家乡的"南音"走向世界

　　有一天，我从短视频软件里看到，在素有"南音之乡"的福建省安溪县白濑乡下镇村 96 岁老人陈队家里，一位 76 岁老人陈木吹着洞箫，另一位 69 岁老人陈金炉弹着琵琶，三位老人不亦乐乎，一起弹唱"南音"《当天下纸》，使这"千年古乐"的歌声飘到乡亲们的心坎上。

　　听到这悠扬的"南音"，我想起了小时候伯父陈连成手揣一把琵琶，一个人在家门口弹唱"南曲"的情景。后来，安溪县派人到村里特招两名"南音"人才，由于我伯父是地主的儿子，就泡汤了；而庵边陈练却被选中，安排在银行、供销社等部门工作，他八十年如一日传承着南音，直至如今成为国家级非遗传承人。

　　南音又称"南曲""南管""弦管"等，是中国现存最古老的乐种之一；用闽南语演唱，是中国历史悠久的汉族音乐。2006 年，经国务院批准列入第一批国家级非物质文化遗产名录；2009 年，南音（泉州弦管）正式被联合国教科文组织列入人类非物质文化遗产代表作名录。

　　那么，下镇人从什么时候开始就与"南音"有着历史渊源？一个村的"南音"是怎样一步步走向世界的？

　　据史册记载，从明清时期到民国初年，在人口不足千人的下镇村就有弦管十馆，每馆学员 8 ~ 16 人。古时候，村里没有创办学堂，人们就会三五成群结伴来到地处庵边仰高轩学堂的曲馆，学南音、学唱曲、学文化。故此，"南音"早期在这个村就已经非常盛行。

　　随着历史的变迁，"南音"也早在 20 世纪 40 年代，由于八社铜锣庙"关帝"要到素有"小泉州"之称的湖头镇"请火"，各社必须到一代名相李光地故居问房大厝敬位礼拜，并组织南音水平高低人员进行比试"拼馆"。霞山社（现下镇村）不甘示弱，在众多南音爱好者中，推选了陈练、陈府、陈连成、陈却4名孩子，并聘请永春弦管名师林庶烟，利用劳作之余向孩子们系统传授弦管艺术。1947年和1948年正月，湖头镇问房大厝奉祀"关帝公"点灯并开展整弦排场，霞山社弦馆那精湛的弦馆技艺博得了"拼馆"人员的心悦诚服。就这样，霞山社弦馆和林庶烟名师从此扬名乡里乡亲。

为传承优秀文化遗产，1980年后，下镇村成立了由46名成员组成的"霞苑南音社"（后更名为下镇婚育新风南音社）。在林庶烟老师的耐心传授下，先后培养了3批学员50多人。

后来，从1991年起，下镇学校在安溪县乃至整个泉州市的农村学校，首创开设南音兴趣组。爱好"南音"的周文卿老师从2004年开始，就把"南音"列为学校的工作计划，并开设每周一课的南音课，创建了学校的办学特色。陈练、陈金炉、陈木兰等南音老师手把手地教，让学生们从小就感知南音、爱好南音、传唱南音。这个学校的优秀学生也从此走出乡村，进泉州、到福州，参加省市举办的各类中小学生南音比赛，并捧回一个个大奖。学校曾荣获"南音教学先进奖"。下镇村也因"南音"而受外界关注，并被誉为"南音村"。一个个南音爱好者成为"南音薪火传承者"。

2022年，90岁的陈练一生痴迷南音，自幼学习南音，10岁由陈绍良先生启蒙，12岁师承永春弦管名师林庶烟先生，一辈子都在传承弘扬南音精神。他20世纪40年代开始学习南音；60年代末，就整编出《弦管套曲》《泉州南音泉州弦管指谱全集》等南音书籍；80年代起，开始常年开设南音班，免费授徒逾千人，遍布海内外；1992—2009年，他整理出《弦管套曲》四卷1200首，被列入安溪文化丛书；2010年，他整编《泉州指谱全集》指套50套、谱套19套，并校编《南音系统套曲》《南音艺术》等书稿；近几年来，他还指导排练整弦排场，抢救濒危文化遗产……功夫不负有心人，陈练入选第五批国家级非物质文化遗产南音传承人，成为茶乡南音艺术代表性人物。

几十年来，陈练不忘初心，以老带新，让优秀传统文化活起来、唱起来，培养出诸多南音爱好者，有些学生已成为"南音界"的骨干力量，一代代新人把南音传承下去。安溪县南音研究会副会长陈国伟就是一个典型的代表,他 18 岁就走上了"南音"之路,这一走就走了 20 多年,从未间断过,从未放弃过,参加了各种重大庆典活动和省、市南音大赛并获奖,成为远近闻名的"南音名人"。

在一个个南音先辈的影响和带动下,下镇学校也培养出很多南音人才,他们成为南音的传承人。泉州师范学院泉州南音学校陈振梅讲师,在下镇小学读四年级时,就爱上了南音,多次参加中小学南音演唱比赛获奖。2007年考入泉州师范学院艺术学院本科专业,并获学士学位;2012 年考入泉州师范学院音乐与舞蹈学院(南音学院)硕士专业,并获硕士学位,留校任教。安溪霞苑南音社传习所副主任陈燕娥读小学四年级开始学习南音,2019年考入泉州师范学院音乐与舞蹈学院(南音学院),在校期间参加学院举办的"音舞杯"比赛获团体一等奖、南音演唱单项个人三等奖,一直走在传播"南音"的路上。

安溪是铁观音的家乡,安溪人立足茶乡特色,坚持把古典高雅的南音与芳香四溢的铁观音完美结合起来,每年都要举办铁观音茶王大赛,助力乡村振兴。同时,他们还把南音作为交流外界文化的乡音,让南音走向世界。

"饮一杯铁观音,唱一曲南音,古曲内飘茶香,茶水中有曲韵……"2011 年 7 月 24 日,来自中国、马来西亚、新加坡等 8 个国家 39 支队伍的南音音乐家,在马来西亚吉隆坡参加"国际南音大汇演"。"下镇南音社"以一曲自编自导的《南音共铁观音》,赢得在场 1500 多名"南音人士"赞不绝口。

袅袅南音,茶韵飘香。"南音"是中国音乐史上的活化石,不仅在泉州一带闽南语系地区薪火相传,还在我国台湾省、港澳地区和东南亚等地传唱远播。而"下镇南音社"那种别开生面的南音风格,从此走出山门,面向世界。下镇村也被誉为"南音之乡"里的"南音村"。

千万只萤火虫的光照亮了人间

"每条捐款爱心的长龙，都诠释了中国人'一方有难，八方支援'的精神。每一分钱，都凝聚了我们的牵挂与祝福，那是我们的同胞之情。我突然明白了一句话：萤火虫的光虽然微弱，但千万只萤火虫的光就可以照亮世界。"有一位叫"孤单寂寞的我"的网友为陈阳春捐款后留言。

陈阳春是谁？为什么要向他捐款？话还得从头说起。

同宗同根同条心

陈阳春是福建省安溪县白濑乡下镇村庵边人，3 岁失去父亲，39 岁失去母亲，一个大姐早已出嫁，在 5 个兄弟中，他排行第四，一个大哥早已成立了家庭，其余四个兄弟，一个已失踪 37 年，一个送给人家，他是最小的弟弟，听力残疾。

"陈阳春于 2017 年 3 月 15 日，不幸发生意外事故。住进安溪铭选医院 ICU 重症室后，被诊断为胸部出血，腿部粉碎性骨折，血胸。治疗需大量医疗费用，但由于他非常贫穷，根本无法负担医疗费与手术费，恳请堂亲们帮帮他！"他的亲人陈金福在庵边堂亲群发出捐款倡议。

一人有难，众人相帮。陈阳春的灾难牵动了他的亲人及堂亲们的心。堂亲们一边组织力量帮忙，一边在"轻松筹"审核通过之前，在庵边微信群里倡议捐款，充分体现宗族"团结互助"的精神，凝聚爱心力量。堂亲们伸出了救援之手，喊出了"同宗同根庵边人，你心我心一条心"的心声！大家团结互助，你一百，我五十，踊跃捐款。庵边陈氏及附近乡村热心人士共捐款约两万元，帮助他渡过了第一大难关，让他有了第一笔"救命钱"。

"他是一个家庭支离破碎的苦命人，是一个穷得叮当响的残疾人！他是个低保户，很穷，根本没有收入，这次发生了车祸，正在安溪铭选医院治疗，要很多费用，这个贫穷的家根本负担不起，请大家帮帮他吧！"侄媳妇苏红梅说。

有一位堂亲说："他的家庭非常的穷！平常没有经济来源，从我懂事以来，就知道他家是艰苦的家庭。他是我的堂亲，也是我的邻居，平时的生活就很拮据。最近发生了车祸，真的很可怜，巨额医药费是个大难题，希望大家一起帮忙，助他渡过难关。"

就连他的养女也发自肺腑地说："在我感到前所未有的无助、恐惧的时候，堂哥堂嫂们的陪护，堂亲们的自发捐款，'轻松筹'爱心人士的支持，让我养父有了第一笔可以安心治疗的费用。"

一方有难众人帮

屋漏偏逢连夜雨，船迟又遇打头风。陈阳春是一位苦命人，贫穷、残疾、车祸……一项项压得他喘不过气来。

如今，灾难又降临到陈阳春身上，他每天面临着高昂的手术费用及沉重的医疗费用，而他根本没有这个经济实力来承受这沉重的担子。我们作为堂亲非常为他忧虑。

2017年3月20日，我发起了"抢救躺在安溪医院ICU重症室5天的残疾人"的"轻松筹"后，还发布了《52岁未婚+贫困+残疾+车祸=安溪苦命人！》《这个下镇人，一定要救活他！》《是福建人都会这样做，一方有难八方支援！》等七篇文章。这些文章在安溪及社会上引起了一定的反响，社会各界爱心人士纷纷伸出温暖的双手，点燃一盏盏心灯，照亮了这个低保户！

梅州市福建商会创会会长周振华说，是福建人都会这样做，一方有难八方支援，也彰显福建人乐善好施的高尚品德和互助互爱的精神！

福建南安郭玉琛女士说，俗话说"天有不测风云，人有旦夕祸福"，但是病魔无情人有情，生命如此可贵，人生只有一次。"众人拾柴火焰高"，能力不分大小，捐款不分多少，善举不分先后，贵在有份爱心。

经过几天发动，全国热心人士献出了一份份爱心，我们收到"轻松筹"转来的爱心款共 51989 元。

政府关爱弘美德

就算有了这笔小小的善款，也不一定救得了患者陈阳春的性命，离他需要的大约 15 万元的医疗费差距太大了。由于生命垂危，陈阳春自从住进安溪铭选医院后，就一直在 ICU 重症室，一天又一天，可这一躺整整躺了6 天。是生是死？养女恐惧，亲人担心，堂亲们忧虑，一颗颗善良的心牵挂着他，希望从死神手中夺回他的性命。

"陈阳春所在的福建省安溪县白濑乡党委书记谢志锋、乡长蒋金促得知后十分重视，多次过问此事；乡党委副书记苏志钦代表乡党委政府，到亲属家里慰问，传达了乡党委政府的问候，并给予 2000 元的救济补助。"下镇村支委陈光义在电话中说。

陈光义还介绍，陈阳春由于智力低下、耳聋、未婚，2015 年度被评定为国家标准贫困户，平时生活仅靠政府下发的低保金来维持。如今他不幸在湖头三安桥发生车祸，致身体多处骨折、血胸，生命垂危，需要的医药费用巨大，希望社会各界爱心人士支持这位落难的低保户。

只要人人都献出一点爱，世界将变成美好的人间。陈阳春终于从死神中夺回自己的性命！他的养女写了一封感谢信，信中说："感恩你们伸出的仁爱之手，让我养父增添了战胜病魔的勇气和力量！感恩你们伸出的关爱之手，让我们看到了充满生机与活力的未来！感恩你们伸出的真爱之手，让我们体验到了和谐社会里大家庭的温暖与牵挂！"

（发布于"点点星光"公众号，2017-03-21）

送我当兵的老书记

"送你去当兵的龚书记今天过世了！"2022年7月2日早晨9时，战友陈昭阳传来这一突如其来的噩耗，顿时，一种悲伤之情涌上了我的心头。

陈昭阳提及的龚书记叫龚金玉，是20世纪80年代末的安溪县白濑乡党委书记，今年84岁，由于在家不小心摔倒在地，这一摔就住进了医院，六天后，他再也没有醒过来，永远地离开了我们。

他虽然走了，但他的精神永远留在我们的心中。1989年3月，高中毕业后，我怀着报效祖国的忠心应征入伍。入伍前一天傍晚，我的奶奶因病不幸离开了人世，我悲痛欲绝。自古以来"忠孝难两全"。第二天早上，我背上行囊，离开家乡，踏上了参军的征程，走了十多公里的山路，才来到了白濑乡政府。

当天晚上，乡政府设宴欢送我和战友许建财。我们刚坐上餐桌，龚书记马上夹起鸡翅膀放在我的碗里，意味深长地说："诗良，这个翅膀给你吃，明天从我们乡走出去后，祝你展翅高飞。"接着，他又夹起一个鸡大腿给我的战友许建财，亲切地说："建财，你也一样，走出了这个大山沟，到部队后要好好报效祖国。"

晚饭后，我来到了龚书记办公室，他一边泡茶，一边安慰我、鼓励我，跟我谈理想、谈人生、谈军事。"你知道'二王'的故事吗？"龚书记忽然问我。龚书记说的"二王"，我在早期读书时就略知一二。"二王"即"东北二王"，指王宗坊、王宗玮兄弟二人，是1983年公安部在全国通缉追捕的持枪杀人犯，他们制造了当时震惊全国的大案"东北二人特大杀人案"，是新中国第一起全国性质的大案。1983年9月13日，"二王"在江西广昌县被发现。1983年9月18日，在当地军警的配合下，"二王"被击毙。

龚书记一下子问及的"二王"，让我不知所措。他接着问："假如你去执行这项任务，你会怎么办？"由于没有了解"二王"的背景，我不假思索好奇地问："他们的功夫这么厉害，能不能不击毙他们？把他们活活捉下来！"龚书记语重心长地说："作为一名军人，你要服从命令，不得有任何私心杂念，组织下令击毙就要坚决完成任务！"龚书记的一席话激励着我，我暗下决心：服从命令，好好当兵，不辜负家乡父老乡亲的期望！

就这样，我离开了家乡，来到了山清水秀的梅州。入伍后，我一直好好干：1992 年，我考上了武警广州指挥学校；毕业后，当上了警官，这一干就是整整 17 年；转业后，我在税务局又干了 17 年。

在这 33 年里，我和战友许建财一直想念着这位可亲可敬的龚书记，后来，我们通过许多方式寻找他，但始终杳无音信。直到 2021 年 12 月 11 日晚上，在陈昭阳战友的牵线下，龚书记与许建财一起出现在我的微信视频里，我激动得热泪盈眶："老书记，我们找您找得好苦啊。我当兵的时候，您夹了一个鸡翅膀给我吃，跟我讲了'二王'的故事，我到现在还记得。"

在视频里，我还答应龚书记在 2022 年春节回老家探亲时，一定会专程拜访他，还要送他我的《点点星光》《滴滴心语》《围龙税月》三本已出版的书，作为一份非同寻常的礼物。然而，由于受疫情影响，我没有回老家过年，未能如愿以偿地登门看望他。

一星期前，陈昭阳来电告诉我，龚书记不慎摔倒住院，我叫他代为转达自己的问候："老书记，您一定要好好养伤，在广东当兵的诗良下次回家探亲时，还会来看您！"

然而，令我意想不到的是，龚书记就这样悄悄地走了……他这一走，成了我终生的遗憾！

（发表于《梅州日报》第 7 版《世相》，2022-07-10）

一杯好茶，一生情

有人问，铁观音的香气是怎么来的？是不是添加了香精？其实这是耸人听闻。铁观音的香气是从管好茶山、采摘好茶开始，到晒青、摇青、晾青、杀青、包揉、烘干等 10 多道程序，才能做出一杯好茶。

【故事一】

铁观音要靠天吃饭

安溪下镇这位满头白发的茶农陈腾海做了一辈子的茶叶，从 20 多岁就开始学会做茶叶，61 岁的他依然是以茶叶为业，他说："农民种茶就是要靠天吃饭。如果是遇到大雨天，叫天天不应，叫地地不灵，茶农就惨了，赚不到钱。"

好气候才能长出好茶叶。陈腾海手指向蓝蓝的天说："茶农采摘铁观音时，气候要好，只有遇到一阵雨，一阵太阳，那样茶叶才能发芽！如果长期出太阳不下雨，茶田就会干旱，干旱就没有水分，茶叶就很难生长。就像一个人长期不喝水就会口干一样难受。如果长期下雨不出太阳，水分过多，茶叶的根部容易腐烂，就生长不起来！就比如我们那双脚长期泡水也会起泡，会烂掉！"

好气候才能采摘好茶叶。陈腾海说，茶叶一般分春茶、夏茶、秋茶和冬茶。好的茶叶都集中在春茶和秋茶。春茶在五一前后十天左右采摘，秋茶在寒露前后十天左右采摘。如果遇上了天天下雨，就错过了采摘季节，茶叶就会变粗变硬。

好气候才能制作好茶叶。陈腾海边做茶边说，我们采摘回来的茶叶，需要放在空调房里面保持一定的温度，才能慢慢地发酵。万一遇到第二天下雨，或者连续几天下雨，那也做不出好茶。因为室外下雨，室内湿气太重，不能保持一定的温度，发酵不起来。

他接着说，茶农做秋茶时，如果遇到北风，茶叶比较容易发酵，制作出来的茶叶就比较好；如果没有遇到北风，同样是发酵，制作出来的茶叶就不是很好。

"安溪的茶农都是靠天吃饭。如果气候好的话，我一年可以采摘五六千斤茶青，制作成成品茶叶后大约是一千斤。"陈腾海边挑茶梗边说，"至于茶叶的价格就不等，一斤少则几十块钱，多则几百块。收成好的时候，我一年收入就有几万元，生活就会好过点；如果天气不好，收入就少了很多，生活就没那么好过。"

从茶农陈腾海的心里话可以看出，茶农期盼每年制茶期间都有好的气候，这样才有好的铁观音，才有好的收益，才有好的生活！

【故事二】

做好铁观音要先管理好茶山

有一天，我来到莲花岩，看到从小与我一起长大的茶农陈平飞正在茶园石头缝一带松土，我走上前好奇地问："铁观音怎么种植在石头缝里呢？"

"石头缝隙的铁观音韵味不一样。石头缝里或石头旁边水分充足，含有一定的矿物质，在这些地方种出来的铁观音韵味尤其不同，口感甚好，香气独特。"由于受爷爷和父亲的影响，陈平飞对铁观音情有独钟，经过长期观察后，他发现了这一特点。

安溪红黄土地适合种植铁观音。陈平飞介绍说，织好布要有好的纱，好茶也出在好地方。好茶要有好的土壤、环境、气候以及管理等。种植铁观音与种植红茶、白茶不一样，铁观音的生长对土壤、海拔、降水、温度等天然的地理环境和气候条件有更高的要求。比如说，安溪的土壤与外地的土壤特别不一样，安溪有着富含化学微量元素的红黄土壤，非常适合种植铁观音。

松土是一门"硬功夫"。陈平飞说，茶农管理茶叶要非常用心、细心，茶叶一年的采摘期共有四季，茶园一年四季都要松土，保证茶叶能吸收水分，松土后还会斩断一些老根，长出一些新根，新根更有生命力，这样长出的茶叶才有新味道。

"茶农空闲时还要对茶园进行'浅翻土'和除草，有利于土壤吸收水分。每年对土壤还要进行人工'深翻土'，一般在秋茶采完后，也就是到了冬季，要进行'深翻土'，即把上面的泥土挖掉，填上新的泥土。这才能更好地促进铁观音生长。"陈平飞热情地介绍，"尤其是第二年，经过一番'深翻土'，长出来的茶叶比较柔软，叶片比较肥厚。"

"修剪茶叶就像女人美容一样。"陈平飞是个幽默的年轻人，他继续介绍说，"茶农每季度采摘完铁观音后，要进行修剪，将老的枝节、枝叶全部剪掉，让它发出新芽，并将茶面剪平，这样生长出来的新芽才不会参差不齐。剪平后的茶叶在生长出来时，受到阳光的照射及云雾、雨露的滋润，茶才会均匀形成'三叶一心'。"

陈平飞心系茶山，意志坚强，怀着对铁观音的热爱与执着，用心在石头山上耕耘他的茶山，闯出自己的一片天地。

【故事三】

骑车翻山越岭载茶青

陈清良是一位有着近 20 年制茶经验的茶农，他说，茶农到茶山上干的是苦活累活。茶农采摘好茶青后，装进茶袋里，每个大袋大约 100 斤。如果茶青不及时载回家炒青，时间长了就会脱水变干成"死青"，于是，茶农务必每三个小时到山上的茶园载一次茶青。由于茶叶生长在大山里、高山上，弯多路陡，陈清良只好骑着摩托车将一大袋茶青装在摩托车后座上，用绳子绑好，开启油门，慢慢地走在五六十厘米宽的红土路上，他一会儿上坡，一会儿下坡，靠的是自己的车技。有时上坡路特别陡，造成摩托车"后重前轻"，整部车往后翘到天上去，有时连人带车翻落到几米外的茶田里，非常危险。遇到下雨时，陈清良把摩托车放在山脚下，自己爬到山上把整袋茶青扛下来。他回忆说："我小儿子出生后没多久，我把小孩背在身后，骑着摩托车上山载茶青是常有的事。谈起做茶叶的事，故事很多，吃过的苦非常多，没办法，为了生活，只有打拼！"

【故事四】

晒青摇青晾青直到清香味出来

陈国清 23 岁那年，从安溪湖头水泥厂辞职回到家乡种茶、做茶，他深有感触地说："制作出一些好茶叶，主要还是靠晒青、摇青和晾青这三道程序，做好了就能达到'事半功倍'的效果。"

晒青晒出清香味。陈国清介绍说，从茶山上采摘下来的茶青，首先要进行晒青。如果有太阳的话，大约需要晒八分钟，茶叶才可以柔软下来；如果遇上阴天，需要通过自然风或风扇吹向茶青半小时以上，直到茶叶的青叶柔软下来。陈国清用粗糙的手拿起两枝茶青对比柔软度，他说："左边那枝茶青是挺直的，而右边那枝茶青达到'消水'的水准，已慢慢柔软'低下了头'。"

摇青摇出清香味。陈国清将晒青后的鲜叶，一袋袋地抬上三楼，而后开始第一遍的摇青，大约摇 2~3 分钟。在摇青过程中，他要不断地看茶青有没有"走水"，要用鼻子闻有没有清香味，一直摇到清香味出来。

晾青晾出清香味。晾青是晒青的补充工序。陈国清将 2~3 斤的鲜叶放入筎篱（笘箩）中，用手使劲地左右摇滚 2~3 分钟，将茶青摇到分布均匀，而后晾于青架上。接着,茶农将摇滚好的茶青放在专门用于制茶的空调房,空调温度一般保持在18～20摄氏度,使鲜叶中的各个部位水分蒸发出来。晾青时间大约为2小时,使茶叶达到发酵效果。

"制作铁观音要反复'摇青+晾青'。在空调房放置两小时后,茶青虽然发酵到柔软,但这样制作茶叶工序还不够,还要反复'摇青+晾青'两遍以上。"陈国清刚说完,就将晾青后的茶青进行第二遍摇青,时间大约5分钟,而后再将茶青拿到空调房,发酵大约两个半小时。最后,陈国清还要进行第三遍的摇青和晾青,直到茶青散发出兰花香,这样才能制作出"正味"的铁观音。

【故事五】

杀青"杀出一条财路来"

"一般情况下,茶农杀青时,要将茶青放入用煤气燃烧的自动温控杀青机,一锅最多放入3斤茶青,当然也可以多一点,杀青时设定温度为300摄氏度。"当我们走进安溪下镇村陈福气家里时,他正在忙着杀青,他一边用手摸了摸锅里的茶青,一边笑着说:"杀青就是要对茶叶进行加温炒熟,就像我们炒菜一样,要将菜炒熟。在杀青过程中,温度会慢慢自动上升,保持在300摄氏度进行反复杀青。"

随后,陈福气介绍了正常杀青出现的温度变化情况,当茶农倒出第一锅茶青后、放入第二锅茶青前,在短短几秒钟内,锅内温度一时会下降至270～280摄氏度,当茶农将第二锅茶青放入锅内时,这时的杀青机温度会上升至300摄氏度,这样经过反复杀青,直到杀成"熟青"为止。

"茶农从杀青机倒出一锅茶青后,要用茶巾包好,再人工进行反复打沫。所谓打沫,就是炒青出来的茶青会有'红边'。必须通过人工打沫,将茶青发酵时的'红边'用力甩掉。"他边做边说,"如果不将茶青中的'红边'打碎,制作出来的茶叶泡出的茶水会呈现红色,苦涩味,不好喝;

如果打掉了'红边'，制作出来的茶叶，泡出来的茶水是清色的。"

人工打沫后，还不能算完成整个杀青过程。陈福气将茶叶倒入大大的"竹筛"里，用手不断地反复让茶沫翻腾，再一次地过滤茶沫。他告诉我们，茶农这样用心做出来的茶叶，口感会更甘、更纯、更好，茶水会更清澈。

【故事六】

茶农流的是汗
做出来的是颗粒铁观音

鲁迅说过，牛吃的是草，挤出来的是奶。

茶农制作好茶叶后需要进行"人工包揉"，才能包揉出好的铁观音。来到安溪下镇，茶农陈进兴发扬"拓荒牛"的精神，正在汗流浃背完成"人工包揉"的一道道程序。

内外打包。正准备注册"农佳宝"的茶农陈进兴取来大约 50 斤茶青，放在一块专用于包揉茶叶的 1.5 平方米大小的四方形茶巾里，然后将四个角合在一起，把茶叶包成一个大球形状，再放入一块专用的茶巾。如果不用外巾，单用一块内巾，直接放到茶叶速包机进行包揉，那样会伤透茶叶的"心"。

速包成形。他将内外打包好的形状不一的"茶球"，放进茶叶速包机，按下开关，用速包机的"脚踩板"慢慢地往内运转压紧。然后，他拿起一米长的铁棍，一头放到"茶球"的茶巾上面，一头将钩子钩住，边抖动边揉压，任由机器运转"茶球"几分钟，直到将"茶球"的茶巾头部运转捆成一个"田螺形"的茶球，这样制作出来的茶叶的形状与色彩才较为美观。

平板揉软。茶农陈进兴将速包后形成的"茶球"放到平板机揉盘之间，并启动电源，通过机器自动揉软，让茶汁缓缓地流出来。他说，如果茶汁的水分不流出来的话，做出来的茶叶，一旦泡茶就会苦涩。

　　人工打散。茶农陈进兴将平板揉软后的茶叶放在"竹筛"上，用手工进行打散，打散时要非常的细心，防止茶叶与茶叶之间粘在一起。如果粘在一起，就会"结巴"，造成茶叶的形状很大，既不美观，又影响茶叶口感。

　　在制茶过程中，茶农陈进兴坦然地说："'茶球'必须反复包揉，茶叶的外形都是靠揉搓才能做紧、做细，做成条状或者颗粒状，如果仅仅只做一遍是不够火候的，必须反复包揉，一遍又一遍，这样才能做好！"

　　在采访中，我们了解到，在正常情况下，一个茶叶的"茶球"在初制过程中，需要进行包揉、平板揉软、人工打散七八遍左右等工序；然后过火十几分钟，再经过多次包揉，这样才能将茶青加工成颗粒状。

【故事七】

烘干烘出好的铁观音

　　安溪下镇茶农陈长江已经有 20 多年的做茶经验了，一提起铁观音的烘干工序，他侃侃而谈。

　　烘干要将茶叶平放均匀。茶农陈长江将包揉后的半成品茶叶，双手小心放在铁台器上，而后左右摇摆，使茶叶均匀放平。有的不均匀，那就要用手推平，如果不推平，茶叶放进"烘茶机"烘焙时，会导致茶叶有的干，有的不干。

　　烘干要讲究方法。陈长江将整平后的茶台一个个放进烘茶机内，烘茶机内可放 12～15 格茶叶，茶叶要一格格地放好，铁门不要关紧，要保留十多厘米的缝隙。通过烘干让茶叶的水分充分释放出来，大约半小时后，水蒸气没有了，才将铁门关闭。

　　烘干要掌握时间火候。烘干茶叶时，正常情况下，要设定温度为 60～70 摄氏度，而烘干时间，要根据茶叶的粗与细、大与小、硬与润而定，如果茶叶出现粗叶、小粒的情况，就要烘干大约三个小时；如果茶叶出现粗叶、大粒的情况，就要烘干三个小时以上。至于茶叶烘干了没有，就要看茶梗和茶粒，烘干的茶梗一折自然会断掉，茶粒用手一捏自然变成粉末。

"如果你想要做出正宗的铁观音，就要掌握好火候，因为正宗的铁观音会散发出兰花的清香，比较值钱；当然也可以一直烤下去，那样会变成浓香型的炭焙铁观音。"陈长江笑着说。

【故事八】

大山上有个"省级茶园"

在离下镇村部大约五公里处，有一座叫"天仔仑"的高山，海拔近千米，崇山峻岭，直入云霄。2014年，40岁的董国强与他人合资投入80万元，从董火船手上转包150亩茶山，在山顶上办起了"天仔仑家庭农场"。投入缺钱，他四处东借西凑，扩建厂房，购买设备；山路难走，他争取政府部门的支持，把山路变成了水泥路；人工较少，夫妻俩与工人一起拿着锄头，在山坡上的茶园里除草、除虫、深翻土、采茶、制茶……由于"天仔仑家庭农场"有独特的土壤、气候、环境等，还有那一道道人工程序，他们不仅做出了好茶，而且还在政府举办的"茶王赛"中获奖。如今，董国强的茶园有较大的规模，茶叶销往安溪县城、厦门、北京等地，受到好评。多次被白濑乡评为"示范合作社""龙头示范场"；2018年被评为"县级示范家庭农场"；2019年被评为"市级示范家庭农场"；2020年被评为"省级示范家庭农场"。

（发布于"点点星光"公众号，2017-05-19、2017-05-20、2017-05-29、2017-06-03、2017-06-10）

本色情怀

（终生军魂）

　　有一个名字叫中国武警，有一种情怀叫军人本色。当兵辛苦三年，不当兵后悔一辈子；我不能当一辈子的军人，但我要用一辈子的情怀帮助战友！从军17年，我彰显军人本色，留下了一大笔宝贵财富，那就是我和我的部队、我和我的战友。转业17年，我不忘军人本色，心怀战友，情系兄弟，先后撰写了《救救我们的兄弟吧！救救我们的梅州武警老战友吧！》《"梅州"，不哭！》《有你，才有韦奇的生命》等几十篇文章，号召全国战友及爱心人士帮助有需要的战友。我感动，因为我们的心彼此贴近；我流泪，因为我们的爱紧密相连。

梅江河上筑起的"军人长城"

水是生命源泉，梅江河是梅州人民的"生命之水"。我不是喝梅江水长大的，但永远不会忘记 30 年前，我和我的战友在梅江河上"拦河筑坝"，筑起"军人长城"的那感人一幕。

"梅江河水位持续下降，请你们派兵拦河筑坝，提高水位，保证城区人民和厂矿企业正常用水。"1991 年 6 月 9 日，梅州市领导指示武警梅州市支队派兵支援。

由于长期干旱，1991 年 6 月上旬，梅州遭受旱灾，全市农田旱情严重，梅江河水位急剧下降，梅城 14 万居民生活用水十分困难，工厂无法生产。旱情无情人有情。梅州军分区迅速组织民兵高炮分队，发射降雨弹进行"人工催雨"；武警梅州市支队也派出 340 人次官兵前往梅江河参加抗旱救灾。

灾情就是命令。武警梅州市支队发出通知后，我主动请战，与我的战友一道乘车赶到梅江河上游的"拦河筑坝"工地。我们兵分两路，一批官兵与当地干部群众在河边装填沙包，有的用铁锹挖，有的用手抬，将一袋袋、一车车沙石及时送到河水中。大家扛的扛，背的背，一个个干得汗流浃背；还有一批官兵先后跳进梅江河里，筑成一字形的"军人长城"，将一袋袋沙石传递过去，放进水里。在救灾中，我们渴了，就喝口水；饿了，就啃几口面包、饼干，又回到队伍当中。晌午，骄阳似火，暑气冲天，但我们不叫一声苦、不喊一声累，心中只有一个念头：一定要尽快保证梅州人民正常用水。

经过一天一夜的艰苦奋战，我和战友们终于在梅江河上筑成一条长 100米、宽 2 米、高 1.5 米的"军人长城"临时堤坝，提高了水位，使河床水位开始回升，自来水厂恢复了正常工作，14 万居民又喝上了自来水，上万亩农田旱情得到了缓解。

然而，梅江河筑起堤坝后，水位上涨，导致上游部分堤坝溃堤。于是，支队又派出官兵昼夜守堤、护堤一个星期，我和战友们不顾疲劳，连续奋战，在河堤两岸巡逻，确保堤坝安全。现场的市领导感慨地说："危难时刻见真情，还是子弟兵过硬。"

哪里有险情，哪里就有军人。几十年来，武警梅州市支队先后派出的一批又一批官兵，发扬不怕苦、不怕累、不怕死的精神，参加解救梅城东郊管理区房屋倒塌被压的六名民工，处置五华岐岭歹徒身捆炸药挟持人质事件，协助破获梅州最大杀人案等急难险重任务。我和我的战友在梅州这片"有情有爱"的土地上谱写了一个个"情系国防"的感人而壮丽的篇章。

（发表于《梅州日报》第 6 版《国防视窗》，荣获"情系国防"征文比赛三等奖，2022-05-15）

用一辈子的情怀帮助战友

"前几年，我住院治疗的时候，都是花战友们和爱心人士的钱，不然没办法活到现在。"当我和战友来看望老兵陈开盾时，他躺在床上呻吟着说道。

1989年3月，他从福建大田入伍，来到山清水秀的武警梅州市支队服役，成为一名"养猪兵"。退伍返乡后，他积劳成疾，患上强直性脊柱炎，瘫痪躺床已整整16年。80岁的老母亲不离不弃，一把屎一把尿地悉心照料他。

战友情，比海深，比天高！他的病情牵动着我和战友的心。2015年4月9日，当我从相片上看到他家那破烂不堪的老房子、简易的木架床，看到他盖的还是当兵时的军用被，看到他身体下肢瘦骨伶仃的样子，心如刀割。于是，我拿起笔，边写边哭，不到三个小时就写完了一篇倡议书，向全国战友发出倡议：救救我们的兄弟吧！救救我们的梅州武警老战友吧！来自十多个省市的战友发起"爱心大接力"，纷纷到银行通过转账为陈开盾慷慨解囊，共筹集治疗费27万多元。《福建日报》《梅州日报》和共产党网等媒体大力宣传了我们这种"大爱无疆"的正能量。

爱心点亮了陈开盾的黑暗。2015年4月底，他终于站了起来，一瘸一拐可以走两三公里。后来，命运又一次折腾他，他由于不慎感冒患上肺炎，后来发展为肺脓肿，一旦咳嗽就会有斑斑血迹。这一躺，他再也无法站起来了。然而，我和我的战友时常惦记在心，多次相约看望他，并再次帮助他，他感动地说："没有你们，我早就死了！我一定坚强地活下去，一定会好好活下去！"

帮助战友是我一辈子的福分。只要战友遇到"天灾人祸"之事，无论相识与否，我都会用心用情帮助他们。2005年，我转业到梅州市税务局工作后，依旧心系战友。我撰写了《"梅州"不哭！福建武警老兵的儿子苏梅州急需 40 万医治费》《江西南丰籍战友陈光明虽然走了，但老战友的爱心精神永远还在》《生命垂危，广西融水籍战友韦奇从工作岗位上倒下躺在 ICU 重病房整整 8 天……》《河北永清籍战友赵克海妻子祈求大家给他一个活下去的机会》等文章，倡导全国战友在筹款平台进行爱心大接力。满满的情与爱，让需要帮助的人拥有了满满的感动与幸福。

爱心从来不会退役，永远都在路上。我和我的战友在收获美美的"大爱梦"时，深深感受到爱心不分兵种、不分省际、不分你我。我虽然不能做一辈子的军人，但我要用一辈子的情怀帮助战友播撒生活的希望。

南北大爱接力陈开盾

陈开盾，福建省三明市大田县屏山乡芹阳村人，患上强直性脊柱炎，已瘫痪在床达 16 年，生活无法自理，只能靠他那位 80 岁伟大的母亲一把屎一把尿地悉心照顾。2015 年 4 月 9 日，在没有"轻松筹"的前提下，我通过微信发布文章的形式，向全国战友和爱心人士发出号召救救他，共众筹善款 30 多万元，谱写了一曲"网上众筹助老兵，爱心南北大接力"的大爱之歌。

【关注陈开盾（一）】

救救我们的兄弟吧！
救救我们的梅州武警老战友吧！

尊敬的全国战友和爱心人士：

我叫陈诗良，福建省安溪县人，1989 年 3 月应征来到武警广东省总队梅州市支队当兵，后转业至梅州工作。

2015 年 4 月 9 日，我在武警梅州市支队原二中队的战友群里看到，许多战友接二连三地为瘫痪在床八年多的陈开盾捐款，你两百、我一百，不管多少，热情高涨，令人感动！这是怎么回事？

陈开盾，何许人也？他是福建省三明市大田县屏山乡芹阳村人，1971 年 9 月出生，1989 年 3 月入伍到武警梅州市支队广福二中队。他与我是同年兵，他是个好兵，是个养猪的兵，是个优秀士兵。

陈开盾退伍后的 20 多年，我们失去了联系。今天，我用电话联系到了他，他坦然地告诉我，他做过乡政府联防员、矿区安保员，也干过公司的保安员，由于积劳成疾，他患上强直性脊柱炎，瘫痪在床已经有八年多时间，目前生活无法自理，只能靠他那位 73 岁伟大的母亲一把屎一把尿地悉心照顾。

真是可怜天下父母心啊！我用心看了看战友杜六一发来的照片，看了看他那贫穷的家境，看了看他那枯槁的双腿，看了看他那位憔悴的母亲……一种伤心、难过、怜悯的情绪油然而生，怎么身边还有这么困难的战友？怎么曾经是优秀士兵的他却遭此厄运？

在电话里，陈开盾告诉我，如果要医治的话，急需 20 万元左右的医药费，如今，虽然有好多战友看望他，为他捐款，但还是杯水车薪，无法治疗。这该如何是好？

战友们，让我们将这条微信推文转发给你身边的战友或朋友，让我们少喝一瓶好酒、少抽一包好烟，伸出您那温暖的双手，让这位曾保家卫国的士兵感受到有病还是看得起、治得起的！

生命是有限的，爱心是无限的。看看陈开盾的眼神，他是多么渴望早日康复，多么渴望不再受生活折磨，多么渴望得到我们这些战友的情与爱！

战友，战友，亲如兄弟！救救我们的梅州武警老战友吧！救救我们这位曾经是广东武警的优秀士兵吧！救救我们这位来自军营的男子汉吧！

（发布于"点点星光"公众号，2015-04-09）

【关注陈开盾（二）】

"我一定会好好活下去！"

当我们过着幸福生活的时候，万万没有想到，在福建省三明市大田县屏山乡芹阳村一个美丽的山村里，有一位好战友、好兄弟，患病卧床已经八年多。我发布《救救我们的兄弟吧！救救我们的梅州武警老战友吧！》文章后，一连几天，我先后接到全国各地不少战友及热心人士打来电话关心陈开盾的病情，大家捐款热情非常高涨，让我深受感动。我再次拿起笔，整理心情、抒发感情。

消息传遍了大江南北

陈开盾是我们的战友，1971 年 9 月，他出生在一个偏僻、穷得叮当响的地方。作家魏巍的《谁是最可爱的人》这篇文章触动了他的灵魂，让他从小立志长大后要当兵报效祖国。

1989 年 3 月，陈开盾胸佩大红花，高高兴兴地来到了武警广东省总队梅州市支队当兵。我与他在一个新兵大队一个排，排长叫赵廷赞。他分在一班，班长叫陈大新；而我分在三班，班长叫邓长稠。我们都住在一个 20 世纪五六十年代建的大礼堂里，他给我们的印象就是长得又高又帅、憨厚老实、工作肯干、训练刻苦，是一个服从命令的战友。三个月的新兵连训练结束后，我们同个排的战友合了个影，就依依不舍地下了连队！

陈开盾被分在广东与福建交界处的广福直属大队二中队，那里，四面环山，是出了名的山沟沟，战士们白天兵看兵，晚上望星星，生活非常枯燥。但他毫无怨言，默默无闻，一心一意在部队当个好兵。

一年后，领导把我调进了大队部当通信员兼新闻报道员。大队领导、中队干部纷纷称赞陈开盾是个勤快的养猪兵。就这样，在我当兵时从事文字工作的生涯里，才有"警营'猪倌'陈开盾"故事的原始底稿。大家都知道，在部队养猪是一种又苦又脏又累的活，仅凭这一点就足以证明陈开盾是一个值得我们尊敬的老兵！

有人说，当兵后悔三年，不当兵后悔一辈子。可陈开盾当了三年兵，从来没有后悔过，艰苦枯燥的军营生活不仅磨炼了他的意志，而且留给他的是一笔浓浓的、厚厚的、深深的、真真的、实实的战友情、兄弟爱！

天有不测风云，人有旦夕祸福。陈开盾退伍后，家里接二连三发生了不幸，父亲因病于 2001 年去世；他自己积劳成疾多年，只能靠药物来控制病情，但由于经济困难无法支付昂贵的药费，直到 2007 年，他那单薄的身体再也撑不住了，双腿不能走路，才被好心人送回老家疗养。可他这一躺下，一晃八年就过去了。说句心里话，陈开盾真的是有苦不知对谁说，有累不知对谁喊，有难不知对谁诉。

当我了解情况后，赶紧连续写了三篇报道——《救救我们的兄弟吧！救救我们的梅州武警老战友吧！》《福建大田有位急需 20 万医治费的武警老兵》《感动万人的 5 分钟爱心视频》，通过社交平台发出后，这个消息迅速传遍了大江南北。

当我们这些战友得知陈开盾患有强直性脊柱炎、瘫痪在床已经有八年多时间时，我们感到十分震惊！我们更感到万分痛心！更难能可贵的是他生活无法自理后，那位 73 岁慈祥、善良、无私、伟大的母亲用心呵护、用心照顾、用心料理，母子俩相依为命，这令我们感到无比的敬佩！真是可怜天下父母心啊！

陈开盾每天像盼星星、盼月亮一样，坚强地盼望着生命的奇迹一定会出现在他的眼前，期待自己有一天不再被这场病魔折磨得死去活来！

病魔无情人有情

这一天终于被盼来了。陈开盾的病情牵动了全国各地的战友们以及爱心人士。大家你 1000 元我 500 元，你 300 元我 100 元，纷纷为他捐款献爱心。他的老队长胡文悦心情凝重地说："陈诗良，陈开盾怎么会变成这样子，怎么没有早点发现？看了让人心痛啊！"当天，他立即捐款 1000 元。我们的大队长陶克凡捐款 500 元后，语重心长地对我说："诗良，你要想想办法，要通过当地媒体，找找当地领导，请他们多关心支持，把这件事办好点！"老支队长肖裕章感动得专程到银行取款，给陈开盾捐款 500 元，并祝愿他早日康复！

战友的困难就是我们的困难。陈开盾同个班的战友捐了，同个中队的战友捐了，同个支队的战友捐了。梅县中队老兵陈竹根看到自己的战友病成这样，非常难过，他马上捐款 2000 元；在机动中队战友蔡良约带头捐款 500 元的感染下，与我们一起吃饭的周凡岳等三个朋友也共捐款 700 元尽点心意。

一人有难，众人相帮。不管是武警广东省总队的战友，还是全国各地的老战友，他们都慷慨解囊，河北老战友李虎彬动情地对我说："老排长，我少喝一瓶酒，捐助他 500 元。"

一方有难，八方支援。厦门大学何庆祥看了微信说："老同学，事迹催人泪下，我捐 1000 元。"在东莞从事生意的陈景山同学来电说："看到视频，太感人了，简直不敢相信，我捐 2000 元。"广东梅州刘辉耀、徐尖兵、钟浪、张丽芳、邹巧萍、郭慧文等人看到微信后，也表达了自己的心意！福州税务郑海琳也感动得立即用网银转捐 500 元；就连安溪有一位小女孩得了 3 元微信红包后，也捐给了他，她还说，有一天她挣钱了，还会继续献出她的爱心！还有一些做了好事不留名的爱心人士……

网友"芳姐"说："我是福建媳妇，已经汇出 1000 元，这是我们夫妻俩的一点爱心，也算尽微薄之力，祝他早日康复。"网友"古雪"说："爱心在行动，星火可以燎原，希望他少点痛苦，也希望他的母亲少些辛劳。"网友"飞仔"说："慈善众筹，破解救助之困；绵薄之力，守护希望。"

在这种捐款热情的感染下，无数个微信群都在传播爱心的力量，呼唤成千上万战友的爱心，有位战友在微信中感慨地说："看到那么多战友为陈开盾踊跃捐款，我感动了，我这个兵没有白当！"还有的战友说，退伍后看到战友捐款那么热心，让我真正体会到当了兵永远不后悔的内涵！

"这件事我们会关注、办好的！"

其实，几天来，我们的战友及爱心人士天天都在谱写一曲曲"怀念战友、帮助战友"的动人歌曲。我们这里有说不完的爱心故事，唱不尽的战友之歌。

我分别致电福建大田县委书记、县长，向他们汇报陈开盾的病情。2015年4月14日18时53分，我与福建三明市大田县长通了1分53秒的电话，他热情地对我说："你们献爱心的活动很好，这件事我们会关注、办好的！"2015年4月15日19时41分，我与福建三明市大田县委书记通了1分27秒的电话，他真挚地对我说："你的信息我收到了，很感人，你们战友都很热心，我们也正在协调民政等有关部门做好此项工作。"

2015年4月15日晚上，我将这些好消息在电话里告诉老战友陈开盾时，他非常感动地说："你们的爱心让我看到了生命的希望，我非常感谢你们，感谢我们的好战友，感谢全国各地的战友，感谢社会各界爱心人士，明天，战友们准备带我去福州检查身体，请大家放心！我一定坚强地活下去，一定会好好活下去！"

战友们、爱心人士们，这就是爱，这就是爱的传递，这就是爱的力量，这就是爱的奉献！让我们继续把这种爱传递下去吧！让我们的战友陈开盾早日康复！让这个世界变得更加美好！

（发布于"点点星光"公众号，2015-04-16）

【关注陈开盾（三）】

爱心感动天感动地

福建三明市大田籍武警老兵陈开盾的病情牵动了全国战友及爱心人士的心，目前共筹集善款超过15万元。大田县委、县政府十分重视，县民政局上门慰问，并协调处理好这件事。《福建日报》《三明日报》《梅州日报》等新闻媒体及各大网站都做了详细报道。我梳理了全国各地战友及爱心人士的心里话，非常感人，于是，我再次拿起笔，选摘一些分享给大家，由于篇幅有限，不能面面俱到，请多多包涵。

战友战友亲如兄弟!

听听部队老领导寄语——百感交集

[武警梅州市支队原支队长肖裕章]　陈开盾在部队时，我当参谋长，虽然我不认识他，但他肯定认识我，看到微信后我心里感到很凄凉，也表示一点心意。你们要多想想办法救救他，祝他早日康复!

[武警梅州市支队原支队长何伟钦]　陈开盾是我们的兵，有难了大家一起帮，我就尽点微薄之力。你代我问候他，祝他早日康复!

[武警梅州市支队直属大队原大队长陶克凡]　退伍老兵生病的有好多，但像陈开盾这样家境那么贫困的，病情如此严重的，我还是第一次看到，可以说是第一例。你要多想想办法竭尽全力呼吁当地政府、社会各界都来关注，救救我们的战友!并祝他早日康复!

[武警江门市支队老排长马发平]　曾经当过兵的我们，对陈开盾的病情深表同情，被他母亲的坚强深深感动，我们只须用行动去支持他们。

据三明战友王长生介绍，马发平老排长和于津、翁秋成、林斌春三位老班长都非常关心陈开盾的病情，在武警江门市支队8930群发起向陈开盾献爱心捐款24100元，委托王长生、姜竹林、郑胜三人上门慰问，马排长还表示会时刻关心陈开盾的治疗方案及支持后续医疗费，让陈开盾早日康复!

[武警揭阳市支队原支队长吴振军]　今天看到《梅州日报》刊登了战友为陈开盾献爱心的事迹，很感人、很感动。报纸上说你今天要去看望他，我不认识他，但你帮我带点慰问金给他，祝他早日康复。

战友的情比海深!比天高!

听听战友心里话——可歌可泣

[大田杜六一]　最近，好多战友来大田看望陈开盾，你下次写文章时，别忘了:武警江门市支队王长生、姜竹林、郑胜受老排长的委托专程看望他;武警汕头市支队老战友贺伟华、张峰波、范灿联、张志来代表武

警汕头市支队千里赶到大田看望陈开盾；武警福建省总队战友乐珊也从厦门赶来看望他；武警梅州市支队陈金招等战友都专程来到陈开盾的身边鼓励他战胜病魔。

　　[福建李海琛]　　首先感谢你为咱战友传达了这个爱的信息。我看后心酸啊！怎么还有这么惨的战友？作为部队老兵，我们要相互帮助，哪怕是微薄的一份力，也要将爱的链条延续！祝陈开盾战友早日康复！

　　[湖南陈大新]　　阿盾是我带的兵，现在他病成这样，我心里不好受。我除了捐款外，还准备号召几个老板给他捐款。看他的房子那么破旧，我看了心酸，等他的病好以后，我还要给他捐款建房子。陈开盾一定会好起来的。

　　[广东叶超华]　　看到陈开盾的病情，感触太深，觉得难受，我们不是跟他同个支队的，但毕竟是战友，我们自发捐款。你看看武警韶关市支队黄峰、莫炯标、周树娣、许宏武等战友，武警江门市支队的叶柏森、李福任、陈建彭等战友的捐款，说明我们武警广东省总队传统真的好！

　　[河南张炜]　　老班长陈开盾牵动了我们的心，我们已经发动了第二次捐款，如泌阳籍的战友朱大海、陈武军、艾嵩、陈传明、张伟等凑了善款并转过去了，祝老班长早日康复！

爱心之火　可以燎原

爱心人士感言——感人肺腑

　　[张新桦]　　故事真实感动，我不敢相信你们还有这么凄惨的战友，这样吧，我少喝一次酒，帮帮别人，一点心意，献点爱心捐500元。

　　[陈光义]　　没想到你的战友会病成这样，看了很伤心，你战友的事也是我的事，我捐200元吧，村里还有陈明飞、陈福才各捐100元，总共400元已经汇到那个账号了。

　　[廖淑芳]　　我不认识他，但看了微信令人心痛。我老公是福建人，我是梅州人，又是福建媳妇，1000元捐款已汇出，这是我们夫妻俩的一点爱心，尽点微薄之力！祝他早日恢复健康！

[毛友文]　看到你发的几条微信，一开始没在意，前几天才看到，太痛苦了，我们是亲戚，他又是你战友，我们一家人捐款500元表达一点心意吧！

[古雪]　太可怜了！让爱心之火点燃、蔓延吧……希望他少些痛苦，也希望他的母亲少辛劳！

[壮志凌云]　我看了文章和视频，很受感动。虽然不认识他，但他是你的战友，我们献点爱心也是应该的，我就捐500元表达我的心意吧！

[贵姐]　我是一名军嫂，看到陈开盾的事觉得好伤感。这几天在微信群内看到武警江门市支队原战友发出来的两万多元的爱心款，我深受感动，有这么多好人，陈开盾一定会好起来的！

这就是战友！

这就是战友的情与爱！

这就是战友及爱心人士的爱心力量！

有了这份爱的力量，战友陈开盾一定会好起来的，一定会站起来的，一定会幸福起来的！

（发布于"点点星光"公众号，2015-05-06）

【关注陈开盾（四）】

泪奔！陈开盾瘫痪在床16年

2015年4月9日，我和我的战友通过微信号召全国战友和爱心人士为他捐款27万多元。有了这笔善款，陈开盾先后到福州市第二医院、大田县中医院康复中心治疗，身体有些好转。2015年4月底，他终于站了起来，一瘸一拐可以走两三公里，然而，命运又一次来折腾陈开盾，由于不慎感冒引起肺炎导致肺脓肿，一旦咳嗽就会有斑斑血迹。这一躺，他再也无法站起来了。之后，陈开盾反反复复住院，出院后回老家服药治疗。

2019年11月10日，我和战友陈昭阳专程从安溪来到大田县，随后在战友苏荣请、陈联滨的陪同下，驾车翻山越岭 20 多公里，前往陈开盾的老家。由于路途遥远，半路我们下车休息时，两位战友指着半山腰上的一处老房子说："那就是阿盾的老家。"

快到陈开盾的房子时，路上遇到他的妈妈章来花一个人在乡村公路上散步，大田战友对她说："我们来看阿盾。"这位慈祥的母亲高兴地带我们来到她家。

刚到陈开盾房子门口，我们看到山坡上有一处只有一层的新房子，大田战友介绍说："阿盾的老家还在山顶上，这个新房子是 2015 年我们战友号召捐款后，政府帮他建的。"陈开盾与他母亲搬到这里已经有两年时间了。

当我们走进陈开盾的住房时，我们看到了挂在墙壁上的"光荣之家"，他的母亲说："这是政府送来的！我们一直挂在那里。感谢政府。"

走进陈开盾房间后，他一个人静静地躺在床上，见到我们来看望他后十分激动，赶紧从床上吃力地撑起身子，抬起头，硬起脖，开心地说："你们辛苦了！"

我们在病床前与他聊天，看到他一边拿出装有脓痰的矿泉水瓶一边咳嗽说："现在我的肺部一感染就出血，我每天吐出两瓶。现在只能靠药物来维持身体，一天要吃两三次，才控制住，不然感染就麻烦了。"说完，他把咳出来的脓痰慢慢地吐进了矿泉水瓶里。他告诉我们，没有感染的时候吐出来的是痰，一感染的时候，吐出来的是血。看到他连续大声咳嗽的样子，活着非常痛苦，真的是好可怜！

可怜的人身边还有一位伟大的母亲，她今年 80 岁，陈开盾躺床 16 年，妈妈与他相依为命，不离不弃，以最高票数获得"感动大田·最美母亲冠军奖"荣誉称号。陈开盾说："没有妈妈的陪伴，我就没有今天了！"

日子一天天地过去了，而陈开盾还是躺在那张小小的床上，他心里总是惦记着战友们的恩情，他感激地说："前几年，我住院治疗的时候，都是花战友们的钱，不然没办法活到现在。"

福建安溪的陈昭阳从新兵连到下连队与陈开盾都是同班战友。2019 年上半年，当得知陈开盾经济困难时，他和陈大新班长号召新兵连同一个排的战友捐款 7000 多元，以解燃眉之急。

接着，陈昭阳拨通了陈开盾在新兵连的老班长陈大新的视频，陈班长鼓励他战胜病魔，表示一定会找个时间看望他。

然后，我问他还有什么心里话要与全国战友与爱心人士说说，他激动地说："非常感谢全国战友和爱心人士，对我帮助这么大，支持那么大，让我现在还活着。谢谢他们！"

后来，我还将《点点星光》《滴滴心语》《围龙税月》三本书送给陈开盾，鼓励他继续战胜病魔，坚强地活下去！

临行前，我们掀开陈开盾盖的被子，一眼看到他那形如枯槁的下肢，瘦骨伶仃，犹如古代猿人一样，让人心酸！

此情此景，我们非常难过，一种伤感涌上了心头，我和战友的眼眶都湿润了……

（发布于"点点星光"公众号，2022-07-31）

【后记】

2022年7月31日中午，我通过在各个短视频平台上传"病魔缠身的陈开盾"，感动了30多万人，许多热心人士要求捐款给他。

我赶紧拨通陈开盾的电话，他气息微弱地说："我最近身体不太好，老是吐血。有时肺部大出血的时候，就要去医院住一段时间，如果控制得好，那就回家住。16年来，都是靠我妈一个人端尿端屎照顾我……"他还说，一旦住院，除了医保报销之外的费用要自己支付，没钱了，就向亲朋好友借，加上小孩读大学也需要一笔不小的费用。目前，他又负债6万多元。听到这一切，我伤感、痛心、流泪……

为此，我再次发出倡议帮助这位退役老兵。在全国战友和爱心人士的热心支持下，共筹善款5万元，以缓解燃眉之急。

"梅州"，不哭！

梅州是叶剑英元帅的家乡，梅花是梅州的市花。武警广东省总队梅州市支队原战友苏忠实退伍后，由于对梅州有着深厚的感情，为儿子取名苏梅州，为女儿取名苏梅华（谐音为梅花）。2016 年，苏梅州被诊断为骨肉瘤。我受战友苏忠实的委托，撰写20 多篇文章号召捐款并传播正能量，引起强烈反响。小梅州的病情牵动了全国战友及社会各界爱心人士的心，共获众筹捐款 30 多万元，谱写了一曲感动天地的篇章。现整理收集部分文章，以此表达感恩之情。

【大爱"梅州"（一）】

福建武警老兵的儿子急需 40 万医治费

尊敬的全国战友和爱心人士：

我叫陈诗良，武警广东省总队梅州市支队原战友，受战友苏忠实的委托，现请求全国战友和爱心人士帮忙救救这个可怜的孩子。

他姓苏，名字叫梅州。他为什么叫"梅州"？

话还是从头说起。44 岁的苏忠实为人忠厚老实。1992 年 12 月，他从福建安溪县应征入伍来到武警广东省总队梅州市支队机动中队当兵。我当排长时，他就是我的兵，是一名优秀士兵。

三年火热的"兵哥哥"生涯，让他爱上了梅州这个山清水秀的地方，爱上了勤劳好客的梅州人民。退伍后，他时常举头望明月，低头思梅州。

很快，他成家立业，生下一男一女，男孩取名苏梅州，女孩取名苏梅华。

苏梅州今年 15 岁，在家是个听话懂事的孩子，在安溪铭选中学读高一，是个品学兼优的学生。2015 年底，梅州的左脚不知为何慢慢地肿起来，又酸又痛，后经官桥镇医院检查初诊为重大疾病。

2016 年 3 月 14 日，苏忠实带着可爱的梅州来到厦门解放军第一七四医院，诊断结果是骨肉瘤。由于病情非常严重，当地无法救治，医生建议到上海或北京等三家有名的骨科医院治疗。

2016 年 3 月 19 日，苏忠实为梅州的病情着急，通过战友的关系，立即把儿子转送到我国有名的骨科医院——北京积水潭医院救治。2016 年 3 月 30 日，诊断结果还是一样：胫骨近端骨肉瘤。

据医生介绍，梅州要经过两个多月的 4 次化疗，才能进行后期手术，手术成功后还要进行 12 个化疗的疗程，时间要好长好长，所需费用大约 40 万元。

天啊，这么小小的年纪怎么患上这种病？这对梅州也太不公平了！家庭非常困难的苏忠实去哪里筹集这笔医疗费啊？

这下子，苏梅州不是要等死了吗？怎么办？救不救自己的儿子？救，这 40 万元对他来说简直是个天文数字，他再也没有能力去救治自己的孩子。那么钱从哪里来？此时的苏忠实陷入了痛苦、烦恼之中。

就在苏忠实最伤心、最困难的时候，他想到了在梅州一起当过兵的战友，于是，他在战友李虎彬的引导下，注册了微信，并第一次在武警梅州市支队机动中队群里发出求助信息："战友们好，我叫苏忠实，没有文化，不会写字，我儿子苏梅州得了骨肉瘤，现在正在北京医院救治，目前急需 40 万元的治疗费，可家里的一点点积蓄全部花光了，自己还欠下了一笔债务。请求战友们帮帮我吧，救救我的儿子，谢谢！"

曾经与苏忠实同个中队的苏光荣、董福南、许金锡、喻华锋、涂建、黄作芳、梁新建等战友们都知道，他是个老实人，如果不是遇到特殊困难，绝对不会向战友开这个口的。

就这样，苏忠实的几句心里话，一直在呼唤着战友们及社会热心人士救救他的儿子。目前，爱心正在传递接力之中。

梅州是我们当兵的地方，是我们的第二故乡。苏梅州是我们战友苏忠实的儿子，他叫"梅州"，可以说也是梅州人民的儿子！

因为你的名字叫"梅州"，再次让我们想起了梅州这个美丽幸福的地方，而你却患上了骨肉瘤，有苦不知对谁说，有难不知对谁诉。

因为你的名字叫"梅州"，再次让我们想起了在梅州当兵三年酸甜苦辣的日子，而你还是一名中学生，不知还要忍受多大的压力与痛苦。

因为你的名字叫"梅州"，再次让我们想起在梅州留下的青春与热血，而你今年才 15 岁，人生刚刚开始，却要去接受一场病魔的考验，你不知还要流下多少伤心的眼泪。

苏忠实，挺住！

苏梅州，不哭！

（发布于"点点星光"公众号，2016-04-09）

【大爱"梅州"（二）】

一个善举换来一条生命

一分一厘都是爱。小梅州的遭遇牵动了许多人的心，全国战友及社会各界人士纷纷表达了爱心，捐款热潮一波又一波。

[第一天，捐款突破 4 万元] 2016 年 4 月 10 日晚上 8 时，我在筹款平台发布《"梅州"，不哭！》《救救福建一位叫"梅州"的 15 岁中学生，原梅州武警老兵的儿子》后，得到众多爱心人士的大力支持。一个个战友、一位位爱心人士捐款后，留言感人至深。战友赖生勇说："小梅州，人生的道路还很长，你一定要坚强，勇敢地往前走！"爱心人士燕红说："人的一生总会遇到困难，希望小梅州能勇敢渡过这段困难！愿每个人都无病痛困扰，能幸福地生活着！"在云南有位叫金永平的战友说："我原来是这个支队一中队的一名士兵，我们云南虽然贫穷，但尽我绵薄之力！老班长坚持住，我们战友是您的顶梁柱，千万要保重身体。我相信在咱们战友和社会各界人士的努力下，一定能渡过难关，梅州宝贝一定能战胜

病魔！"

[第二天，捐款突破5万元] 2016年4月11日晚上，当"轻松筹"捐款已经达到48700多元时，我将梅州亲人廖庆瑶，同事钟浪、郭慧文等的1500元爱心款一起捐献。此时，我们为5万元的善款而感动：梅州生病了，一人有难众人帮！网友"大唐世家"留言说：梅州不哭！忠实挺住！祝你早点康复起来，对自己要有信心，战胜病魔，因为有千千万万的人在支持你们！"老天无法绝对公平，每个人经历的挫折和磨难都不同，我们无法去避免。同为高一的孩子，我没有经历过你的痛苦，但是我能够想象到这个年纪里你面对病情的绝望，我也仍相信你足够坚强去闯过困难！"网友"Chen"捐款后说。江西况金保战友说："一滴水，汇成大海；一方有难，多方援手。战友情深！"

[第三天，捐款突破6万元和7万元] 2016年4月12日，在众多爱心人士的助力下，善款很快突破了6万元。当天晚上，我一看"轻松筹"发现已筹金额是69300多元，接着，我将湖北亲人钟华、梅州同事黄松涛等的爱心款700元一并代为捐献。此时，我们为7万元的善款而感动：众人拾柴火焰高！老排长赵廷赞说："苏忠实当兵时，我已调回省总队，但武警梅州市支队是我的老部队。战友遇到困难了，我应该力所能及地帮助他。尤其是孩子，是我们军人的后代，他的未来是美好的，是快乐幸福的。让我们的老战友共同努力，让苏梅州站起来。"赵廷赞排长多次打电话来关心梅州的事，他还倡议身边的战友捐款助力梅州。

[第四天，捐款突破8万元和9万元] 2016年4月13日上午7时多，在众多爱心人士的支持下，"轻松筹"筹得款项已达到78100元，可惜手头上委托的爱心款才1000多元，不能突破8万元大关，心有余而力不足。令人高兴的是，不到十分钟，有位素不相识的吴亚兰女士捐了3000元，一下子就让爱心善款突破了8万元。此时，我们为8万元的善款而感动：上善若水，大爱无疆。

当天晚上，在众多爱心人士的支持下，筹款已达到86800多元。随后，我将福建同学陈景山、郑辉荣，在梅州做生意的福建老乡王文彬，福建战友方文福，湖南战友杨锡元，武警机动中队原战友李春晖、张兴昌，梅州朋友赖丽芳等凑起来的 3200 元爱心款一起捐献。此时，我们为 9 万元的善款而感动：一方有难，八方支援。

[第五天，捐款突破 10 万元]　2016 年 4 月 14 日，在众多爱心人士的支持下，筹款已达到 97246.90 元。晚上 9 时多，我带着从武警梅州市支队原支队长肖裕章上校和战友廖华琼、张长光、陈凯、许尚波、苏新金以及福建同学叶泉生、李炬艺、李革秋、汪桂清，老乡陈美珠、陈庆福，以及素不相识的谢伟艺等处筹到的 2766 元爱心款捐献出去。此时，我们为 10 万元的善款而感动：病魔无情，人间有情！肖裕章上校专门从河源来电表示捐款 500 元后说："苏忠实是我的兵，他的困难就是我们的困难。现在他小孩苏梅州得了骨肉瘤，这么小的孩子，得这种病好可怜的。我们大家应该帮帮他渡过难关，祝小梅州早日康复！"广东佛山战友张树棉说："小梅州的努力，父母的关爱，大家庭的支持。"

[第六天，捐款突破 11 万元]　2016 年 4 月 15 日，在众多爱心人士的支持下，筹款已达到 107052.77 元。晚上约 0 时，受武警梅州市支队原战友钟周生、康文丝等的委托，我将爱心款 2950 元一并捐献。此时，筹款突破 11 万元。夜深了，我们为这么多的善款而感动：只要人人都献出一点爱，世界将变成美好的人间！邓长稠是广东籍战友，他捐款后留言说："大家都是战友一场，虽然不认识，但毕竟是战友，都是同一个山头上出来的，都是同一个饭堂出来的。他儿子的病需要好多钱，大家都帮帮忙吧。"广东梅州樊志强战友说："每个人只要有爱心善心，一个个小义举有时可以换来一条生命，改变一个人的人生！让世界充满爱！珍惜战友情！"

第七天，第八天，第九天……

一天天过去了。捐款热情没有停止过，大家呼唤着小梅州战胜病魔。一位叫"珍妮"的女孩是王剑荣战友的女同学，她不仅带头捐款，而且还号召朋友们支持小梅州，并将每一笔爱心款及时转交"轻松筹"，祝愿小梅州快快好起来！网友"雅馨花艺坊"鼓励小梅州："帅气的男孩子，你要坚强，要勇敢地面对病魔，好好接受治疗，相信你会好起来的！"一位网名为"许"的爱心人士也留下感人的心里话："单亲妈妈有心力不足，只能给个吉祥数字，愿你们全家六六大顺，乖孩子坚强不屈，勇敢治病，早日康复！"

（发布于"点点星光"公众号，2016-04-17）

【大爱"梅州"（三）】

有个退伍兵的儿子叫"梅州"

梅州，是美丽动人的客家摇篮，是人杰地灵的叶帅故里，是生活休闲的世界客都。

为了报效祖国，一个个战友从五湖四海来到梅州，在这里，成为一名普普通通的士兵；在这里，战斗了一千多个日日夜夜；在这里，付出了十八九岁最美好的青春。

在千千万万的退伍军人中，也许只有这么一个退伍老兵的儿子名字叫"梅州"，我们可以想象苏忠实是多么热爱梅州，多么眷恋梅州，多么感恩梅州！

［广东梅州金金］　一个父亲能用一个城市的名字来取名，说明他对这个城市有着深厚的感情，因为你的名字叫"梅州"。我相信梅州的市民是有爱心、有责任心、有同情心的人……请接力！

［广东梅州曾庆伟］　不在梅州出生，却叫梅州，源于父亲当兵在梅州，寄情于儿子取名"梅州"，说明他对梅州是有感情的。大家对"梅州"奉献一点爱心，也了却做父亲的苏忠实对第二故乡梅州的眷恋之情。

［广东梅州钟新权］　为什么给儿子起名梅州？因为苏忠实在梅州当兵三年里，梅州人民的善良、勤劳、朴实、乐于助人等优良传统给了他无限的回忆。给儿子起名"梅州"，就是想把梅州人民的优良传统传承给下一代。一个在梅州服役三年的武警战士都知道用梅州人民的优良传统教育下一代，我们不应该让一个名字叫"梅州"的福建小孩失望，梅州人真的是他的亲人。因为你叫"梅州"，梅州为你感动！

[福建永安颜国强]　一位会把儿子的名字取为城市名的父亲，该是多么地深爱这片土地，他的命运和这个城市是分不开的。他的名字深深地打动了我，我们都是生活在客家的外乡人，我们同样深爱梅州。

[河北邯郸李虎彬]　我是苏忠实的战友，他给孩子取名"梅州"，是因为他热爱梅州，热爱这个城市的人民，我也一样，对梅州感情很深；他给孩子取名叫"梅州"，是因为他在梅州当了三年义务兵，想着他在梅州当兵的历史，十分留恋部队的生活；他给孩子取名"梅州"，是因为他想着我们这些战友。

然而，小梅州的出现，让我们再次想起了梅州这个地方，这次全国战友及爱心人士慷慨解囊帮助小梅州渡过难关，我们看在眼里，记在心里，我们深深地感受到：在梅州当兵值得！

[武警小花园三中队原战友广东籍王剑荣]　我在梅州当了三年兵，梅州，是我的第二故乡，苏梅州是我战友的孩子，让我们把爱传递给这位学生，让爱的芳香永留人间！谢谢大家的关心与帮助。

[武警大埔县中队原战友福建籍康文丝]　"他在梅州这美丽的地方服役三年，奉献了他三年宝贵的青春，回到家乡娶妻生子，因为对梅州这片土地有了很深的感情与眷恋，所以给自己的儿子取名'梅州'。"看到老领导写的话，很真实，我感触真的很深，也看到这么多好心人，不管认识的还是不认识的，都献出自己的一份爱心，让我觉得在梅州当过兵值得！

[武警机动中队原战友广东籍曾耀辉]　我与苏忠实是同个中队的战友，我们都在梅州奉献自己的青春。小梅州每天都在坚持着，我们的善举能让小梅州知道后方有千人万人在关心、支持他。他还经常转发微信，附上这样或那样的感言："爱心接力，大爱无疆！""用心照亮'梅州'；多多益善，少少不拘，把您的点赞化作爱心，将零钱化作爱心，让世间充满爱的呼唤！""对不起，请原谅我们每天不厌其烦地转发朋友圈，因为我们都心急为梅州重返校园而努力。"

是啊，梅州是我们的第二故乡，战友们生命里有了在梅州当兵的历史，一辈子也不会感到后悔！

（发布于"点点星光"公众号，2016-04-23）

从小孩到老人的爱心故事

福建安溪苏梅州的病情牵动了你我他，既有小孩，又有老人；既有一家人，又有一个家族。他们一个个善举的故事感动了我们，更感动了苏忠实一家人。

11 岁小孩的爱心红包

福建云霄战友方良山看到《"梅州"，不哭！福建武警老兵的儿子急需 40 万医治费》的文章后，马上委托我代捐 300 元。随后，他正在读初二的 15 岁女儿将自己平时积累下来的 18 元红包全部捐献了出来。

2016 年 4 月 14 日晚上，正在读小学四年级的 11 岁儿子知道此事后说："爸爸，我也要捐！"方良山问儿子："你又没有红包，怎么捐？"儿子说："你帮姐姐捐了，我也要捐，你先帮我捐出去。哥哥好可怜，帮帮哥哥吧。"方良山又问他："那你要捐多少？"儿子说："66 元，祝他早日回到学校。"就这样，方良山帮儿子发出 66 元爱心红包，并借此告诉孩子："我们对社会要有爱心，要尽自己的能力，不管多少，也是一份真情。"

贵州两位小孩的感人红包

"人人都需要帮助，在每个人困难的时候，我们都要举手之劳地帮助他人。"2016 年 4 月 9 日下午，贵州凯里市剑河县有一位昵称"简单幸福"、名叫姜述燕的小学生发来 4 元红包后感慨地说。过了一会儿，她又发来微信告诉我："这是我所有的钱了，我看看还有不，有的话，可以再捐捐。"

之后，小孩子可能担心我不相信，立即截图给我看。我接着问她，为什么要捐款？她坦然地说："助人为乐我高兴！"当我看到小孩子的钱包只剩下 0.09 元时，我很感动：在贵州那么穷的地方，有这样一个那么有爱心的小孩，真的要给她"点赞"！

贵州黔东南还有一位"V 冒傲娇"、名叫冒家燕的小学生，添加我为好友后，发来 5 元红包，并在微信中说："我没有很多钱，只是个学生，因为我也经历过这样的事，所以感触特别大。相信滴水成河的力量，能帮到他。"一句多么温暖人心的话语，让我们感触很深。

"等苹果卖出去了再捐 200 元"

2016 年 4 月 12 日早晨 6 时 20 分，我在加班为苏梅州写报道，武警广东省总队梅州市支队小花园三中队原战友山东籍老班长于照辉夫妻俩给我打来视频电话说："昨晚看到微信后，很感动，我们本来要捐 500 元，可今年苹果还库存着，没有卖出去，两个小孩，一个读大学，一个读初中，没什么钱，我们先捐 200 元，真拿不出手，等苹果卖出去了再捐 200 元。"他老婆接过视频激动地说："我老公在梅州当过兵，有你们这样的战友太好了，战友有难应该互帮互助。明天我们叫女儿办好。"事后，他们让女儿代捐了 300 元，并多次打电话关心此事。

十三人家族群都献爱心

有位在梅州工作昵称"妙胜"（陈剑锋）的同志委托我代转 1000 元爱心款后，还将我的几条微信多次转发到他的朋友圈与微信群。除了号召他的朋友纷纷献出爱心，以及他帮忙代转爱心红包外，我还在他的手机上看到，他的 13 人家族群里写满了"捐了""捐多次也好""爱心不限次数"这样那样感人肺腑的词语。

此外，我还在他的微信里看到，有一位叫"陈良君"的先生写道："再支持 166.66 元，同时转达了婉娟女士捐款数目 500 元的信息后，"轻松筹"显示已筹金额：72900 元。"甚至，我还了解到这家族有几个成员多次捐款。

后来，在与他的沟通交流中，他真情流露："这次，我们整个家族都捐了。其实我们这个家族，对这样的爱心活动，只要在群里有一人捐了，大家都会一起捐。"多好的一个家族，多有爱心的一个家族！

两位 80 多岁老人的心意

广东汕尾的刘思忠看到微信深受感动，早早就捐款 500 元，夫妻俩每天一看到我发布的微信，就会谈起苏梅州的病情。有一天，88 岁的岳父肖寿元、85 岁的岳母黄玉云两位老人家听到后，知道小孩生病了，家庭还那么困难，便伸出温暖的双手，每人捐献 500 元，委托刘思忠代捐。4 月 15 日下午，刘思忠带着老人的心意，加上儿子刘泽浩、外甥女捐的 500 元一共 2000 元爱心款，专程送到我办公室。在交谈中，刘思忠还告诉我，两位老人家喜欢做好事，平时也一直这样做善事，而且经常做好事不留名。听到这，我们真的为老人家这种爱的无私、爱的奉献而感动！

是啊，这是心的呼唤，这是爱的奉献。

这就是一个小孩的爱，一个老人的爱；

这就是一个家庭的爱，一个家族的爱；

这就是一个社会的爱，一个民族的爱。

让我们加油吧，将满满的爱心传递给小梅州，让爱的芳香永留人间。

（发布于"点点星光"公众号，2016-04-22）

【大爱"梅州"（五）】

当了兵永远不后悔

我们从战友们给小梅州的捐款留言看到，这些离开部队的老兵，没有忘记自己曾经是一名共和国军人，没有忘记自己曾经是武警部队的一员，没有忘记自己曾经是武警广东省总队的一兵！

我们都是同个中队的战友

被誉为"梅州武警第一拳"的机动中队原队长赵干登捐献爱心款500元后，他回忆说："我当队长时，苏忠实是后勤班长，他是一个老实肯干的人。知道他的事，我很着急，他的事就是我们的事，我们都是同个中队出来的战友，能帮就帮。"曾经在机动中队当过指导员的王国华说："感谢各位战友、朋友和互不相识的爱心人士！小梅州的父亲是我的战友，之所以还能看到这位阳光的少年，就是因为您伸出了温暖的双手。"

赖生勇是重庆北碚人，当兵时，他是苏忠实的老班长。他发来微信说："在新兵连时，苏忠实给我的第一印象是黑瘦、单薄，他的确是人如其名，忠厚、老实，为人纯朴、真诚，训练刻苦，我们班经常在军事汇操中获得前三名。下到机动中队，他就在我那个班，能吃苦、能吃亏，各项工作完成得更加出色，战友都喜欢他。他为了给小孩治病，因病致贫，负债累累，作为战友，我们有责任来扶他一把。虽然钱捐得不多，帮不了他太多，但那是一份情怀，这就是我们的战友情！"重庆涂建战友是苏忠实的副班长，他说："小梅州坚持下去，有什么问题我们老'梅州'一起解决！"

在广东梅州，有一位1993年当兵的钟新权，他是苏忠实的同个中队同年兵，他感慨地说："苏忠实对梅州第二故乡有着美好的回忆，对梅州人民有着浓厚的感情，因此给他儿子取名'梅州'。因为你们的爱心和善举保住了小梅州的生命，你们都是小梅州的再生父母。"

我们都是同个支队的战友

"我看了关于梅州的文章很感动，虽然不认识他，但毕竟是同一个支队的战友，有能力就支持他一下。出差刚回到梅州，你帮我转达一点心意，并祝梅州早日康复！"武警梅州市支队原副参谋长王琼锋专程送来500元爱心款后说。1989年入伍的李农生原在武警广东省总队梅州市支队二中队，后调至机关，他说："看到小梅州的事感到难受。我们都是同个支队的战友，战友贵在于诚。有难相扶持，不在于多少，只要有爱心，就是战友的一份情。"

2016年高考那天，小梅州的左大腿截肢了！原属武警广东省总队梅州市支队小花园三中队广东籍1991年当兵的王剑荣说："我曾经也是武警梅州市支队的一个兵。老战友苏忠实对儿子不离不弃，父爱如山！梅州，不哭！梅州，挺住！"陈立宇的老家在广东茂名，1999年当兵，他说："我原来在一中队当兵，都是武警梅州市支队培养出来的兵，被你们的举动感动了。我的小小心意能够帮助有需要的人，这是我们战友应该做的，我虽然脱下了军装，但我不忘武警本色。"原属武警蕉岭县中队福建籍1993年当兵的许金锡说："我曾是武警梅州市支队出来的一个兵，苏忠实是和我一起从山沟沟里走出来的战友，退伍后他以打工为生，供养着一家老小，谁知屋漏偏逢连夜雨。真的好可怜！我们共同努力！"

在东莞，有一位叫白军生的战友，他是广西籍1985年当兵，他说："我原来是梅州一中队，后调至武警东莞市支队。看到了微信后，很感动，毕竟是同个支队的战友，病痛无情，人间有爱，请战友们、朋友们帮助苏梅州渡过难关。让我们一起努力帮助苏梅州这位军人的后代！"原属武警广东省总队梅州市支队广东籍钟锡辉说："梅州，病魔降临你的身上，让你受苦了，远在广州的我非常难受。因为我和你爸都在梅州当过兵，都是武警广东省总队梅州市支队的一名战士，你的名字叫梅州，够感动我们了，希望你早日康复！"

我们都是同个部队的战友

原属武警广东省总队江门市支队的叶伯森在第一次捐款的基础上，再次发来200元红包，委托我帮他转交给苏梅州，他说："我虽然不认识苏忠实，但我们是同年兵，我们是同一个部队出来的，看到消息，感觉心痛，小梅州要经受那么大的痛苦磨炼，真的难为他了！"周春祥原是武警广东省总队惠州市支队的一位老兵，他说："虽然我不认识你，也不认识你爸爸，但是我和你爸一样，是广东武警一名老兵！祝你早日康复！我们等你平安回来！"原属武警广东省总队八支队的河南籍叶耀山看到了消息后，一边捐款一边留言说："我们虽然不是同一个支队的战友，但都是武警广东省总队机动中队的一个兵，祝小梅州身体健康、勇敢、坚强！"何顺进是福建安溪人，入伍时就是武警广东省总队的一名士兵，后来调至武警广东省边防总队深圳经济特区检查站。他在电话里伤心地说："我看到小梅州心情难受，作为老乡，又是战友，我们应该多为他尽点力，希望军人的后代得到更多的帮助，让他对生活充满阳光。"

（发布于"点点星光"公众号，2016-04-18、2016-08-23、2017-03-15、2017-07-06）

【大爱"梅州"（六）】

小梅州永远是人民的"儿子"

因为他的名字叫"梅州"，所以感动了众多梅州人；

因为他的父亲曾经是梅州的军人，所以感动了众多战友。

如今，这位出生于福建安溪官桥的苏梅州，经过近一年的治疗，终于高兴地回到老家休养。

今天，我用这篇"答谢文"真心地感谢大家一直以来对这件事的关注与支持，让我对"梅州"有种燃烧不尽的激情！

不是兄弟胜似兄弟

战友亲如兄弟，战友的儿子也是我们的"儿子"。苏忠实原是武警广东省总队梅州市支队一名忠厚老实的退伍兵，当他的儿子检查出骨肉瘤后没钱医治时，他的脑海里跳出的词语就是战友，他的脑海里想到的是我这个老排长，他的脑海里想到了与他一起在机动中队当过兵的战友。苏忠实心里清楚，除了亲人，只有战友才能救他儿子的性命。从几次捐款的情况看，部队战友是此次捐款数目的主力军。

有位战友的父亲说过，没有打仗哪来战友？是啊，战争年代，出生入死是战友情的真实写照。但小梅州的病情告诉我们，和平时期，虽然没有战争，但我们的战友同样有着患难与共的真情。

通过小梅州的病情，我更加深深地感受到，有战友的地方，就有小梅州的希望；有战友的地方，就有战胜困难的援军；有战友的地方，就有团结幸福的力量！

不是梅州人胜似梅州人

在梅州当过兵的人都知道，梅州是叶剑英元帅的家乡，梅州是一个热情好客的地方。苏忠实当兵三年，在这片红色土地上付出了青春年华。他给儿子起名"梅州"，可以看出他是多么眷恋这片土地。从几次捐款的情况看，梅州人心里惦记着小梅州，心里老是想着他这个可怜的生命！一个个梅州人视小梅州为家乡人，伸出了温暖的双手，给予他满满的关爱与感动！

一年来，我深深地感受到，在千千万万的退伍军人中，只有这样一位退伍兵的儿子叫"梅州"。梅州不是生他养他的地方，他从小也不是喝梅江水长大的，可以说不是梅州人，但此次梅州人的捐款热潮足以印证，小梅州不是梅州人却胜似梅州人！

不是儿子胜似儿子

当过父母的人，谁都清楚，殚竭心力终为子，可怜天下父母心！即使没做过父母的人也清楚，世间爹妈情最真，泪血溶入儿女身！病魔无情人有情！小梅州的病情牵动了社会各界无数爱心人士的心，少则几元，多则上千，数也数不清，汇成了一股爱心暖流涌向小梅州。

赠人玫瑰，手留余香。一年来，我更深地感受到，社会各界爱心人士的力量是无穷无尽的，他们拥有"一方有难，八方支援"的大爱，感动了天感动了地，感动了小梅州，谱写了一曲曲"感动人间、幸福'梅州'"的壮丽篇章。

梅州，好样的！你不仅是安溪人民的"儿子"！也是梅州人民的"儿子"！永远是爱心人民的"儿子"！

（发布于"点点星光"公众号，2017-07-28）

有你，才有韦奇的生命

2019年9月2日，广西融水籍武警广东省总队梅州市支队原战友韦奇在老家村委工作岗位倒下，躺在重症监护室（ICU）整整8天。2019年9月8日，我接到韦奇妻子的电话后，立即撰写文章并于当晚发动"轻松筹"，得到全国战友和爱心人士的踊跃相助，三天共筹足善款15万元，挽救了他的生命。

【韦奇奇迹（一）】

救救我们的战友兄弟韦奇

尊敬的全国战友及爱心人士：

我是陈诗良，受武警广东省总队梅州市支队部分老战友的委托，今天有一个不幸的事情请求大家帮忙：

他叫韦奇，1976年2月出生，广西柳州市融水苗族自治县滚贝侗族乡吉羊村人，1994年12月入伍至武警广东省总队梅州市支队。在新兵连，他是我们带的新兵，下连队后被分配到一中队服役，退伍后回村担任村党支部书记。

由于韦奇长时间坚持在扶贫工作岗位上，疲劳过度，2019年9月2日，他吃了午饭后骑着摩托车来到村部上班时连人带车摔倒在村委门口。附近的村干部和群众立即拨通120，把他从村委门口送到融水县人民医院，经检查诊断结果为右基底节脑出血。

由于病情非常严重，韦奇当晚立即被转院至柳州市工人医院，结果令人唏嘘：一是右侧基底节区脑出血破入脑室，二是颅内压增高，三是高血压病3级、极高危组。当晚，韦奇做了开颅手术，时间长达四个多小时。截至2019年9月9日发稿时，他已经昏迷不醒7天了，仍然躺在重症监护室，随时会有生命危险。

韦奇家庭情况比较困难，他在村里的工资微不足道，妻子肖顺连在乡里一家乡村幼儿园当老师，待遇一般。大儿子15岁，在融水民族中学读初三，小儿子10岁，在融水县三小读四年级。而韦奇父亲因为第二次脑出血住院治疗已花近10万元，后经治疗无效于今年8月刚刚离开人世。

韦奇还沉浸在父亲去世的悲痛之中，然而意外却发生在自己身上。由于工作劳累，他不幸倒下了，躺在了病床上。目前虽然发动了战友们捐款，但只是杯水车薪。2019年9月8日晚上，我们通过"轻松筹"发起捐款15万元。仅一天时间爱心捐款就超过10万元。然而，昂贵的治疗费和后期长时间的康复费用，对这个家庭来说，简直是沉重的打击。

一方有难，八方支援。

战友情，一辈子亲！

我们请求全国战友和爱心人士伸出温暖的双手，帮帮我们的战友，让韦奇早日康复回家！

（发布于"点点星光"公众号，2019-09-09）

【韦奇奇迹（二）】

"全国都有我的战友兄弟！"

"这力量是铁，这力量是钢，比铁还硬，比钢还强……"我们看到一张相片是韦奇和他的战友们一起在融水县庆祝2019年"八一"建军节时的合影，当时，他指挥战友们齐唱《团结就是力量》，那歌声是多么的震撼人心！

韦奇就是其中的一名钢铁战士。

那么，韦奇是谁呢？

我们看看他的简历：韦奇，男，1976 年出生，广西柳州市融水苗族自治县滚贝侗族乡吉羊村人，1994 年 12 月入伍到武警广东省总队梅州市支队，1996 年 7 月，代表武警梅州市支队尖子班参加武警广东省总队尖子班比武，1996 年 9 月参加支队教导队的骨干集训，同年 12 月任新兵连班长，1997 年开始任一中队一班班长。其间历任列兵、上等兵、下士、中士，1997 年 11 月 25 日退伍回到家乡，曾任村委会主任，现任该村党支部书记。

韦奇把战友当兄弟，他热爱绿军装，热爱当兵的人。2017 年，他在"军人相册"中曾自豪地说："当了三年兵，对我来说是很有意思的经历。我从一个懵懂无知的青年转变成为一名中国共产党党员！这得益于三年军旅生涯的历练！我热爱这身绿军装，热爱咱们这些当兵的人。如今已经退伍即将 20 年啦。我想念战友们，退伍不褪色，我们依然继续为党的基层事业拼搏奋斗……我自豪！当了兵，全国都有我的战友兄弟！"

退伍后，韦奇在村里当干部，视人民为父母，办了一件件实事，做了一件件好事。由于长时间扶贫疲劳过度，2019 年 9 月 2 日中午，他上班时连人带车摔倒在村委门口，经确诊脑出血后做了开颅手术。

手术后，他整整在重症监护室躺了九天，在众多全国战友和爱心人士的大力支持下，2019 年 9 月 10 日下午，共筹到爱心善款已超过 14 万元。

（发布于"点点星光"公众号，2019-09-10）

【韦奇奇迹（三）】

韦奇从死神中活过来了

"韦奇醒了！"

"韦奇从死神手中逃出来了!"

这是个好消息!全国战友和爱心人士的爱心终于感动了他。

你看,他的眼睛睁开了。

2019 年 9 月 10 日下午,韦奇已从柳州市工人医院重症监护室转至普通病房。

回想过去九天时间,对于韦奇的家人及亲朋好友来说,是一段多么漫长而煎熬的日子。

你一定要活着,家里需要你!

话还是从头说起,韦奇由于长时间坚持在扶贫工作岗位上,导致疲劳过度,2019 年 9 月 2 日,他吃了午饭后骑着摩托车来到村部上班时连人带车摔倒在村委门口。

随后,从村部送到县医院,再转至柳州市工人医院,经确诊为脑出血,当晚便做了四个多小时的开颅手术。手术成功后,韦奇整整在重症监护室躺了九天,一直昏迷不醒。

直到 2019 年 9 月 10 日下午,他才睁开了眼睛。

这九天,对韦奇来说,一点记忆都没有,他根本不知道自己发生了什么事。然而,他的妻子肖顺连一次次痛哭流涕,心里总是盼着他早一天醒来,不时地祈祷:"韦奇,你一定要活着!家里需要你。"韦奇的亲人们和左邻右舍用不同方式表达了自己的心情:"韦奇,你一定会渡过难关!"他的亲人"韦老吉"在留言中写道:"呼叫韦奇……呼叫韦奇……亲戚担心你,同事需要你,朋友关心你,全国的战友都一直关注着你,你一定要早日好起来;收到请回答……收到请回答……"

我的战友,我的兄弟!

韦奇的病情牵动了全国战友和爱心人士的心。有一位叫何洁清的同志说:"当时我在吉羊村做指导员的时候,他是吉羊村主任,也是一个热心肠的好人！希望大家帮帮他。"

融水籍战友杨军说："我是韦奇的战友，情况属实，希望大家帮他一把，渡过难关。"广西籍韦奇的班长曾伟基说："我的战友，我的兄弟！"山东籍战友闫涛说："韦奇是我当兵时的班长，我们一起度过难忘的军旅生涯，我帮他证实。"

广西籍战友荣玉金说："韦奇是我当兵时同一个中队的战友，我们一起帮助、支持他。"江西籍战友唐雪文说："一个多月前，我们在融水聚会时，他指挥我们唱歌《团结就是力量》。"他还在他朋友圈留言："人啊，真是有不测之风云，才短短一个多月就已经躺在病床上，望战友能早日康复！"一字字、一句句，多么实在！多么感人！

不放弃就一定有奇迹！

众人拾柴火焰高。

没有过不去的坎。

只要人人都献出一点爱，世界将变成美好的人间。

…………

从发动"轻松筹"献爱心后，社会各界人士纷纷伸出了温暖的双手，帮助他渡过了难关。我们在后台看到，捐款帮助次数共有4908次。

这些爱心人士还纷纷在我的文章后面留言，网友"Da长兴"留言说："团结就是力量，这力量是铁，这力量是钢！"网友"红波"在留言中说："韦奇兄弟，你会挺过去的，吉羊村父老乡亲为你加油。"平台上还有数不尽的留言，真的好感人！

"你一定要挺过去！""不放弃就一定有奇迹！""加油，坚持就是胜利！""一切都会好起来的，加油！""爱的力量一定能帮你战胜病魔！""风雨过后一定能见彩虹！""相信明天会更好！"

这些话多么震撼人心，多么鼓舞人心。一点点心意，一份份爱心，从祖国各地汇聚到"轻松筹"和战友群。在全国战友和爱心人士的共同努力下，截至2019年9月11日16时08分，已筹到爱心善款150060元。

"轻松筹"的数据显示，三天多时间，共筹集爱心款 15 万元，这一切都离不开你们的爱心。

你们超硬核！

（发布于"点点星光"公众号，2019-09-12）

【韦奇奇迹（四）】

天下一家亲

韦奇向大家挥手致谢了！

广西融水县韦奇在上班时摔倒在村门口，导致脑出血并做了开颅手术，整整在 ICU 重症室躺了九天，一直昏迷不醒。韦奇的病情牵动了全国战友和爱心人士的心，"轻松筹"共筹到爱心善款 15 万元。他的妻子写了感谢信，表达了一个心声：你们的举动让我深深地体验到"天下一家亲"的温暖。

韦奇妻子致全国战友和爱心人士的感谢信

尊敬的全国战友和爱心人士：

你们好！

你们的爱心捐款感动了我们一家人，衷心感谢你们的慷慨解囊和无私帮助。是你们的善举给了我们全家希望，让我们增添了战胜病魔的勇气和力量。感谢你们的博爱之手，让我们全家感受到了你们的真情和真爱。

2019 年 9 月 2 日，韦奇吃完中午饭，骑着摩托车像往常一样去上班，来到村委门口后，突然连人带车摔倒在地。我们立即把他送往融水县人民医院，当晚立即转院至柳州市工人医院。经诊断为脑出血，医院下了病危通知书，我们当晚立即签字给他做了手术，并住进了重症监护室。

韦奇是我们家里的顶梁柱，面对突如其来的变故，我一筹莫展。我每天无时无刻不在为他的病情担心、害怕、伤心、难过，度日如年；医生还告诉我手术和康复治疗将需一笔巨额费用。我感觉天都快要塌下来了，我该怎么办？

韦奇出事的消息传出后，2019 年 9 月 8 日，韦奇的老排长陈诗良立即发起了"轻松筹"，发动全国战友和爱心人士为我们爱心捐款；同时，融水籍的韦燕谋、杨军、蒙光雄、石禧辉、石永安等等好多好多的战友，也发动了战友捐款，紧接着爱心扩散到同学群、亲友情……我们得到了众多爱心人士的大力支持，大家纷纷送来鼓励和安慰，送来了爱心款，为我们雪中送炭。

这些举动深深地感动着我，让我深深地体验了"天下战友一家亲"的温暖。韦奇的战友说："嫂子，有我们在！"同学说："老同学，有什么困难尽管说！"……面对从未谋面的韦奇战友，面对二三十年之久没见面的老同学，我唯一能做的就是紧紧地握住他们的手，泪盈满眶，却连一句感谢的话都说不出来。

都说爱的力量可以战胜一切。如今，韦奇在大家爱的力量下终于醒过来了，目前已经脱离危险期，从 ICU 转到了普通病房。此时此刻，我除了感谢还是感谢，除了感恩还是感恩！感谢陈诗良老排长！感谢全国战友！感谢同学和亲朋好友！感谢爱心人士！你们的恩情无以报，你们的恩情我们全家将铭记于心。我们一家人永远感恩你们！

我将会好好照顾韦奇，一起陪着他积极做康复治疗，争取早日康复回家！

再次谢谢！好人福报，好人一生平安！

韦奇妻子：肖顺连

【后记】

从 2019 年 9 月 8 日至 11 日不到三天时间共筹爱心款 15 万元。2019 年 10 月 2 日中午，韦奇的妻子肖顺连收到这 15 万元善款。2019 年 11 月 5 日左右，韦奇出院回老家做康复治疗。从他的妻子发来的信息得知，韦奇的语言表达、记忆力都恢复得较好，挂着拐杖在屋内能走动些了，进食正常，人也精神多了，但左手还动不了。看了他的相片，我和全国战友及爱心人士都有一样的心情，那就是开心。回想过去一段时间，韦奇战友在"死神"那里睡了九天。之后，他还经历了长达两个月时间的痛苦煎熬。今后，他还要面临好长时间的恢复与休养。只要他活下来，我们为他庆幸，这是因为他是倒在工作岗位上，他是为党和人民的事业奋斗的基层代表！

战友，战友，亲如兄弟，当兵的人为了报效祖国，从祖国四面八方来到了同一个部队，他们同吃一锅饭、同穿一条裤、同举一杆旗，结下了深厚的战友情谊，书写了动人的战友篇章。战友的情是一辈子的情，他们的爱是一辈子的爱，他们的福是一辈子的福！

但愿韦奇战友早日康复！我们当了兵！我们不后悔！

（发布于"点点星光"公众号，2019-09-16）

帮帮这位落难的武警老兵

　　一次交通事故改变他的一生，短短五年，他变成了残疾人，单位破产，妻子与他离婚，女儿随妻离开，父母相继去世……

　　这几天，武警广东省总队江门市支队"8930 战友"微信群在王长生等战友的号召下，捐款热情一浪高过一浪，福建、广东、广西、湖北、湖南等 10 多个省的战友为福建一名残疾武警老兵捐款数目超过 15000 元，我看在眼里，感动在心里！

　　他们到底为谁捐款？这个人到底有什么困难？他为什么会在视频里说出那样感人肺腑的心里话："谢谢战友们为我捐款，我很想念大家，希望有一天回到老部队去看看，有战友们的支持，我一定会好好地活下去！"

　　这个人叫栾世杰，1968 年 2 月出生于福建三明市。1989 年 3 月，他以一名普通工人的身份，怀着报效祖国的梦想，应征入伍来到武警广东省总队江门市支队营顶二中队独立排，唱响了《我是一个兵》《咱当兵的人》《战友之歌》等一首首歌颂战友之情的军歌。就这样，三年的军营生活，磨炼了他坚强的意志，在部队，他当上了班长，入了党，受到多次嘉奖，被评为"优秀士兵"。

　　1991 年 12 月，栾世杰退伍后又回到自己入伍前的三明市化工设备厂工作，这一干就是整整 10 年。

　　然而天有不测风云，人有旦夕祸福。2000 年，第一个悲剧降临了，一场意外交通事故导致栾世杰脑干损伤、智力水平下降、肢体严重损伤，后被评定为二级残疾人。

　　就在栾世杰发生交通事故后的五六个年头里，接二连三的悲剧接踵而来，他有苦不知对谁说。

2002 年，第二个悲剧来了，栾世杰所在的单位破产，他那份好工作也没了，收入来源没了，养家糊口的负担更重了，日子一天天过得十分艰难。

人在落难的时候，更需要亲人的陪伴，给予无微不至的关怀。可偏偏就在他痛苦得生不如死的时候，第三个悲剧发生了，2003 年，妻子以感情破裂为由，提出与栾世杰离婚；2003 年 6 月，法院经民事调解判决离婚，并把房子判给了妻子。

就这样，栾世杰一个好端端的家支离破碎了。那么，他的生活该怎么办呢？

可怜天下父母心。母亲看到儿子这块"心头肉"变成这个样子，只好把他接回家中照顾。可好景不长，2004 年底，第四个悲剧上演了，体弱多病的父亲因中风躺床多年，不幸离开了人世；一年半后，第五个悲剧出现在他面前，他的母亲因患心肌梗死突然离世！

一个家彻底散了，短短五年，自己变成了残疾人，单位破产，妻子与他离婚，女儿归妻抚养，父母相继去世，只剩下他孤零零的一个人，一无所有。

就在栾世杰最困难、最悲惨、最可怜的时候，妹妹栾凤英及妹夫王贵荣挑起重担，把他接到自己的家里扶养，一日三餐，一天天、一年年悉心照料他，让他生活过得更好一些！

一位可亲可敬的妹妹，一位伟大无私的妹妹，十多年如一日无怨无悔照顾好自己的哥哥，栾世杰在电话里向我说出他的心里话："我是个残疾人，不会做饭，要不是我这个好妹妹，我早就饿死了！"

是啊，一次交通事故，他从死神手中活了过来；肢体的残疾，下岗的烦恼，婚姻的变故，双亲的去世，一次次的不幸，没有挫败这位曾经当过武警的老兵！妹妹的大度、妹夫的包容，一次次的鼓励与呵护，一直支撑着这位饱受苦难的哥哥坚强地活着！

武警广东省总队江门市支队的战友为他发动了捐款，许多战友伸出温暖的双手，为这位坚强不屈的战友栾世杰献出爱心！人间有爱，大地润物，战友的爱心让他的生活过得更加好一些，笑容更加多一些，幸福更加多一些！

（发布于"点点星光"公众号，2015-07-22）

他走了，但战友互助精神永在

他叫陈光明，2018 年 9 月 15 日凌晨 5 时左右，在江西省抚州市南丰县家中停止了心跳，永远离开了战友们！

人的生命只有一次，没想到他的生命是如此的脆弱，才四天时间，就再也回不到我们战友的身边，我们在心中祈祷他一路走好！

虽然他走了，但战友们的心情久久不能平复。我们发动筹款时，不幸的消息传来了，医院下发了陈光明的病危通知书。如今他走了，走得是那么的突然！

2018 年，陈光明已 44 岁。他于 1993 年 12 月入伍到武警广东省总队梅州市支队警通中队服役，后派驻梅州市公安局通信班。三年的军旅生涯，让他与战友结下了深厚的情谊。退伍后，他四处打工。

天有不测风云，人有旦夕祸福。2018 年 9 月 11 日下午，陈光明在广东四会市发生的一场车祸中，右下臂断肢，左手大面积严重感染甚至难保。由于失血过多，当天，陈光明就住进了四会市万隆医院 ICU 重症室进行抢救，生命危在旦夕。仅这一天，就花去了 8 万元医疗费。

考虑到他的病情非常严重，在亲人的要求下，2018 年 9 月 13 日 14 时 30 分，他被转院住进了广州军区广州总医院重症医学科，这一天，7 万元的医药费又花掉了。

然而，他却仍在重症室一分一秒地与死神斗争着。

这么巨额的医药费用是无法估算的，家里又穷得要命，到哪里借这么多钱？怎么办呢？

车祸无情，战友有情。战友们得知陈光明发生重大车祸后，在四会附近的战友第一时间赶到医院看望他，江门籍战友李永权特意前往医院为他献血；"武警九五年战友群"还发动了爱心捐款，并将这一不幸消息传递给微信、QQ群的其他战友。截至2018年9月13日，共筹集爱心款逾4万元。其他战友也在用不同方式纷纷为陈光明表达自己的爱心。

战友捐款的热情感动了他们一家人。2018年9月13日17时23分，战友们与陈光明的亲人通上了电话，他妹妹陈燕伤心地哭着说："哥哥病情真的很严重！我们一家人上有一位86岁的老爷爷，父亲66岁，母亲65岁。在我们这个家庭里，陈光明是长子，下有2个弟弟，还有我这个妹妹，我们都已经成家了，一直靠打工来维持生计，家庭经济特别困难。2014年9月，家里因电线老化发生了一场火灾，将我们早年建造的木制房屋全部烧完了。2018年6月，我们的母亲又患重病住院，花掉了11万元，我们几个兄弟姐妹的积蓄花完不说，还欠下了一大笔债务。"

陈光明的弟弟陈明辉说，他曾经也是一名军人，2001年，他在福建福州市连江县某部海防十一旅二营四连当过兵，看到哥哥现在的样子，他非常难过。

陈光明结婚后，生下两个儿子，三年的军旅生涯，使他心中深深地爱着部队，爱着他的战友们。2014年，陈光明又将大儿子陈鑫伟送到部队当兵。陈鑫伟在电话里伤心地告诉我，他现在在广州市花都区解放军某部服役，没想到父亲会发生车祸，他真的好怕会失去父亲，真的好担心父亲的性命！

是啊，人的生命只有一次。

在这生死关头，陈光明66岁的老父亲从江西赶到广州，站在重症医学科门口，右手拉着开不了的铁门，心急地等待儿子能活着出来！在这生死关头，弟弟、妹妹，还有儿子都在焦急地等待陈光明活着回家！在这生死关头，战友们都在祈愿陈光明平安回家！

然而，由于病情恶化，2018年9月15日凌晨5时左右，陈光明回到了他那土生土长的家乡，心脏从此停止了跳动。

虽然他永远离开了我们，但我们战友互相帮助的爱心精神永远都要弘扬下去！

（发布于"点点星光"公众号，2018-09-15）

这位战友终于活过来了

他叫赵克海，今年 46 岁，河北永清县人。

他于 1991 年 12 月入伍至武警广东省总队梅州市支队，新兵连结束后被分配到地处蕉岭县的直属大队广福乐干三中队，这里与福建交界，条件非常艰苦。与他同一个班的战友有陈锦源、劳永洪等，班长是刘华川，排长是曹锐，司务长是谢立群，中队长是吴洪生，指导员是黄革新。在部队时，他是一名优秀士兵。

1994 年 11 月，他光荣退伍，之后与朱桂英结为夫妻，家住广东韶关武江区，生下一个女儿，已 9 岁，正在读小学四年级。

2019 年 12 月 31 日，一场灾难导致他颅脑重度损伤，被送进了韶关市第一人民医院 ICU 抢救，检查后发现他的脑部还有肿瘤。目前，他的妻子已通过"轻松筹"发出求助，请看这封求助信。

求大家给丈夫赵克海
一个活下去的希望！感谢你们了！

各位好心人：

大家好！

我叫朱桂英，家住在广东韶关武江区。我丈夫叫赵克海，今年 46 岁了。

2019 年 12 月 31 日，一场严重的意外导致赵克海重度颅脑损伤：右侧额颞顶部硬膜下血肿，中线结构受压左偏，并形成脑疝；蛛网膜下腔出血；左右侧颞叶脑软化灶；左侧颞顶骨骨折和头皮血肿等。通过检查，还发现他脑部有个肿瘤。如今他在韶关市第一人民医院 ICU 抢救，至今未醒过来！

医生说我丈夫的治疗费一共需要 35 万元左右。这场突如其来的变故，给我这个家庭带来了巨大的打击。结婚以来，我们夫妻俩相濡以沫，不管家中大小事，都相互理解，共同进退。可如今丈夫却躺在重症病房里冰冷的病床上，由于丈夫病情较为严重，我们无法在他身边照顾，只能在每天的探视时间看望他并焦急地等待医生带来的好消息。

然而巨额医疗费用压在肩上，让我身心交瘁，隔着玻璃窗遥望着病床上重度昏迷的丈夫，想到家中还有那么小的孩子，感到万般地痛苦和无助。现在只好借助"轻松筹"这个平台，向所有爱心人士求助，恳请你们能够伸出援手，帮帮我这个支离破碎的家，你们的善心善行，我将永远铭记于心！

他曾是 1991 年武警梅州市支队直属大队四中队一名正直的爱国军人！生活难免会遭遇意外，希望大家都有互助的意识，哪怕是一次转发，也是爱的传递。我们急需您的帮助！望好心人士伸手相助，多一份转发就多一份希望，接力点亮生命的希望之光！

救人一命，胜造七级浮屠。因为我们是同个中队、同个支队、同个部队的战友，所以我们要发动更多战友力量帮助支持他。这就是团结的力量，这就是战友的力量，这就是爱心的力量！

无论战友们和爱心人士捐款多与少，赵克海和妻子总是会留言：感谢好人帮助××元，好人一生平安！好人定有好报！恩情永不忘！同时，她还及时发布赵克海病情的变化情况，如：我丈夫现在在做二次手术，他收到你们的祝福定会醒过来的！现在赵克海能下地走路了！医生说他会慢慢好起来的！

帮助别人是人生最大的幸福和快乐，人间的爱让赵克海感到无比温暖。在全国战友和爱心人士的大力支持下，赵克海终于战胜了病魔。目前，他已出院在家里疗养。

（发布于"点点星光"公众号，2020-01-05）

"我有一个家，还要坚持活下去"

有一位老兵患了胃癌，做手术切除三分之二的胃部，目前急需部分医药费用治病。

他就是武警广东省总队韶关市三支队三大队十一中队退伍老兵卢建兴。

卢建兴，福建龙岩上杭县白砂镇茜黄村人，1987年12月应征入伍，在十一中队，他的班长叫谢容添，排长叫荣小慧，中队长叫洪锦钿；原武警广东省总队副司令员吴庭富大校就是他在轮训队集训时的老队长。回到中队后，他任上士班长。在部队，他是一名优秀士兵。

1990年12月，卢建兴退伍回到老家，在福州火车站行李房打工16年。由于家庭开支较大，2006年，他才打道回府，回到龙岩开了9年的水暖建材批发小店。2015年，他便回老家承包山田搞农场，由于考虑不周，农场回报周期太长，后续没有资金投入导致投资亏损，欠下几十万元银行债务。

屋漏偏逢连夜雨。2020年1月2日，卢建兴经龙岩市第一医院检查，确诊为胃癌。随后他接受手术切除了三分之二的胃部，因家庭经济困难，治疗费用缺口很大，他一下子陷入了困境。2020年1月9日，武警广东省总队上杭籍1988年战友联谊会得知情况后，立即发动上杭籍战友向卢建兴战友捐款，以解其燃眉之急。

据了解，广东武警上杭籍1988年战友联谊会一直以来凝聚力很强，曾为三位遇到困难的上杭籍战友发起过募捐，在战友圈和当地社会各界引起强烈反响。这次卢建兴战友遇到了困难，他们视战友如兄弟，再次号召战友们向卢建兴伸出温暖双手，给予力所能及的帮助与支持。

卢建兴虽然做了手术，但由于同时出现两种癌细胞，造成了治疗的困难，手术后还需大约 8～12 次的化疗，每次化疗费用约 1.5 万元，比一般胃癌的治疗需要更多的资金，加上 1 月份手术及基因检测已花费 10 万元，共需 25 万元左右治疗费。

这么大一笔费用，对他而言，无疑是雪上加霜。家里还有年迈的老母亲需要照顾，加上妻子的身体又不好，也是长期的"药罐子"。在他住院期间，妻子已向亲朋好友借了很多钱，如今的压力非常大。卢建兴说："我有一个家，我还要坚持活下去。"于是，无奈之下，他才向战友和社会发起了请求援助！

战友们知道以后，纷纷向卢建兴伸出温暖的双手，慷慨解囊。"点点星光"平台得知筹款进度很慢时，也替他感到焦急，马上帮他撰写文章、制作新的链接，再次为他发起募捐。许多战友也纷纷再次转发，为卢建兴筹款起到推动作用。

战友，战友，亲如兄弟。每逢战友遇到困难时，他们不管认识与否，不管是哪一年兵，大家都会毫不犹豫地献出一点点心意、一份份爱心。他们常常感慨：此生无悔穿军装，一朝战友一世情。

在部队，我们常说，一人有难众相帮，一方有难，八方支援！我们都是广东武警，我们都是中国老兵，卢建兴是我们的战友，受战友委托，我们请求大家共同发力，一起帮他渡过难关！

（发布于"点点星光"公众号，2020-04-04）

同是武警同条心

"我们战友之间应该团结互助，有难相帮！"1993 年福建安溪籍广东武警老战友林尾宝说。

他们说到做到。2016 年 3 月，武警广东省总队梅州市支队原班长苏忠实的小孩苏梅州患上骨肉瘤，病情严重，急需转往北京积水潭医院救治。在此之前，苏忠实为儿子治疗已花尽一生的积蓄，甚至还向亲朋好友借贷维持治疗！

在众多广东武警的战友脑海里，很多人都不记得苏忠实这个名字，但他儿子小梅州的病情却牵动了战友的心，全国许多战友都伸出了温暖的双手支持小梅州。

而 1993 年入伍的安溪籍广东武警战友们，没有忘记在广东武警当兵时部队的教诲：一人有难众人相帮。于是他们在战友群发出了"为战友苏忠实儿子小梅州捐款"的号召。很快，战友们纷纷响应，不论是武警广州市支队的战友还是武警河源市支队的战友，不论是武警二支队的战友还是武警韶关市支队的战友……他们都伸出援助之手，不分支队，不分你我，不分多少，纷纷献出了一片爱心，帮助苏忠实战友渡过了难关，为挽救苏梅州脆弱的生命尽了微薄之力！

其实，何止这件好事，这帮 1993 年入伍的安溪籍广东武警战友们，心中一直坚守着一个信念：我们都是广东武警！我们要真心实意为战友多做好事、多办实事！他们还设立了战友会互助基金，并坚持开展了一些健康有益的公益活动：奖励战友子女考上本科院校，奖励金 500 元，并送行李箱一个；慰问战友双亲身故、战友子女身故，慰问金为 500 元，并送花圈一个；每三年一次慰问身故战友家庭，慰问金为 500 元，并送 20 斤米一袋、

4升食用油一桶，以表心意；每年春节慰问丧失劳动能力、无任何经济收入的战友。

在全国千千万万的退伍兵中，也许有许许多多的战友都在开展这样那样的慰问战友行动，那样大爱的精神值得我们宣传与弘扬！

从1993年入伍的安溪籍广东武警战友们所做的好事中，我们深有感触——我们虽然互不相识，但我们都是战友！我们虽然不在同一个支队，但我们都是广东武警！我们虽然不在同一个总队，但我们都是中国武警！

（发布于"点点星光"公众号，2017-07-10）

我们家是个"光荣之家"

一

"今天你去的地方是部队，是一个由好多好多军人组成的大家庭。" 3 月某个周日上午，我和妻子带儿子与两个小朋友一起到武警中队参观战士训练生活后，在回家的路上，我与五岁"二宝"聊开了"部队与家庭、大家与小家"这个话题。

儿子一知半解地问："那他们的父母呢？"

"他们的父母都在老家，不在身边，每个军人都有自己的家庭，就像爸爸、妈妈、姐姐和你，我们就是一个'小家庭'。"我用浅显易懂的话引导他，"你在哨楼旁边看到了什么？"

"他们拿着枪！"儿子说道。

"是的，他们拿着枪走上哨楼站岗放哨，保护我们平安！"儿子似懂非懂点点头，我又语重心长地对他说，"那些军人，离开了自己的家，离开了父母，来到部队这个大家庭当兵，保卫国家！"接着我伺机给儿子来了个抛砖引玉："那我们家是什么家呢？"

"我们家是'光荣之家'！"儿子这个可爱得意的回答使我这"老军人"开心得哈哈大笑起来。

二

儿子心中的"光荣之家"，就是家门口上面那块有着金色的底色，印着四个红色大字的牌匾，这也让我勾起了左邻右里对"光荣之家"佳话美谈的回忆。2019 年，国家统一给每个军人的家门口都挂上了一块光彩夺目的"光荣之家"牌匾，军人家庭从此有了这份耀眼的荣光。

"你以前是当兵的？那天我看到你家门口上面多了一块光荣牌！"2019年"六一"儿童节那天，我们带着儿子刚走出家门口时，一位正在小区楼道扫地的阿姨崇敬地问。看得出阿姨那个年代的人已把尊崇军人刻在了心底，她指了一下那块"光荣之家"牌匾，情真意切地说："你们军人很伟大，保家卫国，十分光荣！"

回忆部队 17 年军旅生涯，我曾参加过扑救山火、抓捕罪犯、抗洪抢险、看押执勤等任务，多次立功受奖，2005 年转业到地方工作已有十多年了，自从家门口悬挂了"光荣之家"牌匾，给我增添了几分光荣。于是，我深感自豪地对阿姨说："谢谢您！其实没有什么，这是我们军人应该做的，为人民服务！"

"你是哪里人？在哪里当兵？当了多久的兵？……你们是最可爱的人！"阿姨与我聊了一会儿，不时伸出两个大拇指赞了又赞。

曹梓皓是一个非常有礼貌的中学生，他家与我家是同一楼层的十多年邻居。一天中午，他在电梯里用羡慕的眼神看着我，好奇地问："叔叔，您当过兵？我看到您家门上多挂了一块'光荣之家'牌匾。"

我饶有兴趣地说："我当过兵，那您喜欢当兵吗？"

"喜欢，当兵光荣！那您的功夫肯定很厉害？"

"当过兵的人，都有功夫的，等你长大以后，你也可以去当兵，也会有真功夫的！"

不一会儿，电梯门开了，在楼道里，小曹还问我"您当了多长的兵"，我一边指着家门口的"光荣之家"，一边引以自豪地说："门上这块牌，叔叔当了十七年兵才换来的！你长大后也要当兵去！"

小曹不时地点了点头，进门时还说了声："叔叔，您真棒！"

三

一人当兵，全家光荣。参军就要保家卫国，没有国家，哪有自己的小家。自从"光荣之家"挂在家门口，我感到无上光荣，也时常教育儿子要尊重军人，帮他从小种上"当兵光荣"的种子。

一声光荣，一生光荣！千千万万的"光荣之家"面对金灿灿的"光荣"二字，深深感受到党、国家和部队的温暖，无愧，亦无悔！而我每当看到家门口悬挂的"光荣之家"，不时会想起小时候在农村看到的至今仍时刻激励着我们继续努力的一副对联：发扬革命传统；争取更大光荣！

（发表于《梅州日报》第 7 版《家庭》，2021-11-06）

绿色情怀

（扎根客都）

梅州，是著名的世界客都，是叶剑英元帅的故乡，是我国历史文化名城。近年来，梅州坚持生态优先，推动红色苏区绿色发展，不断擦亮"生态梅州"品牌。作为一名扎根梅州 33 年的新客家人，在绿色中生活，在绿色中前行，深深地爱着梅州的山山水水，心中总盼望着梅州发展得更好。这是我这辈子的沉淀与福分，历久弥新。这份"梅州情怀"，激励着"我手写我口"，为梅州绿色发展留下"点滴智慧"。

遇见梅州，遇见青春

我是个现役军人，在服役期间，也可以说是属于梅州青年中的一员。目前《梅州日报》开展的"青年留在梅州有无前途"这一专题讨论，我十分感兴趣，也想从中有所启发。尽管我只在梅州服役三年，说不定过几年要退伍回安溪老家，说不定也会留在梅州几十年，但只要祖国需要，我愿意为梅州的经济建设和人民生命财产的安全奉献出我的青春。说实话，我爱梅州，那是因为梅州的人民给我留下了美好的印象。因此，我相信自己留在梅州是有前途的。

生活在梅州，目前尽管她的经济发展水平和生活便利程度比不上深圳、珠海等特区，但她有着勤劳俭朴的人民和光荣的革命史，具有"三乡"而闻名中外。并且改革开放十年来，她的经济水平得到很大的发展，人民的生活水平不断地提高，"两个文明"建设也发生很大的变化。然而，为何还有一些在职青年不安心于位，想方设法调往经济发达的地区呢？依我看，他们除了存在追求高收入、享受的思想外，也片面认为自己留在梅州是没有前途的，从而自暴自弃，因为看不到远大前途而放弃奋斗，千方百计地要离开故土。事实上，他们缺乏的不是能力，而是一种艰苦奋斗的精神和自信心。

自信心是事业成功的重要因素。一个人如果缺乏了自信心，则容易产生一种消极的内在心理状态，冲走了青春的花瓣，却浮不起成就的巨轮。正因如此，有些在职青年总认为自己留在梅州是没有出息的，于是产生了到深圳、珠海等特区去发展才算有前途的念头，待他实现这个愿望时，却又干不出什么名堂，这种一山望着一山高的思想，只能是浪费自己的青春，这实在是不可取的，也是令人可叹的！其实，每个人都有自己的长处和短处，如果能把握住自己的长处，使之充分发挥，那么你依然是一名强者。朋友，你不妨试一下，如对自己能充满信心，能决心扎根于山区，安心于梅州，去为家乡的建设贡献自己的一份力量，总有一天你就会觉察到，你的一生没有白干，你的前途是美好的、远大的，你是一个值得大家为你感到自豪的梅州青年。

事业的成功最终还要依靠才干的增长与知识的积累，但是，自信心是青年不可缺少的精神支柱，只要具备了坚定的信心，在知识的海洋里遨游，在人生的道路上奋进，才能拥有真正的前途，才能成为一个时代的强者。

随着改革开放浪花的冲击，整个梅州市发生了巨大的变化，充满了机遇与挑战，她更需要千千万万的梅州青年，去建设、去振兴，使她后来居上，把梅州建设成一个富庶文明的山区都市。

亲爱的梅州青年朋友们，我虽然不是梅州生养的，不是喝梅江水长大的，但作为一名现役军人，梅州的建设应有我的一份职责。让我们一起在这人生的舞台上，"扮"好自己的角色，"演"好自己的人生，用我们的双手去开辟梅州山区，用我们的双手去为建设美好梅州而奉献自己的青春吧！

我深信，青年留在梅州不仅是有前途的，而且是大有前途的！

（发表于《梅州日报》，1990-07-26）

用心谋划梅州建设省际交界地区节点城市发展思路

国家发改委等部委印发实施方案提出，支持梅州建设省际交界地区节点城市。这个重大利好消息为助力梅州革命老区推进乡村振兴注入了"强心剂"。作为生态发展区的梅州，要树立改革思维，解放思想，打破思维定式，借鉴一些省外省际交界地区发展的经验做法，先行先试，用心用情谋划建设省际交界地区节点城市，探索走出一条客家特色的新时代革命老区振兴发展路子，大力推进赣闽粤原中央苏区对接融入粤港澳大湾区振兴发展先行区建设。

一、站位要高，借力中央苏区政策，谋划省际交界地区节点城市振兴发展

新时代苏区振兴发展，关键靠人，而人的关键在于解放思想，全面激发内生动力。梅州地处赣闽粤三省交界处，是广东唯一全域属原中央苏区范围的地级市和全国重点革命老区。要借力中央苏区、生态发展区、省际边界地区政策优势，高站位、高起点、高谋划，坚定不移地将"中央支持梅州建设省际交界地区节点城市"政策落到实处。

一是要有"国之大者"的大格局。要深入学习贯彻习近平总书记关于老区苏区工作重要论述精神，国务院与国家发展改革委等部委支持革命老区发展有关政策，以及省委、省政府对梅州苏区建设一系列指示，增强紧迫感和责任感，用活用好政策；要多请示、多汇报、多沟通，向上对接，争取中央、国家机关、省及发改部门加大政策倾斜与对口支援，把更好更多的"大项目"引进来、落下来、干起来；要借脑借智借力，举专家学者之力，集强市兄弟之慧，共同推进革命老区乡村振兴。

二是要有"联动发展"的大胸怀。不要"孤军作战"，要本着"兄弟同心，其利断金"的胸怀，树立"走出去取经、请进来发展"的思维，建立"政府搭台、苏区唱戏"的大沟通、大交流、大合作平台，整合资源，优势互补，不断扩大客家地区甚至周边地区协同合作领域和范围，加强省际联动发展，支持革命老区特色产业发展，加强园区和产业平台建设，推动梅州建设省际交界地区节点城市。

三是要有"奋进之力"的大智慧。要摒弃"等靠要"的"围龙思想"，改变固有观念、惯性思维，杜绝"尾巴主义"，开展解放思想大讨论，牢固树立"发展才是硬道理"的思想，激活原中央苏区地区内生动力，举全市之力，敢于深入"无人区"开展改革，"杀出一条血路来"，追赶其他客家地区、周边地区乃至全省发展步伐，以奋进之力、实干之行加快红色苏区绿色发展。

二、眼光要远，借力"海西经济区"经验，谋划省际交界地区节点城市循环发展

随着现代化立体交通网络时代的到来，梅州将成为赣闽粤三省交通中心，梅州已融入海峡西岸经济区"两小时生活圈"。"海西"成为梅州一个新的经济增长极。要有"长远思维"，走出区位、基础、人才等劣势的"围龙错觉"，快马加鞭，主动融入"海西"循环发展中。

一是坚定"弱鸟先飞"的发展自信。要走出"'海西'建设与己无关"的误区，不做井底之蛙，不当"鸵鸟式"干部，树立"我们都是海西人"意识，从根源上摆脱那种"躺平、内卷"的困境，化危为机，危中寻机，用好"海西"政策，变"不敢想"为"敢想"，变"不可能"为"可能"，变"不现实"为"现实"，让自己站起来、跑起来、飞起来。

二是坚定"逆水行舟"的发展勇气。面对"海西"涉及城市范围点多、线长、面广的特点，要胸怀"踏平坎坷成大道"的壮志，借鉴"一带一路"做法，发挥"郑和七下西洋"和"客家先辈下南洋"敢闯敢试的精神，走出去扩大朋友圈，请进来壮大经济圈，学习"他山之石"经验，雕琢"振兴之玉"，实现借势发展、错位发展、融合发展。

三是坚定"借海扬帆"的发展潜力。要海纳百川，借助闽商、台商、赣商、浙商、侨商等力量，加强山海协作、山海联动；要大力发展交通等基础设施建设，借力"海洋经济"，聚集"海西"所需的要素，壮大以先进制造业为主的实体经济；要打破地方保护和市场分割，建立"互赢互利、共谋发展"的公平市场，形成区域发展、协调发展、内外循环发展的"海西"经济发展一体化。

三、思维要清，借力县域经济强市智慧，谋划省际交界地区节点城市融合发展

从赣闽粤三省 2021 年地区生产总值的情况来看，福州为 11324.48 亿元，泉州为 11304.17 亿元，厦门为 7033.89 亿元，漳州为 5025.4 亿元，龙岩为 3081.78 亿元，赣州为 4169.37 亿元，而梅州才 1308.01 亿元。梅州与省外地市有着较大的经济差距。但我们从中可以看出，福建厦漳泉都市圈的市场对梅州来说有着较大的"市场空间"。比如 2021 年地区生产总值破万亿的泉州与梅州同样是中国历史文化名城，却创造了经济奇迹，《梅州日报》曾派记者调查发现，泉州的成功之路就是发展壮大县域经济之路。要借鉴兄弟经济强市经验，打造梅州特色品牌，走向厦漳泉都市圈，走向"海西"，走向世界。

一是让市场经济"活起来"。要盯住"三省四区两圈"大市场，在互利合作中实现共赢发展。要面向厦漳泉都市圈、龙岩"打造区域协调发展样板"、赣州建设省域副中心城市等主要城市的赣闽粤"三省大市场"；要面向粤港澳大湾区、深圳先行示范区和横琴、前海两个合作区省内"四区大市场"；要面向珠三角经济圈、汕潮揭都市圈"两圈大市场"，充分挖掘大市场优势，加强跨区域、跨省合作，让市场经济动起来、流起来、活起来。

二是让特色经济"响起来"。特色产品是特色产业的基础。要谋划一至两个"节点城市圈"，打造特色工业园区，打建产业集群链，打响全国知名品牌，催生更多犹如宁德时代与嘉元科技合作的模式，具有中国品牌与客家特色的产业品牌，如"中国铜箔之都""中国稀土深加工之都"等，把特色产业发展起来，成为让人"记得住、叫得响、拿得出"的特色品牌。

三是让实体经济"强起来"。要避免"全面开花、撒胡椒面"的现象，贯彻新发展思路，立足全国、全省，找准梅州的发展定位，打造1~2个"有特色、可持续"的主导产业，形成"节点城市"特色的"一县一'产业+'""一县一'品牌+'"，并持续提升具有影响力的国内国际品牌价值，让主导品牌辐射到省际区、推广到兄弟市、传播到本省外、走出到国外去，走对走实走好高质量发展之路。

（发表于《梅州日报》第4版《理论》，2022-04-24）

解放思想，走好梅州苏区新的"赶考之路"

解放思想不是一句空话，永远都在路上。推动梅州苏区加快振兴，实现共同富裕，务必要用"刀刃向内"的巨大勇气将自我革命进行到底，坚持不懈走解放思想、实事求是的"赶考之路"。

一、坚持目标导向，自我解放思想"不能再等"

推动梅州苏区加快振兴是我们的目标，而解放思想势在必行。作为苏区干部不能把目标导向"说在嘴上、挂在墙上"，要树立和践行正确政绩观，坚持向"为民造福是我们最大的政绩"这个方向前进。变"不敢想"为"敢想"。坚决杜绝"口号式、表态式、包装式"的忽悠思维，盯住目标导向，敢想、敢干、敢为，推行容错机制，全面激发内生动力，真正为苏区发展"握紧拳头"。变"不可能"为"可能"。坚决杜绝"主观化、片面化、简单化"的思想，突出目标导向，能干、能战、能胜，制订时间表，下达任务书，对标对表，挂图作战，坚持一张蓝图干到底。变"不现实"为"现实"。坚决杜绝"干不了、没法干、干不下"的思想，围绕目标导向，谋事、干事、成事，找差距、破难题、谋发展，勇于担当，善作善成，狠抓发展第一要务，实事求是推动梅州苏区加快振兴。

二、坚持问题导向，自我解放思想"刀刃向内"

思想是行动的先导。坚持问题导向，要有"刀刃向内"的勇气，不断解放思想，开展批评与自我批评，摒弃"等靠要"思想，改变过去的固有观念、惯性思维和习惯做法。勇于居安思危。不要有"内卷""躺平""摸鱼"的现象，要从"生于忧患，死于安乐""人无远虑，必有近忧"等典故中吸取教训，树立全市"发展一盘棋"的思想，人人有责，切勿走入"局外人""圈外人"的误区。勇于直面问题。经济发展不平衡不充分是梅州的主要矛盾。要以壮士断腕的决心，破除"区位太远、走不出去、引不进来"的保守思想，贯彻新发展理念，抓住主要矛盾和矛盾的主要方面，用发展的眼光看问题，解决发展中的问题。勇于主动求变。不要有"温水煮青蛙"的思想，要有"求变骨气""求变勇气""求变锐气"，主动作为，发扬客家先辈"下南洋"敢闯敢试的精神，敢入无人区，敢为天下先，在振兴发展事业中勇立潮头、永不言败。

三、坚持结果导向，自我解放思想"快马加鞭"

发展为了人民，发展依靠人民，发展成果由人民共享。结果导向好不好，由人民来衡量，让人民说了算。当前，只有快马加鞭，进一步解放思想，实事求是，苏区发展才会有源源不断的"千里马"。要克服出现"停一停、松一松、等一等"的想法，团结一切可以团结的力量，使出"人一之我十之，人十之我百之"的劲头，你追我赶，争先恐后干出"发展加速度"。要克服慢慢吞吞、拖拖拉拉的"慢牛"现象，立说立行，马不停蹄，扛起敢于斗争的担当，弘扬艰苦奋斗的作风，克服出现"穿新鞋走老路"的现象，把发展重点聚焦到实体经济上，把力量聚焦到"打粮食"项目上，坚持税收导向、就业导向抓招商引资，从"投入思维"转向"产出思维"，团结一心，万马奔腾，真正把经济蛋糕做大做好，实现经济发展水平提档进位，为加快梅州苏区振兴发展贡献力量。

（发表于《梅州日报》第 8 版《理论》，2022-03-13）

打好"团结牌"，共推梅州苏区全面振兴

习近平总书记曾在《浙江日报》的《之江新语》栏目上，将团结生动地喻为"指头"与"拳头"的关系。一个"指头"劲再大，其他"指头"如果不"握拳"用力，也难以体现出"拳头"的合力。近日，梅州市第八次党代会鲜明提出的"引领全市人民自力更生，团结一切可以团结的力量"令人鼓舞。实践证明，打好"团结牌"是推动梅州苏区加快振兴、走向共同富裕的制胜法宝之一。

一、坚持自我革命，形成"团结振兴"的思想

自我革命永远在路上。梅州要振兴，务必讲团结。要拿起批评与自我批评的武器，用"团结—批评—团结"的方法，勇于自我革命，统一思想、凝聚共识。要对"圈子文化"进行自我革命。讲团结不是搞"小圈子"，要破除搞"小山头""小团伙"等拉帮结派的"小圈子"，从"圈子文化"走出来，与振兴苏区发展的人团结起来。讲团结不是搞内外有别的"官本位意识"，要与所有献身梅州事业的人团结起来，对"围龙思想"进行自我革命。破除"各吹各的号、各唱各的调"这些困境，与敢于解放思想的人团结起来。

二、坚持"众人拾柴"，形成"团结向上"的氛围

同心山成玉，协力土变金。推动梅州发展，只有全面激发内生动力，靠"众人拾柴"和"三个臭皮匠"之力，工作才能做好。"一个手掌，是多个指头，握紧就是一个拳头。"要调动一切积极因素，团结一切可以团结的人，并且尽可能地将消极因素转变为积极因素，同时尽力防止积极因素向消极因素转变，形成"拳拳之心"。要有"海纳百川"之心。要发现"山外有山，人外有人"，放下架子，团结各方力量，把招商引资的企业

和引进的人才团结起来，把海外侨胞的客家人团结起来，把关心和支持梅州振兴发展的人团结起来，把各民主党派、工商联和无党派人士团结起来，形成"有容乃大，抱团发展"的合心。要有"包容共济"之心。不要对在求真务实中有过失误的干部戴上有色眼镜，破除"洗碗效应"，要有"有错必纠、有过必改"的容错纠错机制，把干事创业的人团结在一起，真正为人民服务。

三、坚持求真务实，形成"团结到底"的力量

解放思想，实事求是，团结一致向前看。梅州要共同富裕，必须唱好"团结歌"、打好"团结牌"、走好"团结路"，确保步调一致，把振兴发展进行到底。要坚信"团结就是大局"。增强讲团结、顾大局的表率，一马当先，同心同力，坚定不移地做"两个确立"的忠诚者，做"狠抓发展第一要务"的开拓者，做"实体经济、乡村振兴"的实践者，凝心聚力抓发展。要坚信"团结就是力量"。"团结是铁，团结是钢，团结就是力量。"这力量最主要来源于人民，要以人民为中心，始终同人民想在一起、干在一起，上下一条心，汇聚成一种"龙马精神"。把一切力量凝聚起来，服务好苏区发展。要坚信"团结就是胜利"。团结一致向前看。要团结成"一块坚硬的钢铁"，把梅州经济蓝图规划好、发展好，一件件地办好，一茬接着一茬干，一个胜利走向一个胜利，做到把梅州的伟大蓝图变成"马到成功"的现实版和升级版。

团结出凝聚力，团结出战斗力。全市干部群众要增强"团结一再团结一大团结"的决心，万马奔腾，团结奋进，真正做到干事业一条心，抓工作一盘棋，谋发展一股劲，为我市吹响"梅州苏区加快振兴共同富裕"的号角交出一份合格答卷。

（发表于《梅州日报》第 4 版《理论》，2021-12-12）

坚定不移做强做大实体经济

近日，《梅州日报》、"南方+"等媒体刊发"中共梅州市委七届十一次全会"的相关报道。报告提出，要奋力推动梅州苏区振兴发展，切实把党中央和习近平总书记的关心关怀转化为高质量建设生态发展区的生动实践，进一步认清形势，切实增强抓好实体经济发展的紧迫感、使命感和责任感。

习近平总书记强调："推动经济高质量发展，要把重点放在推动产业结构转型升级上，把实体经济做实做强做优。"

那么，作为生态发展区的梅州，应如何发展县域经济，实现可持续性发展，做大工业和实体经济？

一、要坚定不移地全面解放思想

解放思想永无止境，改革开放只有进行时，没有完成时。要打破"围龙思维""小进则满"的思想观念，要补齐思想短板，走出围龙，扬长避短，坚持以习近平新时代中国特色社会主义思想为指导，立足新发展阶段，贯彻新发展理念，参与打造新发展格局战略支点，要突破行政区域的局限，尽可能加强与省内省外经济发达地区的合作，借力促内实现梅州苏区振兴发展步步高。

二、要坚定不移地找准发展定位

要厘清发展思路，立足全国、全省，找准梅州的发展定位，打造1～2个"有特色、可持续"的主导产业，形成梅州特色的"一县一'特色+'""一县一'品牌+'"的可持续性发展，不要搞那种"复制发展、叠加发展"的花样，真正让实体经济"实起来""活起来""强起来"。报告提及的"打造'中国铜箔之都'"就是一个很好的品牌效应。

三、要坚定不移地推动转型升级

发展定位找准后，贵在坚定不移。要将发展县域经济写入长远发展规划中，坚持不懈、毫不动摇抓下去。在发展中，难免会遇到或多或少的困难，要敢于创新，在发展中不断升级，在升级中再发展，做实做大、做强做优县域经济。否则，三五年以后又换个新的提法、新的定位，那梅州发展就不是长久之计了。

四、要坚定不移地推介主导品牌

七分工作，三分宣传。有了自己的主导品牌，还要加大宣传力度，坚持"政府搭台、企业唱戏"的正确方向，通过策划活动、参与竞赛、主动融合等形式，不断提升品牌地位，扩大品牌影响力，让主导品牌辐射到省际区、推广到兄弟市、传播到本省外、走出到国外去，持续提升品牌价值，持续提升具有影响力的国内国际品牌。

实体经济是经济发展的骨干力量，我们要一步一个脚印，坚定不移地走下去，真正把工业和实体经济这个"大蛋糕"做大做强。

（发表于《梅州日报》第 8 版《理论》，2021-08-22）

激发苏区之情，谋求发展之实

  2022 年 5 月 11 日，梅州市召开全市干部大会指出，广东省委书记李希、省长王伟中来梅调研，充分体现了省委、省政府深厚真挚的"苏区情结"，饱含着省委、省政府对老区苏区振兴发展的高度重视和对苏区人民的关怀厚爱；各级各部门要认真学习、深刻领会省领导来梅调研讲话精神，深刻认识落实省对梅州支持事项的重要性和紧迫性，坚定信心决心，切实扛起推动梅州苏区加快振兴、共同富裕的政治责任，以感恩之心、奋进之力、实干之行，加快推动红色苏区绿色发展，以实际行动迎接党的二十大胜利召开！

  广东省领导来梅调研的讲话精神，令人鼓舞、备受感动、振奋人心。各级各部门要把认真学习贯彻讲话精神转化为发展动力，激发"国之大者"之情，立足老区苏区优势所在、潜力所在、后劲所在，把苏区的事情办好；要把省委、省政府对梅州苏区工作的关心支持转化为实际行动，把梅州的事情办好，为老区苏区振兴发展注入新动能。

  众所周知，这几年，我市坚定不移地狠抓发展第一要务，推动梅州苏区发展，成效明显。但需要看到，当前发展不平衡、不充分仍然是梅州工作的主要矛盾。我们要在发展道路上继续解放思想，在解放思想中不断发展。

  梅州苏区加快振兴，关键靠人。全市广大党员干部要怀着感恩之心、感激之情，带着使命、带着责任，激发内生动力，凝聚推动梅州苏区加快振兴、共同富裕的"梅州智慧""梅州力量"，走对、走实、走好高质量发展之路。

  改革永远在路上。只有解放思想，坚持用"刀刃向内"的巨大勇气，将自我革命进行到底，实事求是，才能走好振兴苏区发展的"赶考之路"。我们要坚持边破边立，破除"等靠要"和"躺平"观念，调动一切可调动的力量，共推振兴发展；要发扬苏区老一辈革命家"提着脑袋干革命"的大无畏精神，拿出"客家人开埠"的创新劲头，摒弃习惯做法，不凭经验办事，努力探索创造更多梅州实践、梅州经验和梅州样本。

干部第一位就是"干"，干字当头，干出状态、干出水平、干出实效。全市广大党员干部要激发内生动力，同人民想在一起，干在一起，倾心解决群众"急难愁盼"问题。要狠抓发展第一要务，突出抓好实体经济、乡村振兴两大重点，全力以赴落地落实会议强调的加快推进赣闽粤苏区对接融入粤港澳大湾区振兴发展先行区规划建设、大力发展实体经济、扎实推进乡村振兴、着力建设文化名城、不断厚植生态优势、持续改善重点民生、全面强化人力支撑、加强党的全面领导和党的建设等八个方面的重大任务、重点工作，以奋进之力、实干之行推动红色苏区绿色发展。

（发表于《梅州日报》第 2 版《时评》，2022-05-20）

讲实话、干实事，做有担当的青年一代

习近平总书记在 2021 年秋季学期中央党校（国家行政学院）的青年干部培训班开班式上强调："干部是不是实事求是可以从很多方面来看，最根本的要看是不是讲真话、讲实话，是不是干实事、求实效。"实干创未来。梅州苏区广大青年党员干部，要秉持脚踏实地、真抓实干的态度，讲实话、干实事，努力推动事业发展，做有担当的青年一代。

一、讲实话，要在求真务实上见成效

讲实话，就是要少说废话、套话、大话，避免"假大空"。一不讲假话。讲假话是一种对党不负责、对事业不负责、对群众不负责、对自己不负责的表现。讲实话，要学会运用唯物辩证法，不掺入水分，不遮遮掩掩，不搞大事化小，小事化了，不可形成"讲假话有市场、说实话难下场"的不良风气。二不讲大话。如果对成绩吹得天花乱坠，对问题只是蜻蜓点水，那么就会存在"躺在功劳簿上不思进取"的现象。讲实话，要把话说得直接点、真诚点、透彻点，多讲一点问题，多说一点细节。三不讲空话。空谈误国，实干兴邦。讲空话，说到底就是一切不从实际出发，只会在纸上谈兵，不知行合一。讲实话，要实事求是，不唯上、不唯书，只唯实，一就是一，二就是二，实实在在地讲实话、报实情，反映基层的真实情况，不搞"空城计"，无中生有。

二、干实事，要在深入实际上见成效

干实事，就要坚持一切从实际出发，做到实事求是。要做"明白官"，不要靠拍脑袋想当然，要克服官僚主义，转变工作作风，"走出围龙"，深入基层，搞好调查研究，认真、全面掌握基层存在的问题和不足，掌握第一手真实情况。要掌握实情，深入生活，与基层干部职工打成一片，在言谈中收集情况，在工作中发现问题，在一线中深知情况。从实际出发，眼睛向下，脚步向下，经常扑下身子、沉到一线，既要"下马观花"，又要"雾里看花"，防止"只见树木，不见森林""只隔玻璃，不见群众""只看表面，不见本质"的不良现象，切实摸清影响和制约发展的一些倾向性、真实性问题。

三、求实效，要在担当作为上见成效

求实效，关键一点就是解决问题。要坚持以问题为导向，有什么问题就解决什么问题，什么问题突出就解决什么问题，做到"重点问题重点办、一般问题计划办、大小问题认真办"，要做到不解决问题不撒手、解决不到位不罢休。要坚持原则，始终牢记全心全意为人民服务的宗旨，一件接着一件做，一茬接着一茬干，防止解决问题"说在嘴上、写在纸上、停在面上"，做到守土有责、守土负责、守土尽责。要以"容错"的胸怀支持担当作为者。不抓辫子、不扣帽子，为想干事、敢干事、能干成事的干部撑腰壮胆，努力形成"敢想、敢干、敢闯、敢为"的良好风气，真正做到凡是有利于党和人民的事大胆地干、坚决地干，真正成为"信念坚定，对党忠诚，实事求是，担当作为"的青年一代。

（发表于《梅州日报》第 5 版《理论》，2021-09-19）

用以人民为中心的发展思想做好振兴工作

以人民为中心的发展思想的核心要义是进一步弘扬党的群众路线。加快梅州振兴，务必狠抓发展第一要务，要用"勇于自我革命"的精神，深刻悟透以人民为中心的发展思想，坚持人民至上，坚持发展为了人民，发展依靠人民，发展成果由人民共享，坚定不移地为苏区人民造福。

一、常怀尊重之心，自我革命要有人民

共产党做事的一个指导思想就是尊重群众首创精神。务实办好梅州的事情，要常怀尊重之心，坚持以人民为中心进行自我革命。要心中装着人民。做到"民之所忧，我必念之；民之所盼，我必行之"，将有限的"小我"融入"人民"这样无限的"大我"之中。要心中爱着人民。克服"三心二意、叶公好龙"的个人主义，做到"我将无我，不负人民"，明白"入党为什么，'当官'干什么，身后留什么"，一心一意为老百姓造福。要心中为着人民。心中时刻牵挂着人民，想群众之所想，急群众之所急，解群众之所难，一件件地把人民群众的操心事、烦心事、揪心事办好。

二、常怀奋进之心，振兴发展要有人民

人民是真正的英雄，振兴永远都在路上。务实办好梅州的事情，要激励人民群众自力更生、艰苦奋斗的内生动力。要团结人民力量。团结一切可以团结的力量，把人民群众紧紧地团结在一起，团结成"一块坚硬的钢铁"，汇聚成一种"龙马精神"。要发挥人民智慧。坚持以人为本，用心用情把群众的主体地位突显出来，把群众的首创精神彰显出来，把群众的力量激发出来，凝心聚力，用功把梅州的经济"蛋糕"做大做好。要依靠

123

人民监督。不要怕见群众，不要防着群众，不要伤害群众，多走群众路线，多听群众意见，多办群众实事，胸怀人民，接受监督。

三、常怀回报之心，共享发展要有人民

发展是共享的前提，共享是发展的目的。务实办好梅州的事情，要用回报之心，让梅州苏区人民共享发展成果。要坚持人人参与。共享不是"坐享其成"的事，更不能出现"内卷""躺平"的现象，而是要有"梅州人"的主人翁意识，做到一个都不能少，人人参与振兴，人人干在发展，在发展中共享，在共享中发展。要坚持人人尽责。办好梅州的事情不是喊喊口号，敲敲键盘，而是要真抓实干，奋力攻坚，杜绝"尾巴主义""后无追兵"等现象，人人尽力，守正创新，干字当头，形成重实干、办实事、求实效的干事创业氛围。要坚持人人享有。"共享发展是人人享有、各得其所，不是少数人共享、一部分人共享。"要不负历史、不负时代、不负人民，以实际行动回报人民，让苏区人民"一个都不能少"，享有振兴发展成果，真正实现共同富裕。

（发表于《梅州日报》第 4 版《理论》，2022-01-16）

扛起"推动红色苏区绿色发展"的责任担当

梅州再不振兴就会"后无追兵"。作为人均地区生产总值自 2006 年以来处于全省末位的梅州人，要增强主人翁意识，以"我是客家人""我是苏区人""我是梅州人"为荣，增强"功成不必在我"的精神境界和"功成必定有我"的历史担当，激发苏区之情，谋求发展之实，在"过日子思维"中醒过来、站起来、干好来，切实扛起"推动红色苏区绿色发展"的责任担当，把苏区建设得更加美好富裕。

一、以"我是客家人"为荣，扛起"共谋苏区发展"旗帜

梅州是全球最有代表性的客家人聚居地，孕育出无数优秀客家人，如黄遵宪、叶剑英等名人。拿出"客家人出人头地"的坚强意志。破除"躺懒眠困""过日子思维"等固有思维，养成"人勤地献宝"等客家好习俗，做一个"有志气、有骨气、有底气"的客家人，凝聚推动梅州苏区加快振兴、共同富裕的"梅州力量"。拿出"客家人开埠"的创新劲头。重拾"客家先辈下南洋"敢闯敢试的精神，进一步增强改革攻坚的朝气、勇气和锐气，用好改革关键一招，坚定信心决心，争做振兴发展的开拓者与先驱者。拿出"客家人硬打硬"的实干作风。空谈误国，实干兴邦。要杜绝"差不多""过得去"的满足心态，不搞形式主义、官僚主义，以"工匠"的精神、实干的作风，脚踏实地，求真务实，把"为人民造福"作为苏区振兴的试金石。

二、以"我是苏区人"为荣，扛起"共推苏区发展"使命

梅州是革命老区，是广东唯一全域属中央苏区的地级市。要激发"苏区情怀", 解放思想, 胸怀"国之大者", 立志担当大任, 强化"我是苏区人"的观念, 带着使命、带着责任, 践行以人民为中心的发展思想, 与人民同呼吸、共命运、心连心, 做到"民之所忧, 我必念之; 民之所盼, 我必行之", 将有限的"小我"融入"人民"这样无限的"大我"之中。要弘扬"苏区精神"。发扬苏区老一辈革命家"提着脑袋干革命"的大无畏精神、抗日英雄那种不屈不挠精神, 从根本上解决"看着办、拖着干"的问题, 破除"走不出去、引不进来"的封闭思想, 跳出梅州看梅州, 放眼世界, 敢啃"硬骨头", 敢蹚"深水区"。凝聚"苏区力量", 要保持"赶考"的清醒, 拿起批评与自我批评的武器, 用"团结—批评—团结"的方法, 从思想上、行动上解决"不想干、不愿干、不能干"问题, 坚决杜绝"多干多出错、少干少出错、不干不出错"的现象, 调动一切积极因素, 团结一切可以团结的力量, 共同发力建设好苏区。

三、以"我是梅州人"为荣, 扛起"共振苏区发展"的担当

习近平总书记强调, 干事担事, 是干部的职责所在, 也是价值所在。要打破"做官享福"的"官本位"思维, 以"我是梅州人"为荣, 努力探索创造更多梅州实践、梅州经验和梅州样本。锤炼"敢为天下先"的本领。要热爱梅州, 热爱家乡, 以强烈的改革热情和发展激情, 敢入无人区, 敢为天下先, 激发创新活力和创造潜能, 坚持以人民为中心的发展思想, 始终把"解决好群众'急难愁盼'问题"放在心上, 把"办好梅州的事"扛在肩上, 在市场竞争中勇立潮头、永不言败。锤炼"勇于自我革命"的本领。要从"意志恐慌不敢为、动力恐慌不愿为、本领恐慌不作为"中解放出来, 打破"圈子用人"的不良风气, 树立"发展不好打脸梅州人"的危机意识, 深化市情县情认识, 勇于自我革命, 彰显"有为者有位, 无为者让位"的鲜明导向的本领。牢固树立和践行"为民造福是最大政绩"的正确政绩观, 把为老百姓做了多少好事实事作为检验政绩的重要标准。要手中握着真理, 脚踏人间正道, 打破常规, 脚踏实地, 迎难而上, 勇毅前行, 求真务实, 做强做大梅州"经济蛋糕", 推动梅州苏区加快振兴、共同富裕。

（发表于《梅州日报》第 4 版《理论》, 2022-07-03）

立说立行立干稳住经济大盘

据《梅州日报》报道，日前召开的广东梅州市委理论学习中心组专题学习会指出，各级各部门要切实把思想和行动统一到总书记、党中央决策部署上来，立足"两个大局"，心怀"国之大者"，坚决服从服务国家重要战略部署，坚定信心，迎难而上，狠抓发展第一要务，全力稳住全市经济大盘，在促进梅港澳合作、对接融入粤港澳大湾区上展现新作为。

从 2022 年上半年全市经济发展情况来看，经济形势不容乐观。我们要深刻认识稳住经济大盘、推动经济高质量发展的重要意义，坚定信心，迎难而上，以更强信心、更大力度狠抓发展第一要务。当务之急，要增强经济责任感，保持清醒头脑，振奋起来，突出重点、攻破难点、压实责任，全力做好下半年经济工作，把工作重心放在抓经济上，走出一条符合山区、老区、苏区特色的发展路子。

时间不等人。"一万年太久，只争朝夕。"各级各部门要时刻以"时不我待，勇争朝夕"的无畏精神，争一口气，来一股劲，同时间赛跑，同历史并进，一件事情接着一件事情办，一年接着一年干，一茬接着一茬干。不能躺在过去的功劳簿上，要非常清醒地认识到，发展不平衡、不充分是梅州今后乃至长期存在的主要矛盾，要"实干、巧干"，把"为民造福是最大政绩"作为衡量工作成效的标准。

机遇不等人。机会总是留给有准备的人，也总是留给有思路、有志向、有韧劲的人。我们要破除"等靠要""躺平"观念，破除"保护生态就是不搞工业"的错误认识，破除"走不出去、引不进来"的封闭思想，破除"小富即安"的僵化思维，集中精力把稳增长放在更加突出的位置，树立经济思维和产出思维抓经济发展，用好"苏区+湾区"叠加政策，加快推动赣闽粤苏区对接融入粤港澳大湾区振兴发展先行区建设，抓好"打粮食"项目壮大实体经济，全力推动下半年经济较好回升，努力提高梅州苏区百姓的幸福指数。

发展不等人。发展绝不是喊出来的、等出来的、写出来的，而是干出来的。各级各部门要激发苏区之情，谋求发展之实，切实扛起"推动红色苏区绿色发展"的责任担当，稳住经济大盘；要解放思想，实事求是，深化市情县情认识，勇于自我革命，坚持目标导向、问题导向、结果导向，狠抓发展第一要务，全面激发内生动力，突出实体经济和乡村振兴两大重点，推动红色苏区绿色发展。

（发表于《梅州日报》第 2 版《时评》，2022-07-27）

集中精力稳住经济大盘

日前，广东梅州市召开的 2022 年全市经济形势分析会上强调：心怀国之大者，把工作重心放在抓经济上。可见，当务之急是要集中精力抓好经济工作，稳住经济大盘。而稳住经济大盘的实质，就是要稳住市场主体。我市各级各部门要高度重视，统一思想，举全市之力，面对国际国内经济严峻形势，讲政治、讲大局、讲责任，突出重点，攻破难点，压实责任，全力推动下半年经济较好回升，努力让梅州苏区百姓过上好日子。

一、越是经济形势严峻，越要坚定信心

习近平总书记说："'安危不贰其志，险易不革其心。'人类历史告诉我们，越是困难时刻，越要坚定信心。"各级各部门要迅速行动起来，以更强信心、更大力度狠抓发展第一要务。要坚定信心向好看。克服受"现在经济形势不好"客观因素的影响，在重重挑战面前，决不能丧失信心、犹疑退缩，而是要坚定信心、激流勇进，一切事情向好的方向看。越是经济形势严峻，越要保持清醒的头脑，越要打赢"稳住经济大盘"攻坚战。要下定决心向前走。既不能有麻痹思想、厌战情绪，也不能放下心情等一等、放下脚步歇一歇。把"狠抓发展第一要务"扛在肩上，"抬头"看路，"低头"实干，迈开步伐，行稳致远，把事情干好，干得更好。要坚持恒心向上追。杜绝"等靠要""躺平"的现象，用"你追我赶"的姿态，来个"争先进位"。干了总比不干好，追了总比不追好。越是经济形势严峻，越要集中精力办好自己的事情，展现新作为。

二、越是经济形势严峻，越要自我革命

自我革命不能再等、不能再拖。困难越多越考验人，挑战越大越锻炼人。经济越是严峻，人越要解放思想，用好改革关键一招，敢于刀刃向内，始终保持"向前进"的定力和韧劲。一是向"干得少躺得多"开刀。干事创业不要追求"一劳永逸",要增强"我是客家人""我是梅州人""我是苏区人"的使命感,做"推动红色苏区绿色发展"的改革者、明白者、推动者。二是向"过日子思维"开刀。没有做不成的事,只有做不成事的人。人变懒了,就会得过且过,事不关己,高高挂起。要破除"小进则满、小富则安"的僵化思维,勇于自我革命,把增进群众幸福感作为奋斗目标。三是向"经济总量靠后"开刀。落后就要挨打,发展才能自强。要自强不息,克难攻坚,从"慢生活"向"快发展"转变,在艰难曲折面前,决不阻挡"经济车轮"砥砺前行。

三、越是经济形势严峻,越要担当作为

做事总是有风险的。正因为有风险,才需要担当。面对经济出现新的下行压力,要保持"越是艰险越向前"的英雄气概,在"稳住经济大盘"中担当作为,爬坡过坎。坚决爬过"不敢想"这道坎。矛盾并不可怕,可怕的是没有运用矛盾论推动发展。在困难面前,越要敢想敢干敢担当,敢闯敢试敢作为,变"不敢想"为"敢想",想一想梅州发展不平衡、不充分的根源在哪里,想一想解决经济中遇到的主要矛盾和矛盾的主要方面。坚决爬过"不可能"这道坎。在前进的道路上,不想为、不敢为、不作为,只会放缓发展速度。要向改革要动力、向创新要活力。发展梅州经济,要靠大家的团结一心和集体智慧,变"不可能"为"可能",变"干不了"为"干得了"。坚决爬过"不现实"这道坎。在危机中育新机,于变局中开新局。坚定不移走好自己的路,办好自己的事,在发展中体现担当作为,从"投入思维"转向"产出思维",千方百计把资源要素集中到"打粮食"项目上,全力推动下半年经济较好回升。

(发表于《梅州日报》第4版《理论》,2022-07-31)

蓝色情怀

（逐梦税务）

遇见梅州，遇见税务。那一年，我脱下橄榄绿的军装，换上湛蓝色的税务制服，当上一名税务新兵，加入了"为国聚财、为民收税"的税务铁军队伍里。遇见税务，遇见美好。梅州税务人凭着"功成不必在我，功成必定有我"的高尚情怀，在追梦路上留下了实干的脚印。有国必有税，有税必有我。我在从税的17个春秋里，用逐梦税务的情怀，书写了一个个"税务蓝"的壮丽篇章。

有国必有税，有税必有我

梅州是赣闽粤边区区域性中心城市，素有"世界客都"之称，这里人杰地灵，是叶剑英元帅的故乡，涌现出了一大批名人贤士，辛亥革命以来，孕育了36名院士、340多名大学校长、540多名将军。

在这片原中央苏区的土地上，梅州税务人凭着"功成不必在我，功成必定有我"的高尚情怀，在追梦路上留下了实干的脚印，向人民交出了一份份满意的答卷。

这里是幸福的起点。你的选择会给这座"满城梅花满城诗"的城市增添幸福指数，那热情的客家人、丰富的负离子、美丽的后花园，有情有爱，如诗如画，怎不令人陶醉？怎不令人向往？

这里是梦想的起航。你的选择在这个广阔的空间里，可以尽情展示自己的朝气、才气和志气，与身边的同事一起实现人生价值，在实干苦干中梦想成真。

这里是青春的起跑线。太阳每天都是新的，梅州的未来是美好的、奋进的，我们这一代要奋进，青年一代要更奋进，但最终还是落在青年人的手上。未来已来，将至已至。世界是你们的，也是我们的，但归根结底是你们的。

人的一生只有一次青春。现在，青春是用来奋斗的；将来，青春是用来回忆的。中国梦，梅州梦，税务梦，属于青年一代。青年是"顶天立地"的一代，必将大有可为，也必将大有作为，一代更比一代强。

遇见梅州，遇见税务；遇见强国，遇见你我。

强国有我，请党放心！人生之路，有坦途也有陡坡，有平川也有险滩，有直道也有弯路。长江后浪推前浪，浮事新人换旧人。只要每个人都为美好梦想而奋斗，才能汇聚起实现强国梦的磅礴力量。

兴税有我，请党放心！兴税梦是中国梦的梦、民族梦的梦，是我们每个税务人的梦。宝剑锋从磨砺出，梅花香自苦寒来。我们心中要有国家，胸中要有税收，一辈子为之奋斗，一辈子为之筑梦。

有国必有税，有税必有我。

"四级网格化"参与基层税治

"有了这个'税村共建'后,老百姓在我们村党群服务中心,就可以通过'粤智助'办理涉税业务,再也不用跑来跑去了,非常方便。"广东梅州市平远县仁居镇井下村党支部书记张小明说。

张小明口中的"税村共建",是梅州市税务部门探索的基层税务分局改革新路子。

近年来,梅州市和平远县税务部门以"税村共建"为契机,试点探索基层税务分局改革新路子,围绕"税收治理融入社会治理体系"目标,通过基层税务分局党支部与村(社区)党支部开展党建共建,以及探索基层税务分局由侧重"税源管理"职能向"税源管理"与"服务经济社会发展"并重的双重职能转变"两条途径",完成服务乡村振兴、培植涵养税源和推进制度防腐"三项任务",切实转变税收职能,促进共同富裕。

梅州市税务局 2020 年 4 月开始在仁居镇邹坊村探索"税村共建"试点工作;2021 年 4 月在平远县仁居、差干两镇推开试点工作;2002 年 4 月,市税务局联合平远县委组织部、县政数局在平远县下辖 12 个镇、143 个村(社区)全面推进"税村共建共治共享"工作,探索实践"转服务、转职能、转作风"税收治理模式,构建市、县、镇、村"四级网格化"参与基层税收社会治理,惠及 20 万村(居)民。

"平远县地处赣闽粤三省交界,部分行政村距离基层税务分局较远,以仁居税务分局为例,最远的湍溪村,与福建仅一山之隔,但距离分局却有近 30 公里。老百姓办理涉税费业务不方便,耗费时间长,经济成本较高。"平远县税务局负责人朱贵旭说,"我们通过推行'1+4'非接触式税费服务("1"是税村共建,"4"是电子税务局集中办税、V-tax 远程可视化办税、综合税费宣传、专业化个性化税费服务）等方式，逐步取代办税大厅。"

据统计，试点探索以来，平远县仁居、差干两镇群众在家门口就办理了近 7000 笔涉税费业务，降低了办税缴费成本。谢培芬是差干镇湖洋村党群服务中心一名工作人员，他说："有个叫谢远华的村民，过去要跑到 20 公里外的仁居圩镇才能办理缴费，后来家门口有了这个'税务局'，我引导他在手机上操作就近办理，十分方便。"

梅州是农业大市，服务乡村振兴是税务部门试点探索税收职能转变的重点任务，他们将人力从前台日常业务中释放出来，创新建立"税村党建+下沉服务+乡村振兴"工作模式，带动更多群众增收致富。针对平远脐橙、石斛、林下灵芝、白玉蜗牛等"一村一品"特色产业，税务人员走进农村，将党的税收优惠政策及时送到田间地头；平远农商行结合税务部门提供的纳税信用信息，通过"整村授信"为邹坊村意向授信 1000 万元，用于帮助当地发展烟叶、脐橙和优质水稻种植等特色产业。马均明是邹坊村八角亭种植合作社负责人，2021 年水稻产值达 10 万元。他说："'税村共建'方便了我们开票。2022 年，我考虑通过贷款进一步扩大种植规模，扩种水稻、烤烟、玉米。"

梅州市税务部门积极为农产品生产、经营、加工企业、电商平台等提供技术、服务、平台、销路等帮助，同时还积极引入税源，利用税收大数据优势和纳税人资源，帮助镇村农户、个体商户和小微企业等寻找潜在客户和销路，拓展销路，增加收入。

在试点探索中，税务部门把推进制度防腐融入基层税收治理中，让税务干部做到不敢腐、不能腐、不想腐。梅州市税务局党委书记、局长罗伟民说："我们将切实改变工作作风，推动'一人多户'向'团队管理'，'自主监督'向'合力监督'，'不评不考'向'考核激励'转化，打通联系服务群众'最后一公里'，服务乡村振兴，助推共同富裕。"

（发表于《梅州日报》头版头条，2022-07-18；《南方日报》第 A05 版《广东》，2022-07-18；《中国税务报》第 A3 版，2022-08-24）

转变税收工作职能
参与基层社会治理

——广东梅州探索基层分局税务改革新格局的实践与思考

习近平总书记指出："基层强则国家强，基层安则天下安，必须抓好基层治理现代化这项基础性工作。"税收治理是国家治理体系和治理能力现代化建设的重要内容。2021 年 3 月，中共中央办公厅、国务院办公厅印发《关于进一步深化税收征管改革的意见》，开启了新时代我国税收治理的第三次变革。2022 年 5 月，中共中央办公厅、国务院办公厅印发《乡村建设行动实施方案》，明确了乡村建设行动路线图。

当前，随着我国经济社会发展从信息化快步走向数字化，税收征管也从"以票管税"进一步走向"以数治税"，而"以数治税"这条主线将全面助力我国"数字政府"改革建设。转变税收工作职能，参与基层社会治理，将成为推进新时代税收现代化建设的新趋势。

地处山区、老区、苏区的广东梅州坚持以人民为中心，以税收服务共同富裕为总目标，以党建共建为引领，敢于自我革命，激发内生动力，以税村（社区）共建共治共享为主线，以预防"微腐败"为根本，依托村（社区）党群服务中心力量，于 2020 年 4 月开始在仁居镇邹坊村探索税村共建试点工作，2021 年 4 月在平远县差干、仁居两镇推开试点工作，2022 年 4月，在平远县下辖 12 个镇、143 个村（社区）全面推进税村共建共治共享工作，围绕"税收治理融入社会治理体系"这个目标，通过基层税务分局党支部与村（社区）党支部党建共建、探索基层税务分局由侧重"税源管理"职能向"税源管理"与"服务经济社会发展"并重的双重职能转变"两条途径",完成服务乡村振兴、培植涵养税源和推进制度防腐"三项任务",切实转变政府职能,促进共同富裕,进一步探索实践"转服务、转职能、转作风"税收治理模式,形成市、县、镇、村"四级网格化"参与基层税收社会治理,走出一条新时代基层分局税收工作改革的新路子。

一、转变税务基层分局服务方式,推动基层社会治理精诚共治

税收是国家治理的重要手段,税费服务是税务工作的主题,最终落脚点在于激发市场主体活力和激发内生动力。税务部门针对"农村分布散、点多线长面广,征管范围大"的特点,推动基层税务分局税收治理重心向农村下沉、增效,持续深化拓展以"税村共建共治共享"为主线的基层社会治理体系,实现精细服务,精诚共治,协同发展,着力解决发展不平衡、不充分问题和人民群众"急难愁盼"问题,打通联系、服务群众的"最后一公里",服务乡村振兴。

一是从"单一服务"向"税村联动"转变。火车跑得快,全靠车头带。社会治理的主体是人民。由于部分行政村距离基层税务分局较远,日常涉税费业务要到办税服务厅办理,耗费的时间、经济成本较大。税务部门转变服务理念,推广运用好"广东网上办税模拟学堂"平台,发挥基层党建的核心引领作用,开展组织建设互促、党员干部互动、党建载体互用、党建经验互通的"四互"党建共建;同时依托村(社区)党群服务中心,探索建立"税务联络员+村(社区)网格员"的"两员"工作机制,组建一支以村干部为主、税务工作人员为辅的"村一级税费服务队",打造了一批"村一级'微税厅'",不断提升基层治理的引领力。

二是从"税务收税"向"协同治税"转变。上面千条线,下面一根针。税村(社区)共建是基层税务改革的有效探索,而资源整合是尝试做好融合工作的有效办法。梅州以提升党建引领基层治理效能为重点,以"数字政府"政务信息化手段为支撑,以深入开展税村(社区)共建共治共享为主线,深度融合县委组织部、税务局、政务服务数据管理局及农商银行等部门的力量,构建"党建引领、税务主责、协同共治、服务发展、共同富裕"的基层社会治理新格局,在税费服务、政策宣传、税源管理、协同共治、乡村振兴和预防腐败等方面发挥作用，增强社会各方参与共治的能力和活力，打造"你中有我、我中有你"的协同共治体系。

三是从"办税厅办税"向"家门口办税"转变。坚持践行"我为群众办实事"活动，加强税务与农村的资源整合，减少对办税大厅的资金投入，把服务向基层延伸，将办税服务窗口前移到村（社区），把税费事项嵌入村务管理中。通过推行"1+4"非接触式税费服务（"1"是税村共建，"4"是电子税务局集中办税、V-tax远程可视化办税、综合税费宣传、专业化个性化税费服务），落实"首问责任制"精准辅导服务，开展面对面和一对一等政策专题宣传、辅导及培训等多项举措，借助村级税务联络员力量，辅导村民使用"粤智助"、电子税务局的税费服务功能，办理、查询日常税费事项。事实证明，通过精细服务、精诚共治，不仅可以推动税费业务事项网上办理，全面"扬弃"办税大厅，而且还拉近了税务部门与办税缴费的村民之间的距离，为村民提供"足不出村"的便民办税缴费服务，实现了"家门口办理税费"的梦想。

二、转变税务基层分局管理职能，参与基层社会治理发展税收

乡村兴则国家兴，乡村衰则国家衰。税村（社区）共建共治共享，要以乡村振兴为根本，充分发挥税务职能作用和各级党委政府的领导核心作用，强化各级政府的主体责任，把贯彻落实新的组合式税费支持政策与发展税源结合起来，以奋进之力、实干之行，全面激发社会各方的内在动力，大力推动乡村振兴和发展实体经济。

一是由"管理税源"转向"涵养税源"。坚持问题导向、立破并举，找准乡村发展难点和堵点，通过创新建立"党建+下沉服务+乡村振兴"工作模式，把服务力量往基层下沉，把治理中心往基层下移，推进税源管理向税收服务转变；同时依托"两员"负责收集税源信息，精准监管税源动态变化情况，掌握"一村一品"等各行业的生产经营及涉税特点，精细化涵养村（社区）税源，做好"点对点"辅导、"面对面"治理，让各项税费政策在乡村进一步普及，推动"共建+产业振兴"，带动更多的群众增收致富。

二是由"闭环税源"转向"开放税源"。要树立"大市场"思想，走出"农村地区信息化水平不高，不少群众网上办理税费事项觉得不靠谱"的误区，打破制约经济循环的关键堵点，立足内需，畅通循环，增强收入与税源；要扩大线上税源，通过"广东税务产业链智联服务"平台，积极为农产品生产、经营、加工企业、电商平台等上下游企业进行"牵线搭桥"，提供技术、服务、平台、销路等，实现更大范围内的畅通流动；要积极引入税源，利用税收大数据优势以及纳税人资源，帮助镇村农户、个体商户和小微企业等寻找潜在客户和销路，拓展销路，增加收入；要主动对接税源，深化增值税发票等税收大数据应用，提供新的涉税增值服务，助力制造业等多行业加快产销对接。

三是由"零星税费"转向"壮大税源"。要提高税务人员下沉基层的"主人翁"意识，克服对不同税村采取"一刀切"的做法，因地制宜，瞄准乡村、城乡、社区发展的不同需求，参与发展税源，助力企业做优做强；要联合多方力量，找准乡村发展难点，协助推进镇、村一二三产业融合发展；要加强与当地乡贤人士的沟通，想办法协助引进适合当地实际的产业；要发挥"税银互动"的作用，运用税收大数据协助农商行等金融机构通过"单户授信"或"整村授信"的办法，解决农村农民农业融资难题，支持农村农业专业合作社以及符合条件的农户发展当地特色产业链。

三、转变税务基层分局工作作风，加强基层社会治理预防腐败

"微腐败"是大腐败的前生，大腐败是"微腐败"的后世。农村基层分局地处偏远山区，而社区基层分局地处繁杂城区，造成"上面管到看不到，下面看到管不到"的现象。税务的基础在基层，基层的管理在制度。要强化税务组织保障，转变管理模式，推行制度管人，切实改变工作作风，从根本上遏制"微腐败"的苗头，让税务干部做到"不想腐、不能腐、不敢腐"。

一是推动"一人多户"向"团队管理"转化。要改变"一人多户"管理而导致纳税人、缴费人遇到难题后只能求助一个税收管理员的现状，从传统的"固定管户模式"向"税源管理事项分团队服务"转变，构建"分类分级专业化、岗责体系流程化"的税源管理体系；团队服务要改变当前税源管理职权过于集中的情况，团队内部成员之间要构成"相互监督、相互制约、共同担责、防范风险"的网格化管理，防止"微腐败"的出现。

二是推动"自主监督"向"合力监督"转化。在各村（社区）党群服务中心设置一个集纳税咨询、涉税举报、监督投诉三个公开电话和税务网站二维码，以及税务联络员、村级联络员等相关信息的联络牌，加强监督管理；要建立税务人员、村干部、群众代表等联络圈，不断扩大朋友圈，加强沟通，化解矛盾，把问题解决在萌芽状态中；要邀请乡镇党政、人大、政协和社会各界代表为特邀监察员，广泛接受社会监督，防止发生"大问题不犯、小问题不断"的现象，真正使税务干部做到"常在河边走，就是不湿鞋"。

三是推动"不评不考"向"考核激励"转化。税村（社区）共建共治共享的最终目的是服务乡村振兴、共同富裕。税务部门加强与县、镇、村三级政府部门的沟通，达成共识，强化考核激励机制，细化量化考核标准，将税务部门廉洁从税以及相关涉税费事项融入镇、村考核机制，融入村务管理，融入社会治理体系中，同时实施常态化的督查督办，纳入县级年度党建绩效考核进行评价，力求基层社会治理成效实现最大化，切实提升纳税人、缴费人获得感、满意度和遵从度，真正让群众共同享受"税收服务共同富裕"的建设成果。

我们与"留抵退税"的日子

经济决定税收，税收反作用于经济。为稳住经济大盘，2022年3月21日，国务院总理李克强主持召开国务院常务会议，确定实施大规模增值税留抵退税的政策安排。5月25日，国务院召开全国稳住经济大盘电视电话会议。可见，全国上下要同心同力，保市场主体、保就业、保民生。在第31个全国税收宣传月，我从不同媒体需求角度出发，以不同的题材进行报道。以下是不同媒体采用的文章，以飨读者。

一、中央电视台采用的解说词

广东梅州：退税"活水"激发苏区市场活力

为了让"留抵退税"政策给企业带来实惠，在广东梅州，当地税务部门联合当地政府多个部门深入企业，与30家企业面对面实地宣传和辅导企业利用好政策。

【正文】一家以制冷产品、家用电器研发生产为主的大型集团公司，为了开拓市场，计划于5月投资2600万元，建设新的生产线，大规模增值税留抵退税政策，解了他们的燃眉之急。

【广东某电器有限公司财务部部长】当天申请，当天到账。我们拿到2460万元之后，第一步就是想规划一下产能。

【正文】据了解，为激发市场主体活力，梅州税务部门依托税收大数据进行综合分析，摸清适用条件的企业户数及退税规模；对大、中、小、微型企业进行清册管理；建立"协同配合、专人对接、快审快办"的增值税留抵退税快速响应机制，确保政策红利落地生效。

【同期声】国家税务总局梅州市梅江区税务局徐宁熙："我们先后开展税惠进菜园、进校园、进工业园活动，不折不扣推送新的组合式税费支持政策，帮助广大纳税人及时充分便捷享受国家政策红利，做到应知尽知，应享尽享。"

（播放于中央电视台 CCTV-2 "财经"，2022-05-22）

二、《南方日报》采用的文章

退税"活水"激发市场活力

"税务部门工作人员指导我们在电子税务局网站上进行留抵退税申请操作，当天提出申请，当天税款就退到公司账上了，流程简单方便、高效快捷。"万宝电器有限公司财务部部长谢双峰说。

为帮助市场主体注入资金"活水"，自 4 月 1 日实施大规模增值税留抵退税政策以来，梅州市各级税务部门认真贯彻上级部署，加大政策宣传辅导力度，优化退税流程，加强审核，加快办理退税。

"我们依托税收大数据进行综合分析，摸清适用条件的企业户数及退税规模；对大、中、小、微型企业进行清册管理；开展'线上+线下'政策宣传辅导；对不同类型、规模、行业实施个性化政策精准推送。"梅州市税务局货物劳务科相关负责人介绍，梅州市税务部门还建立了"协同配合、专人对接、快审快办"的增值税留抵退税快速响应机制，确保政策红利落地生效，帮助企业加大投资、加快技术改造升级，增加企业发展内在动力，让退税款及时进入企业的"口袋"。

（发表于《南方日报》A08 版《广东》，2022-04-28）

"及时雨"激发"苏区+湾区"企业活力

"3月底税务部门通知我们参加留抵退税的培训,并指导我们在电子税务局网站上进行留抵退税操作,当天提出申请,当天税款就退到公司账上了,流程简单方便、高效快捷。"梅州市企业万宝电器有限公司财务部部长谢双峰说。

4月1日起,大规模增值税留抵退税开始实施。梅州市税务部门加大政策宣传辅导力度,优化退税流程,加强审核,加快办理退税,帮助市场主体注入资金"活水"。据了解,截至今年3月申报所属期,万宝电器就有增值税期末留抵税额2465万元办理了退税。此次退税政策给市场下了一场"及时雨",帮助企业在生产经营中"轻装上阵"。

"我们拿到这笔退税资金后,主要用于购买新设备,拓宽产品线,开发更多型号产品满足客户的不同需求,增加市场占有率,提高公司销售额,此外还将用于支付供应商材料款和技术改造产品研发。"谢双峰说。

万宝电器有限公司是一家制造业中型企业及高新技术企业,主要设计、研发、生产制造、运营冷柜及高端酒柜项目。该公司于2019年底正式投产,年销售额1.5亿元人民币,出口业务占95%以上,年出口销售额超2000万美元,主要客户在北美及亚非欧区域。谢双峰说:"由于疫情上游供应链生产受到影响,公司产能不足,生产成本居高不下。为满足市场需求,公司打算于5月投资新的生产线及模具2600万元,资金偏向紧张。"

陈静是梅江区税务局江南税务分局的一名税收管理员,主要负责这家公司的税费征收管理和纳税服务。她说:"我们将退税政策用微信第一时间告知他们,并辅导他们办理申报手续,该公司属于梅江区管理范围内第一批退税最多的企业。"政策实施以来,梅江区税务局联合多个部门先后开展税惠"进菜园、进校园、进工业园"活动,不折不扣推送新的组合式税费支持政策,确保纳税人应知尽知,应享尽享。

"我们依托税收大数据进行综合分析,摸清适用条件的企业户数及退税规模，同时对大、中、小、微型企业进行清册管理，开展'线上+线下'政策宣传辅导，对不同类型、规模、行业实施个性化政策精准推送。"梅州市税务局货物劳务科相关负责人说，梅州市税务部门还建立"协同配合、专人对接、快审快办"的增值税留抵退税快速响应机制，确保政策红利落地生效，帮助企业加大投资、加快技术改造升级，增加企业发展内在动力，让退税款及时进入企业的"口袋"。

（发表于《梅州日报》第 4 版《财经》，获得《梅州日报》2022 年第二季度特约通讯员好新闻，2022-05-06）

梅州综保区迎来重大利好

2022 年 3 月 1 日，梅州市税务局收到广东省税务局转发复函，税务总局、财政部和海关总署同意在梅州综合保税区推广增值税一般纳税人资格试点。这标志着今后梅州综合保税区区内企业可以更好统筹利用国际国内"两个市场、两种资源"，为推动梅州苏区振兴发展、共同富裕注入新动能。

据介绍，试点资格未获批之前，综合保税区区内企业无法享受区外企业增值税一般纳税人资格下的完整"免抵退税"政策，区内企业在国内采购设备原材料无法索取增值税专用发票作为进项抵扣，内销产品也不能开具增值税发票，不利于拓展内销市场。

2019 年，国务院出台《关于促进综合保税区高水平开放高质量发展的若干意见》，赋予了综保区"二十一条"创新发展政策。在综保区推广增值税一般纳税人资格试点，是其中一项重要内容。一般纳税人资格试点政策赋予区内企业经济活动的"增值税一般纳税人"身份，试点企业从境内区外采购原材料或服务等取得的进项税可以抵扣，降低企业增值税税务成本；向国内销售货物及承接委托加工等业务，可以开具增值税专用发票，同时，叠加"仓储货物按状态分类监管"的创新监管措施，具备保税和非保税双重身份，开展国内贸易更加便利。

"在梅州市委、市政府的高度重视下，我们与梅州市财政局、梅州海关、梅县区政府建立协同推进工作机制、联席会议制度、联合监管与信息共享机制，各司其职，有力有序推进各项准备工作，确保试点落地梅州综合保税区。"梅州市税务局第二分局局长罗大军表示。

重大政策红利的落地，也极大增强了梅州综合保税区区内企业的发展信心。"这个政策来得太及时了！因为我们公司的原料大部分来自国内，产品也基本销往国内市场，我们一直担心封关后无法向国内客户开具增值税专用发票。有了这个政策，我们就可以享受跟国内增值税一般纳税人一样的各种优惠政策。"梅州劲越头盔有限公司总经理谢中铮向记者介绍，比如内销货物时，可按规定开具增值税专用发票，购进原材料时，可以取得增值税专用发票进行税额抵扣，对企业开拓国内和国际市场非常有利。在梅州综合保税区新建生产线的博捷酒业（广东）有限公司总经理黄壁明表示，试点政策的落地对企业来说是一个重大利好。"前期基建、固定资产投资总额大，依托政策这部分增值税能够抵扣或退税，将大大降低公司的运营成本，更加坚定了我们扎根梅州发展的信心。"

同时，该项政策的落地也给梅州综合保税区发展带来新的契机。"增值税一般纳税人资格试点落地以后，将与综合保税区的其他优惠政策产生政策叠加效应，为企业提供更多实惠的税收政策，有效提升企业进驻综合保税区的意愿，对综合保税区招商引资、做大做优产业及相关配套起到重要的促进作用。"梅州综合保税区相关工作人员李敏浩说。

梅州市税务局局长罗伟民表示，此次试点备案成功，是税务部门按照市委、市政府工作部署，全面激发内生动力的具体体现，接下来将与财政、海关密切协作，加强政策宣传和对试点企业的管理，让梅州综合保税区区内企业能够尽快享受到增值税一般纳税人资格试点政策红利，提升核心竞争力。同时，将持续为区内企业提供优质服务，加强依法诚信纳税引导，确保企业可以享受到国家最新、最全面、最优惠的税收政策，为梅州经济高质量发展贡献力量。

（与黄科、邓育枢、郭妙锐合作，发表于《梅州日报》头版头条，2022-03-04；《南方日报》第09版《广东地方》，2022-03-04）

梅州四部门侦破重大虚开骗税案

据悉，国家税务总局梅州市税务局联合公安、海关和人民银行，侦破横跨 6 个省市、涉案企业 10 余户、涉案金额达 6000 万余元的重大虚开骗税案件。

涉案的广东省梅州市五华县某实业有限公司是 2018 年国家税务总局、公安部、海关总署、中国人民银行四部委联合下发的 500 户重点骗税案源之一。

为侦破此案，广东省梅州市税务部门牵头成立了以税务、公安、海关、人民银行为成员单位的联合领导小组，组建专业分析团队，开展全封闭案头分析，充分利用现有的金税三期系统、电子底账系统、抵扣凭证信息管理系统等大数据平台，从基础信息、进销项信息、出口分析等多个维度深度开展案头分析，从海量数据中找寻案件突破的关键点。

经过分析，分析团队锁定涉案企业从上海某金属有限公司取得的 89 份发票，认为这些发票存在虚开嫌疑，并计算出疑似开票手续费和中间人手续费。与此同时，在利用常规方法确定团伙成员的基础上，创新利用金税协查系统有关信息，结合上游企业所属税务机关提取的证据材料，圈定虚开团伙成员，并掌握了犯罪嫌疑人之间的交叉关系和犯罪疑点，摸清了团伙作案模式。

梅州市税务部门将相关线索移交公安部门后，双方于 2018 年 11 月 2 日立案。在案件查处过程中，专案组多次到深圳、上海、广州等地外调取证，最终成功锁定该涉案团伙虚开或违规开具发票等违法犯罪行为的关键证据。同时，梅州市税务局利用人民银行反洗钱部门的资金流向监控优势，核实涉及本案资金 50 多万元。

2018 年 11 月 14 日下午 5 时，在广东省税务局稽查局的直接指挥和梅州市党政领导的大力支持下，梅州市公安局经侦支队联合梅州市税务局稽查局在梅州城区、深圳宝安等地同时开展收网行动。行动共出动税务稽查、公安干警 30 余人，一举摧毁了以李某为首的涉嫌虚开骗税团伙，成功抓获主要犯罪嫌疑人李某和刘某夫妇、中间人刘某等，捣毁 2 个犯罪窝点，现场查获作案电脑、账册凭证等证据材料 10 余箱。

经查证明，涉案企业实际控制人李某在没有真实货物交易的情况下，以支付手续费的方式接受上海、深圳等地多家企业虚开的增值税专用发票虚抵进项，同时涉嫌大肆对外虚开增值税发票用以骗取出口退税。该案涉案企业有 10 余户，跨吉林、山东、上海、深圳等 6 个省市，涉及发票 543 份，涉案金额超过 6000 万元。

据悉，此案的侦破是梅州市税务局等四部门落实四部委联合打击虚开骗税两年专项行动的首个重大成果。

（与蒋琳珊合作，发表于《中国税务报》第 B3 版，2019-03-28；与唐林珍、陈萍合作，发表于《南方日报》第 A11 版《广东》，2019-03-29；《南方都市报》第 12 版《农村财富·金融》，2019-03-29；税务部门结合案例撰写论文，发表于《人民日报》之《国家治理》周刊 2019 年第 1 期）

让物流大企业获得改革红利

　　"增值税改革以来，梅州税务部门积极支持我们邮政速递物流企业发展，主动上门提供指导和培训，让我们快递物流企业充分享受税收优惠政策。2019年以来，梅州邮政通过执行增值税加计扣除抵减政策、物流业税率下降、国际出口免税政策以及个人所得税累计抵扣政策，公司税负减少了60万元，使我们各个环节的物流成本降低，提升了我们企业发展动力。"中国邮政集团公司梅州市分公司寄递部财务经理钟小海说。

　　梅州作为农业大市，要将山区农产品运出去、销得好，关键要靠快递物流，要降低成本、提升效率、增强竞争力，积极推动当地快递物流行业更好更快发展。2019年10月23日，梅州市委书记前往梅州市诚信中通快递有限公司、梅州市顺丰速运有限公司、广东村之翼现代农业互联网产业园等部分快递物流企业，强调积极落实梅州市委"三进一出"要求，加快推进全市快递物流行业快速发展。

　　据了解，梅州市交通运输业、仓储和邮政业等物流行业的纳税人共1524户，其中一般纳税人293户。针对物流行业的特点，国家税务总局梅州市税务局第一税务分局结合主题教育，创新服务，解决难题，先后多次组织大企业减税降费系列政策培训，发放了"纳税信用之影响力"宣传册、税收常识口袋书、微信缴交城乡居民保险费手册等资料。"这段时间，我们深入邮政速递、顺丰速运等物流行业进行上门辅导培训，并通过一系列减税降费网络直播课堂、24小时不打烊智能机器人宣传咨询答复这些精准化、个性化的优质服务，让物流大企业切切实实获得改革的红利，激发市场活力，惠及广大的消费者，促进企业发展更强更大。"国家税务总局梅州市税务局第一税务分局何志敏副局长说。

"税务人员会经常走访我们企业，为我们宣传税收优惠政策，公司今年累计享受增值税进项税额加计抵减80多万元，我们将减免的这部分费用投入设备更新、技术研发等方面，为我们企业发展提供更好的发展平台。"梅州市顺丰速运梅州经营分部负责人许海说。

为积极响应梅州市委、市政府的工作部署，国家税务总局梅州市税务局践行"不忘初心、牢记使命"主题教育，持续深化"放管服"改革，优化营商环境，进一步提升纳税人满意度，更好地激发物流运营主体活力。

物流行业有什么优惠政策？笔者从梅州市税务局了解到，提供邮政、物流辅助等服务的纳税人可适用加计抵减政策，对月销售额10万元以下的增值税小规模纳税人免征增值税。同时可采取"自行判别、申报享受、相关资料留存备查"的办理方式享受企业所得税优惠事项。

梅州市税务局相关负责人说："我们采取走访上年有研发活动企业、新获得高新和科技型中小企业、年收入千万元以上企业、年度有固定资产投资和技改企业以及人大代表和政协委员所办企业，引导符合条件的纳税人积极享受优惠政策。"

"这些活动，使我们这些物流企业能明确优惠政策是怎么执行的，更能让企业获得真正的实惠，使企业更加健康发展。"梅州市政协常委，致公党梅州市委员会副主席、梅江区总支主委，梅州智友企业管理服务有限责任公司总经理罗向明说。

据了解，梅州市税务局通过政策培训会、税企座谈会、税收宣传月活动等方式，累计培训税务干部2100人次、企业会计及负责人13000人次，发放宣传资料28300份，确保纳税人应知尽知、应会尽会、应享尽享。

（与李晶晶合作，发表于《南方日报》第A10版《广东》，2019-12-16；发表于《梅州日报》第1版，2019-12-01）

留下不走的乡村振兴党员队伍

"老伴，我去基地看看果子，回来再吃早饭。"

"行，快去快回！"

一大早，陈禄泉夫妇的家里就有了烟火气，一家子其乐融融。陈禄泉提到的基地，正是国家税务总局广东省税务局驻里塘村扶贫工作队帮扶建立的黄金百香果基地。依靠分红和在基地务工的收入，陈禄泉家已经脱了贫。

里塘村位于原中央苏区范围、广东省重点革命老区的梅州市五华县，全村1200多人，贫困率高达13%，是一个典型的贫困村。村里没有自来水，生活条件差，直到2016年，扶贫工作队来到村里，一切才开始发生改变。

"产业是扶贫的根基，产业扶贫是实现稳定脱贫的必由之路。"扶贫工作队队长兼第一书记谢沁华说。在工作队帮扶下，里塘村采用"基地+合作社+贫困户"的生产经营模式，以黄金百香果基地作为特色产业扶贫示范区，有效带动村民增产增收。

然而，谢沁华深刻认识到，扶贫目标任务完成后，他们终究要离开，如何稳守甚至扩大来之不易的战果？

"在帮扶中，我们以党建为引领，注重打造一支不走的党员扶贫队伍，让更多的乡村本土人才回流发展产业，带动就业，巩固脱贫成果。"谢沁华说。

"谢书记多次找到我，让我回村担任基地负责人。我没有这方面的经验，信心不足，但在扶贫工作队和村干部的支持帮助下，我慢慢掌握了百香果的种植经验和技术，也有了做好基地的信心。"返乡青年党员陈伟华说。去年，在他的努力下，基地仅百香果的销售收入就近20万元。

产业要持续发展壮大，必须要有更多带头人。在果园的另一边，里塘村党支部委员陈辉正在鱼塘边忙碌着。"在谢书记的鼓励下，我搭上了产业致富的'快车'。"陈辉说。

2016 年，陈辉回到村里，并被吸收为党支部委员。2019 年，他承包了一口鱼塘，同时在鱼塘周边种上了百香果，养上了鸡。"预计今年可产鱼 1 万公斤，销售额有望达到 16 万元。"陈辉介绍。

里塘村的产业帮扶模式，不仅提升了"造血"能力，还通过培养致富带头人，达到"培养一人、带动一片"的效应。目前，谢沁华已动员鼓励 5 名青年党员回乡发展产业。截至 2019 年底，百香果种植基地的产量超过 1.5 万公斤，销售额达 40 余万元，为全村 43 户贫困户带来分红 10.75 万元，平均每户获得 2500 元，贫困户受益率达百分之百。

2016 年以来，广东省税务局先后投入 1600 万元帮扶解决里塘村一系列民生项目，同时通过打造特色产业带动全村增收致富。如今，里塘村路通水畅，学校、广场、公园等基础设施初步完善，越来越多的年轻人回乡发展。2019 年底，全村 43 户 170 名贫困人口全部脱贫。

（与蒋琳珊、曾文合作，发表于《中国税务报》第 A2 版，2020-11-10；作品荣获由国家税务总局安徽省税务局和中国税务报社联合举办的"决战脱贫攻坚·那些人那些事"有奖征文优秀奖）

【相关链接】

梅州税务一动漫作品获省一等奖

梅州市税务局制作的动漫作品《税村共筑"乡村振兴梦"》，在参加全省 2021 年"多彩乡村 学史奋进"主题教育实践活动中，荣获动漫类一等奖。

据了解，《税村共筑"乡村振兴梦"》以苏区梅州乡村振兴为主线，讲述了在外务工的小吴回到家乡后，看到家乡在税务部门帮助下发生的变化，

152

震撼不已。随后，小吴毅然留在了家乡，利用自己的所学所长主动参与到乡村振兴工作中，带领乡亲们共建美丽家园，推动苏区振兴发展，获得了"致富带头人"的称号。

据了解，此次主题教育实践活动由广东省地方志办牵头，省文明办、省教育厅等 10 家省直单位联合组织。活动共收到微视频、调研报告、动漫、海报、图片等各类作品 4412 件，经专家评审和公示，选出优秀作品 429 件，推选出优秀组织单位 100 个。

（发表于《梅州日报》第 3 版，2022-01-18）

"村中村"变成"美丽村"

位于广东省梅州市五华县西部的里塘村在几年前是出了名的"村中村",基础设施落后,贫困户较多。2016年起,广东省税务局派驻一支扶贫工作队定点扶贫里塘村。2019年底,全村43户贫困户170名贫困人口全部脱贫出列。贫困户人均可支配收入由帮扶前的3317元提高到11720.18元,增幅超过250%。这背后,离不开扶贫工作队队员们夙兴夜寐地思考扶贫点子、落实扶贫政策。谢沁华就是其中的一员,也是省税务局驻里塘村的原第一书记兼扶贫工作队队长。

发挥优势,做通工作, 培养产业致富带头人

走进广东省梅州市五华县转水镇里塘村依青种养专业合作社一号"黄金百香果"基地时,返乡退伍青年陈伟华正在指导农户种植百香果,他一边现场示范,一边说:"如果你用绳子固定,就容易被风吹得连根拔起。所以我稍微回迁一点点泥……"

陈伟华是百香果一号基地负责人,2006年12月从山西武警退伍后在广州从事快递工作,后来在省税务局扶贫工作队的劝说下,回到村里开始种植百香果。"我一开始没有多少信心,扶贫工作队和谢书记反复动员我,谢书记劝说了我很多次,他说搞农业必须要有年轻人带头。后来自己也慢慢掌握了百香果的种植经验和技术。"陈伟华高兴地表示,"现在不仅收入增加了,还能照顾到家庭,同时也能带动村里的一些贫困户一起参与,帮助他们脱贫。"

由于缺乏技术经验，从最初的租地、平整、搭架、选种、种植再到销售，省税务局帮扶工作队都一直紧紧跟进，及时帮助陈伟华解决种植中遇到的各种难题。陈伟华说："只要发现问题，谢书记就会请老师过来，帮我们解决问题，建立电商网站，这些都是他帮我们一起筹建的。"

让陈伟华感到惊喜的是，在省税务局扶贫工作队的帮扶下，百香果第一年就实现挂果。去年，百香果的销售收入达到近20万元。基地平时还吸收村里的贫困劳动力就业，采摘高峰时可以提供6个岗位。

陈伟华口口声声提到的"谢书记"，正是广东省税务局选派里塘村驻村帮扶工作队的第一书记谢沁华。在谢沁华看来，外出闯荡的年轻人有广阔的视野，有思路有想法且干劲十足，吸引他们回来，培养发展其成为种植大户，成为致富带头人，才是长久发展之计。

培养一个，带动一片，让更多的贫困群众受益

工作队贯彻省税务局党委确定的"巩固+提升"工作要求，一张蓝图画到底，扎实开展工作，久久为功，牢牢抓住人才是第一资源的工作思路，在产业发展中智志双扶，动员鼓励返乡年轻党员发展产业，让年轻党员发挥创业致富带头人的作用，做到培养一个、带动一片，使更多的贫困群众受益。

"产业是脱贫的根基。为了进一步提升村里的'造血'能力，我们通过同吃同住同劳动同学习，采用'基地+合作社+贫困户'的生产经营模式，把村里的黄金百香果种植和清远麻鸡养殖等主要产业扶贫项目做起来，有效地带动村民发展特色农业增产增收。目前，该村已建设黄金百香果产业发展连片示范区共60余亩，年销售额超过40万元。其中，带动贫困户自主发展种养产业超10亩，有效带动贫困户增收。"省税务局驻里塘村第一书记谢沁华说，"更重要的是我们通过先抓产业致富带头人，吸引其他年轻人回来，希望他们能成为下一步乡村振兴的主力。"

如今，在省税务局帮扶工作队的劝说引导下，里塘村已有5名年轻人

回乡发展。在东莞务工的陈汉良，2019 年也回来养殖清远麻鸡。他说："村里有带头的人，设备、技术等也是帮扶单位帮我们整好，所以我也就选择回来了。现在准备扩大（养殖）规模。"

2020 年是脱贫攻坚的决胜之年。扶贫产业能否持续发展，脱贫成果能否得到有效巩固，关键是打造"一支不走的扶贫工作队"。广东省税务局驻里塘村扶贫工作队，致力培养农村致富带头人，促进乡村本土人才回流，让他们在发展产业中帮带脱贫。里塘村支书陈宏华说："这些年轻人回来，把撂荒的土地集约起来，然后发展产业，带动村民就业，工作队回去了以后，这些年轻人也是一支带不走的队伍，我们的脱贫质量可以得到更好巩固。"

村民陈禄泉由于患有长期慢性病，妻子有听力障碍，被帮扶前儿女还在上学，家中较为贫困，经济困难。通过种植百香果，家庭情况有了明显改善，如今在帮扶工作队和致富带头人陈伟华的带动下，2020 年，他将自己的种植面积扩大到 2 亩，准备大干一场。里塘村还有一位村民说："我平均一天收入就有一百多元，还学到了种百香果的技术，自己家也种了百香果来增加收入。"

路通了、水有了、脱贫了……
村民的好日子来了

一条条平坦的道路直通农家，一片片绿色的产业基地生机盎然，一项项惠民帮扶措施落地见效……夏日时节，走进五华县转水镇里塘村，处处洋溢着朝气蓬勃的气息。"在省税务局的帮扶下，村里改造交通、自来水、休闲娱乐场所等基础设施，发展种植黄金百香果、养鸡等产业，现在大家的日子是越过越红火。"村支书陈宏华说。

里塘村是"村中村"，进出都得借道邻村，村道狭窄泥泞，基础设施建设落后；村里没有自来水，村民用水不便；1200 余人的村子，贫困率高达 13%……驻村帮扶工作队聚焦村民最关心、需求最迫切的民生项目，实施了一系列帮扶措施。先后筹集资金 90 万元兴建自来水工程，解决村民用水难题；投入资金 276 万元，新建 4 段出村通道，并对主干道进行拓宽、绿化及亮化，从根本上改善了"村中村"的出行条件；投入资金 120 万元，建设村文化广场及村卫生站，大大方便了群众休闲锻炼和日常就医……一系列改善措施，正是省税务局驻村工作队入驻里塘村后带来的惊喜。

此外，为了加大教育扶贫力度，阻断贫穷代际传递，帮扶工作队还充分发挥省税务局设立的里塘村教育基金效益，对村中优秀学子、优秀教师和困难家庭学生进行奖励或资助，同时投入资金 60 万元对三塘小学进行改造，为每个课室配置现代化多媒体教学设备等，不断优化村里学校教学条件。

四年来，省税务局共投入资金 1600 万元抓好自来水、出行道路、医疗教育等民生项目，使这个属于"村中村"的落后村的各项事业发展有了长足进步，基础设施建设跨入当地先进村行列。

对于接下来的持续扶贫工作，驻里塘村第一书记谢沁华说："我们通过培养销售人才，也是本土本乡的年轻人，把产销机制完善，让它主动能对接市场，推动产业多元化、深度发展。"

（发表于《广东税务》，2020 年第 8 期）

用谈恋爱的心态
来寻求新闻采访写作技巧

回顾 33 年来勇毅前行的道路，我从士兵到警官，从警官到税官，除了训练、执勤、站岗、工作之外，利用业余时间发表了 4000 多篇文章与照片。我最大的感悟就是，用谈恋爱的心态来寻求新闻采访写作技巧。

一、选题的技巧

年轻人谈恋爱时，一般要经过三个阶段，第一阶段叫"相识"，即从不认识到认识；第二阶段叫"相知"，即从认识到确定恋爱关系；第三阶段叫"相爱"，即从恋爱到结婚。然而，在新闻界有句行话叫"七分采访，三分写作"。我自己总结了"343"恋爱新闻法，即"三分选题，四分采访，三分写作"。

（一）选什么题

一般在谈恋爱前，要面对选择各种各样的异性，高的、矮的、胖的、瘦的，什么都有，但选哪种类型，你就要自己先想明白，比如"美丽型""温柔型""可爱型""善良型"等，一定要有个人主见。同样的道理，做一条新闻，选什么题，就要靠你的基本功，不是三两天就能学会的，这就是"新闻敏锐性"。那么，具体选什么题？我总结为"六个透"：一是悟透精神，指学懂悟透习近平新时代中国特色社会主义思想、各级领导的指示精神等；二是吃透政策，指吃透党的路线方针政策及业务政策等；三是摸透意图，指摸透各级党委的思路、领导的意图；四是用透亮点，指善于将工作中的特点融入新闻中；五是看透实际，指看透实际工作，思考选择什么题目比较合适；六是瞄透靶心，指要瞄准报社的需求，通过沟通确定选题。形象地说，这跟部队打枪一样，要瞄准十环、九环、八环，你如果搞个五环，那就会事倍功半。

（二）为什么要选这个题

当你在选择恋爱对象时，面对的类型有很多。假如你选择跟美丽的人谈恋爱，那么，有一天，当我们遇到一个更美丽的人，一定会选择那个更美丽的人，为什么？因为爱美之心，人皆有之，你会进行认真的比较。当然，在同等美丽的情况下，你更喜欢善良还是温柔呢？这样一比较，恋爱对象的优点就出来了。同样的道理，我们思考选题时，与选择恋爱对象相似，记住"16字"：他无我有，他有我新，他新我特，他特我快。也就是新闻中常说的："不平凡人的平凡事、平凡人的不平凡事"。那么，具体怎么选，从我33年来的体会看，不外乎"三个比一比、三个想一想"：一是与同级的比一比，想一想这题材，别的单位是不是已经做了；二是与上面的比一比，想一想这题材是不是太小了；三是与外面的比一比，想一想报社需不需要这种题材。

（三）选题后的准备工作

在谈恋爱时，要不要穿帅一点、漂亮一点？要不要买点口香糖？要不要约对方看电影？要不要买点女朋友喜欢的食品？女朋友过生日，要送点什么？送鲜花还是买几款流行衣服？同样的道理，选题后，接下来要进行采访，采访必须做好一些准备工作，比如：什么时候采访？采访什么人物？采访什么内容？要不要拟个提纲？远的地方，要不要派车？要不要吃饭？有时涉及电视新闻时，要看一下"一把手"心情好不好。还有领导要讲什么？要不要准备好材料？领导要穿什么衣服？这些都是作为一名新闻工作者要考虑周全的问题。

二、采访的技巧

在谈恋爱时，我们要通过眼睛观察，看看女朋友的脸色怎么那么难看。通过耳来听，听听她说了些什么，都要记在心上。通过嘴巴来问，即关心什么，有什么要你来做的。通过两条腿来跑，女朋友需要什么，腿要勤快一点。通过脑袋来分析，要想一些办法让女朋友开心。通过手来行动，送送玫瑰、发发微信等，偶尔写写信也是必要的。总之，这六个要素缺一不可。

同样的道理，采访是一项基本功，也要像谈恋爱一样，做到"六勤"：

眼勤看、耳勤听、嘴勤问、腿勤跑、脑勤想、手勤写。在采访中，要防止以下几种现象：一是"三话"现象，大话连篇、假话太多、空话不少；二是"三假"现象，假人物、假采访、假事例；三是"三花"现象，花巧、花样、花心。

三、写作的技巧

我们回顾一下恋爱的经历，在写情书的时候，你会不会写出千篇一律的情书？答案是不会。因为每个人都有自己的特点，你爱的那个人也有她的个性、认知、爱好、特长、水平等。可见，在写情书时，每个人都会有不一样的表达方式，有的人用记叙文，有的人用诗歌，甚至有的人能够用文言文表达爱慕之情。

新闻写作的题材有很多，归类后不外有以下几种：一是新闻报道类，包括消息、通讯、特写、专访、调查报告、新闻公报等；二是新闻评论类，包括社论、评论员文章、述评、时评、思想评论等；三是新闻副刊类，包括散文、杂文、诗歌、回忆录、报告文学等。

那么，新闻写作有没有技巧？有。不管怎么写，始终脱离不了五大部分，即标题、导语、主体、背景、结语；六大要素（也就是记叙要素）：时间、地点、人物、事件的起因、经过、结果。归纳起来说，就是"5+1"，我们新闻的说法叫五个"W"和一个"H"，即 Who（何人）、What（何事）、When（何时）、Where（何地）、Why（何因）、How（何果）。

下面，我回顾从事新闻工作 33 年来的体会，那就是"用谈恋爱的心态来寻求新闻采访写作技巧"。总结起来就是"五爱"。

（一）要像爱护自己的眼睛一样爱护文章的标题

爱要大声说出来。比如我爱你、我这辈子认定你了、我这一生只爱你一个，这些表达都很好。但现实中，我们千万不要做"爱情的骗子"。写文章也一样，题好文一半。题目就是我们的眼睛，只有题目新颖独特，眼睛才会亮起来。编辑收到你的稿件后，首先看到的是标题。因此，我写文章的时候，经常把功夫下在标题上。有没有技巧？我个人认为就是目前的网络词语：吸引眼球。这里的技巧就是：最短、最新、最亮、最好。

（二）要像爱护自己的大脑一样爱护文章的导语

这里的导语跟我们的大脑一样，是一个主要部分。导语是新闻消息的开头部分。导语写得不好，就像一个人脑袋空空，不知想什么，没有一点思路。我个人认为，导语就是总开关、总枢纽、总指挥部。那么，导语怎么写？百度有很多方法。但我的技巧就是：找一个爱你的人，找一个被爱的人。即开门见山地摆出文章的重点、重要性。

（三）要像爱护自己的心脏一样爱护文章的主体

谈恋爱时要用心，心术不正的人谈不好恋爱。一般情况下，新闻主体又称"新闻主干"，在导语之后，对导语中提到的主要事实、观点或问题，进一步用事实做具体阐述、解释或回答。回顾多年写作的体会，我把这部分比喻成"五脏六腑"，也就是要始终扣住"我中有你、你中有我"这个生命体，这好比我们谈恋爱一样，要心连心、心交心、心爱心。否则，这文章写得就没那么生动。具体怎么写？我的个人技巧是"一扣四用"，即扣住一条主线，用事实说话、用数据说话、用语言说话、用感情说话。如果主体部分多了，分成三至四个小段落，把她写成一篇通讯类的文章。

（四）要像爱护自己的五官一样爱护文章的结构

谈恋爱成功后，在决定结婚前，最后一关还得见父母或公婆。每一位同志参加公务员考试，笔试过关后，是不是要经过面试关？可见，这五官是多么的重要。同样的道理，文章写好后，也要把它当作自己的"五官文章"，让他人去检验。我总结起来说，就是"五个经得起"：经得起建议、经得起修改、经得起审核、经得起编辑、经得起考验。

（五）要像爱护自己的生命一样爱护文章的发表

谈恋爱的结晶就是要结婚，可在这个社会，有的人不珍惜恋爱成果，结婚后就变心了，人家父母养一个那么大的女儿嫁给你，你对人家不好，那是不行的。写文章跟谈恋爱一样，过程是很艰难的，是一件非常痛苦的事。要发表一篇文章很不容易的，尤其是主流媒体，过五关斩六将。然而，有的同志发表文章后，找不到初恋的感觉，享受不到艰辛的幸福。报纸一丢，不在乎它。其实，这是你的劳动成果，值得珍惜。拿出原来的文章对比一下，看一看编辑改了什么，为什么这样改，今后要注意什么。包括平时我们的材料也是一样，我转业时，我的第一任老局长改我的材料至少要三遍以上，我也从中提升了自己，让自己成为有用的人。总之，要养成一个好习惯，像爱护自己的生命一样爱护自己的劳动成果。

161

《围龙税月》写下"营改增"故事

"我有个想法，你能不能写一篇文章在《中国税务报》发表出来？"2016 年 4 月 7 日下午，天气格外晴朗，我陪着老局长梁培文从梅州市政府出发，他一边走在回单位的路上，一边给我下达了"紧急任务"。

那一天，梅州市以政府的名义，把全市及各县（市、区）财税部门相关人员召集在一起，开了个"高规格、高站位"的动员大会，向全市发出了总动员，吹响"集结号"，备战"营改增"。那气势如虹的场面，感动了这位老局长。

他边走边发自内心地说："这次营改增，地方党委政府这么重视，书记、市长多次过问这件事，常务副市长也亲力亲为，你要把全市的做法提炼一下，刊登在《中国税务报》上。"

压力就是动力。我二话不说，马上立下"军令状"："局长，没问题，我沟通好后再向您汇报，保证完成任务。"

回到单位，我第一时间与报社记者取得联系，并商定刊登专题的版面。紧接着，我静下心构思、拿起笔采访、敲键盘写稿、呈领导修改、送报社审核，这每一步的努力，都少不了马不停蹄、加班加点。就这样，一篇"梅州党政支持备战营改增"的文章新鲜出炉。

很快，《中国税务报》以图文并茂的形式刊登了出来，全面反映梅州市及各县迅速推开营改增工作。看了报道，我的心情久久不能平静，第一时间报告了老局长，他拿着报纸一边认真阅读，一边冷静思考，看得出他的心情也是无比的高兴。蓦然间，他笑着说："这文章写得很好，写到点子上了。看了以后，我有一个想法，这次营改增攻关时间比较长，我们要用'苏区精神'来推动，用'围龙文化'来闯关，你要注意收集我们税务干部战斗在一线的故事，把他们的精神风貌通过《中国税务报》展现出来，确保改革平稳落地、顺利实施。"

听到老局长这一番话，我和坐在一旁的服务中心张英章主任不约而同地说："这个思路好，有创新性，营改增就是一个主战场，我们的干部就要有这种精气神。"于是，我满口答应完成老局长布置给我的"第二道命题"。

2016 年 5 月 1 日，营改增打响了第一场仗，走出了成功的一步，一位位税务人在这项急难险重任务中，比着干、争着干、抢着干，一天天走向新的战役。2016 年 5 月 20 日，我们局召开首战营改增总结暨第二战役动员部署大会之后，一群群税务人弘扬苏区精神，倡导"围龙文化"，敢于吃苦、敢于牺牲、敢于奉献，一直挺战在营改增的路上。

那一个个越战越勇的税务人，那一幕幕闯关必胜的故事，激励着我拿起笔，用我的心，在短短的一个星期内虔诚地将这种精神文化采写出"传承中央苏区精神，打赢营改增攻坚战"的文章。2016 年 5 月 25 日，《中国税务报》把我这篇将税务人刻画得有血有肉的通讯刊登出来了，报纸送到老局长的眼前，他满意地笑了，笑得像鲜花一样灿烂，还竖起大拇指说："这篇文章很真实，很感人！真正写出了我们税务人攻关营改增的精神风采。"

老局长是广东罗定人，从省会广州来到梅州任职，从一无所知到熟悉熟稔再到热爱梦里客家，深深地扎根在这片有情有爱的客家土地上，去带领税务人"日日行，不怕千万里；常常做，不怕千万事"。而我就是这样用心采写出一篇篇意味深长的文章投给了我心爱的《中国税务报》。

说起这张全国性经济类报纸、税务系统最权威的《中国税务报》，何止老局长喜欢借鉴《中国税务报》的经验，就连我也爱不释手、勤耕细作；还有我们每一位税务人都会在这块"心灵阵地"里不断地汲养成长。

就说我吧，我是《中国税务报》朋友圈里的好友，是她的忠实粉丝。还记得 2005 年 9 月，我脱下了橄榄绿的军装，穿上了湛蓝色的制服，满怀信心踏进了税务大门。如今 17 年过去了，走过了春天，又走过了秋天，我从来没有离开过《中国税务报》，做到"每期必看、每版必研、每文必享"，与她结下了不解之缘。

　　说起这缘分，我非常珍惜。我是 1989 年入伍的武警，17 年的军旅生涯，让我这个半路出家、生活在基层的"土记者"，先后在国家、省、市级报刊发表 1000 多篇文章，并出版过《点点星光》《滴滴心语》两本书。走在税务大道上，我认识了《中国税务报》，并把它当作我的启蒙老师，它伴我在雨露中成长。从那时起，我也开始认真研究《中国税务报》的版面、栏目等特点，有针对性地投稿，慢慢地喜欢上了它，自从第一篇"豆腐块"发表以后，我的写作激情越来越高，乐此不疲是常有的事，那一字字、一段段、一篇篇，靠的都是我坚定的汗水与坚守的挚爱。

　　后来，在老局长的关心支持下，我把过去十多年发表在《中国税务报》等报刊关于梅州税务的文章及照片结集而成，由中国税务出版社出版了《围龙税月》一书，成为梅州税务史的一个缩影。

　　书中自有"黄金屋"。每当我翻开这本《围龙税月》查阅历史时，每当我打开那几本厚厚的剪报册，每当我再读那一篇篇记忆深处的老报纸，我的内心总是不忘感恩《中国税务报》，因为这字里行间留下了我曾经用奔放的激情、豪情与热情书写的一篇篇文章，这些文章也有《中国税务报》的一份功劳，总有说不完的"关于她"的故事。

军功章有《梅州日报》的一半

面对五枚闪闪发光的三等功军功章和几十本获奖证书，我感到无比自豪。如果没有《梅州日报》，也许我早已解甲归田。我的军功章也有《梅州日报》的一半，《梅州日报》就是我的恩师！

1989年3月，我穿上军装来到武警梅州市支队。火热的警营生活让我萌发了给《嘉应日报》写稿的念头。当我那篇不到100字的"处女作"《梅州师范附小教师辅导武警战士唱歌》刊登在《嘉应日报》时，我心里甭提有多高兴了。从此，我爱上了新闻写作，并与《梅州日报》结下了不解之缘。

我利用训练站岗之余，钻研新闻写作，积极撰写稿件。每当我把部队的好人好事写成稿件送到《梅州日报》时，编辑都不辞劳苦地帮我修改，手把手教我写作方法，让我的写作水平得到大幅提高。大队领导在《梅州日报》发现我的名字后，把我从基层调进队部当通信员兼新闻报道员。

仅一年多时间，我就在《梅州日报》发表了40多篇文章，成为部队小有名气的"土记者"。快到退伍的时候，支队党委、大队领导认为我是块搞新闻的料，让我留在部队继续服役。就这样，我才有机会参加1992年的军校考试，实现了梦寐以求的"军官梦"。

1994年7月，我从军校毕业后回到武警梅州市支队，在工作中迸发出一股源源不竭的写作激情，采写的《梅州武警"第一拳"——赵干登》《地主孙子当警官》等文章先后在《梅州日报》发表。2004年10月，我把从排长成长为营职干部的10年间发表的20多万字作品和近200幅照片，结集成《点点星光》一书，并由中国文联出版社出版。

2005年底，我转业到梅州市税务局工作后，仍然坚持写作，采写了不少来源于生活的作品。当我看着《税务有个"擒敌高手"》《鸡腿谁先吃好》等作品相继在《梅州日报》见报时,心里总是有些激动与兴奋。2012年1月,中国书籍出版社出版了我的文集《滴滴心语》,其中大部分文章都在《梅州日报》发表过。

时光飞逝。《梅州日报》已43岁,它陪伴我走过了26个春夏秋冬。这些年来,我先后在《梅州日报》等国家、省、市媒体发表文章和照片2000多件。回顾这一切,我深深地感到:如果没有在《梅州日报》发表第一篇文章,我就不可能走上写作之路;如果没有《梅州日报》那么多编辑的鼓励与爱护,我就可能失去留队机会,更谈不上考军校;如果没有《梅州日报》给我一块耕作的田地,我就不可能有那么多的荣誉。《梅州日报》是我的恩师!

(发表于《梅州日报》第2版,2014-12-23)

金色情怀

（多彩人生）

　　一枝独秀不是春，百花齐放春满园。情怀永远在路上。一个人，只是一份情怀；十个人，就是一百份情怀。在大千世界里，身边的人用"人一之，我十之；人十之，我百之"的思想境界，彰显出"爱党、爱国、爱军、爱民、爱家"的金色情怀，汇聚成至深、至浓、至热、至美的多彩人生，为中华民族伟大复兴贡献自己的绵薄力量。

从"心有百姓"到"共享药房"

有这样一个人,长得"高白帅",他叫李朝晖;

有这样一个人,医德双馨,他叫李朝晖;

有这样一个人,在全国首创"共享药房",他叫李朝晖。

他,现任福建安溪县中医院院长,铭选医院原副院长。

李朝晖带领他的团队首创的"共享药房"在全国出名了,最近还在央视《焦点访谈》栏目亮相,我为他始终拥有的"心中有老百姓,服务好老百姓"的精神感到骄傲和自豪。

谢谢李院长,没有医护人员的用心,
我父亲就会非常危险

"我的父亲又患脑血栓了!医院下达'病危通知书',我好担心,能不能帮我跟李院长说一下,尽量挽救我父亲的生命?"2019 年 11 月的一天,叶少阳在电话里心急火燎地说。

叶少阳是我们梅州武警的一名退伍军人,1992 年入伍,1995 年退伍回到安溪老家。

我二话不说,马上拨通了李院长的手机。

叶少阳的父亲 72 岁,10 多年前曾因高血压得了脑血栓,这一次老毛病又来了,再次因脑血栓住进了安溪中医院,没想到医院给他下达了"病危通知书"，这下子，他着急得像热锅上的蚂蚁不知所措。

由于叶少阳在我的微信公众号文章里看到李院长所在医院的"共享药房"，知道李院长有丰富的从医经验。于是，李院长首先安慰叶少阳，让他遵从医生嘱咐。第二天，李院长还亲自到病房检查他父亲的病情，并与医护人员一同采取相关措施治疗。最后，他的父亲转危为安。

叶少阳的父亲出院了，叶少阳专门打电话给我说："老领导，你一定不要忘记打电话给李院长，帮我谢谢李院长，这一次如果没有他们医护人员的用心，我父亲可能会非常危险。"救人一命，胜造七级浮屠。李朝晖认为自己是老百姓的儿子，只要是老百姓的事，他都会记在心上，落在行动上。

救死扶伤的事，我每次想到的第一个人就是李朝晖

2008年夏天的一个星期天下午两点左右，我的父亲在前往田埂除虫的半路上，突患高血压，导致头晕呕吐，昏迷不醒。我的弟弟陈光义立即将父亲送往离我们村13公里远的湖头镇医院进行抢救。

当我得知这一不幸的消息后，我脑海里第一个想到能帮我的就是李朝晖。他在电话中直言不讳地说："血压200多，很高，如果处理不及时会导致偏瘫。要不这样，你马上做简单急救，然后把你爸送到我们铭选医院来，我这边先帮你挂好号……"

就这样，弟弟马上将父亲转院至离湖头镇二三十公里的安溪县城，当晚，他与医生们加班加点，奋力抢救我的父亲。

这一天，我非常难过，从广东梅州开车赶回老家，整整走了十二个小时的山路，直至凌晨两点多，才到了铭选医院。

当我来到父亲的病床前时，弟弟告诉我，父亲得的是脑梗死，经医院抢救已平安无事，但大脑里还有淤血迹象，必须做长期保守治疗。看见患了重病的父亲，我情不自禁地流下眼泪，心中五味杂陈。

一直以来，村里人一旦有大病小病，都会打电话给我，叫我帮帮他们。只要是救死扶伤的事，我从来不推诿，不推卸，都会一件件办好，而我每次想到的第一个人就是李朝晖院长。

让群众方便看中医、放心用中药，暖心享服务

几十年来，李朝晖始终做到"心中有民"，一心一意服务好老百姓。

他心里清楚，安溪地处山区，"八山一水一分田"，在过去，老百姓从乡下翻山越岭到县城看一次病真的非常不容易。李朝晖时刻不忘老百姓，总是想着怎么才能让老百姓看病"少跑腿、少走弯路"。

于是，他带领医院的团队，敢于做第一个吃螃蟹的人，创新运用"互联网+中医药"模式推出"共享药房"，让群众方便看中医、放心用中药，暖心享服务，这种做法真的是老百姓的一大福利。央视《焦点访谈》做了报道，不仅让安溪出了名，而且让中医界人士了解了基层中医药服务的典型成功案例。

他们通过"联盟+共享"新医改模式，把全县乡镇卫生院带起来，将病人留下来（县域内），实现医改新突破。

中央各省市许多领导和专家都来参观交流，从 2019 年 12 月 1 日第十五届中国医院管理暨康复医学科建设高峰论坛来看，全国各地 100 余家医院的院长、书记或科主任共计近 400 人先后来到医院实地观摩。规模之大，级别之高，人员之多，在安溪实属罕见，对于中医行业来说就是开了先河。

安溪人敢于创新，李朝晖也不例外。当然，这些创新不是靠吹出来的，都是靠干出来的。只有脚踏实地干，靠爱拼才会赢的精神，不忘初心，牢记使命，才能走出一条不一样的道路。

（发布于《泉州医界》，2019-12-07；"点点星光"公众号，2019-12-04）

"中国仓海诗廊" 背后有个丘洪松

在广东蕉岭县文福镇有个风景秀丽的乡村叫长隆村，这里有一个"诗和远方"的地方叫"中国仓海诗廊"，是集文旅景观、人文文化、地方特色文化、美食文化、研学锻炼于一体的旅游景区。

走进中国仓海诗廊之地，碑记中一句"首谋建造诗廊者，省方志办副主任丘洪松也"映入我的眼帘。

那么，碑记中的丘洪松与仓海诗廊有什么不解之缘？是什么情怀让他用心用功首谋建造？这里的诗廊给人留下什么记忆？

多为家乡人民做些有情怀的好事

广东蕉岭是文化之乡，诗人辈出，走出了蓝奎、丘逢甲、谢晋元、罗福星、丘成桐等一批有影响力的诗人。丘洪松是土生土长的文福人，是一位有情怀的文人墨客，是仓海诗廊的项目发起人。认识丘洪松缘于一个偶然的机会，我在武警当干部时，在梅州军分区原政委李槐庄的推荐下，与他成了文友，得知他曾经当过武装部部长，转任过不同岗位，直至走上省方志办副主任这个岗位，我对他敬佩在心。

他从小受晚清抗日爱国志士、教育家、诗人丘逢甲家国情怀的熏陶，在骨子里就有那种"家是最小国，国是千万家"的情怀，从而早早就心存"多为家乡人民做些有情怀的好事"的大格局。

"仓海"是著名爱国诗人、保台卫士、教育家丘逢甲先生的别号。丘逢甲一生写诗8000余首，而爱国情怀的好诗就有3000余首之多，其中"怀台诗"堪为丘逢甲诗作中绝佳者。一句句诗词，一首首诗题，一直感染着丘洪松，让他心中有了一个"诗廊梦"。就这样，他把丘逢甲先生的别号"仓海"作为诗廊命名，并与乡里乡亲一起分享建设仓海诗廊的构想。

有了丘洪松的牵头，有了乡亲们的热心，有了各级党委、政府及社会各界人士的支持，经过三年的艰辛，中国仓海诗廊项目从 2018 年启动至 2021 年 9 月建成，如今成为一幅时刻陪伴着这里人们的美丽乡村画卷。

来到这里，哪怕是只记住一句诗就足够了

诗家有情怀，诗乡有诗廊。漫步在中国仓海诗廊里，我们不仅品读了这里的部分诗词，而且悟懂了诗人丘逢甲的家国情怀，还有这里乡村振兴的文化气息。"来到这里，读一读这里的诗词，哪怕是只记住一句诗就足够了！"丘洪松高兴地说。

丘洪松说的这句话，我颇有同感。我在已出版的《滴滴心语》一书中说过这样一句话："人的一生读的书很多，可读完一本书，能记住一篇引人注目的文章、一段感人肺腑的语言、一句富有哲理的句子，甚至一个令人鼓舞的标题，那就足以证明一本书的价值。"那么，来到仓海诗廊，"哪怕是只记住一句诗"也是同样的价值所在。

这是一个诗情画意的诗廊，这是一处乡村振兴的诗境，那"长廊文化""条屏文化""河堤文化"使人有着诗的梦想、有着诗的爱意，可谓人文荟萃。梅州市和蕉岭县文学诗词书法的创作基地，非她莫属。

当我们来到长隆村和平自然村里的中国仓海诗廊，走上"怀台诗"，一首清朝诗人丘逢甲所作的诗《春愁》给我留下了深刻的记忆。"春愁难遣强看山，往事惊心泪欲潸。四百万人同一哭，去年今日割台湾。"诗中的"去年今日"是指 1895 年 4 月 17 日，清王朝与日本签订丧权辱国的《马关条约》，将台湾省割让给日本。这首诗高度刻画了客家人和华夏子女希望祖国统一、世界和平的家国情怀。

在仓海诗廊，我们驻足了许久，并将丘逢甲当年写下这首诗的背景传教于我的"二宝"。走着走着，我仰望着远处一座名叫"金山"的青山。金山，又名君山，海拔 1170 米，被称为"蕉岭第一峰"。这就是"绿水青山

就是金山银山"的真实写照。此情此景，我不禁感慨，这里有一句诗叫"四百万人同一哭，去年今日割台湾"，这里有一个村的名字叫和平村，这里有一座山的名字叫金山。把三者联系在一起，正是道出了一句我的心里话："你割我台湾，我要你和平，处处有金山！"

不为私、不为己，为乡里乡亲办一件实事

大项目要有大智慧，大智慧要有大情怀。我们参观了仓海诗廊，给我启发最深的就是丘洪松用大情怀、大智慧的思维，坚持走群众路线，举全社会之力，聚众名人之作，不为私、不为己，为乡里乡亲办了一件非常有意义的实事。

丘洪松是农村长大的，是个农民的儿子，他深深地懂得，在农村，要搞一个项目真不容易，更何况要落地一个大项目，没有一种"家国情怀"是做不好的！

世上无难事，只怕有心人。仓海诗廊的建设，从规划设计到思想工作，从征地拆迁到筹集善款，从征集书画到施工建设，丘洪松利用节假日和休假时间，凭着一腔情怀与一颗恒心，走村庄，访乡亲；走单位，常沟通；走四方，集作品。无论走到哪里，他放下"厅长"这个官架子，既当发动员，又当宣传员；既当讲解员，又当推广员，时时处处饱含着"家国情怀"，讲好苏区故事，传承着悠悠客家文化。

丘洪松是一位解放思想、敢闯敢试的人，他"变不敢想为敢想，变不可能为可能，变不现实为现实"，与乡亲们一起打造的仓海诗廊，就是见证。到过仓海诗廊的人无不为之赞叹，乡里乡亲都称赞他是一位好乡贤。

事实证明，从当时"没有一分钱、没有一寸土地、没有一幅作品"到今天投入近两千万元建成的仓海诗廊，还有那300多位省级以上书法名家作品，把"荒凉湖洋田"变成了"乡村大公园"，打造成"全国网红打卡地"。

走进"仓海诗廊打卡地"发现，这里，有集"雄奇幽秀"于一身的金山；这里，有全国重点文物保护单位丘逢甲故居；这里，有著名数学家丘成桐院士的祖居地；这里，有全国名家和将军的书法作品；这里，有全省

首个自然村级"方志馆";这里,有独具特色的"和平人家"农家乐;这里……

在一个小小的乡村,有这样一个仓海诗廊,真的是造福百姓。临行前,丘洪松谦虚地说:"中国仓海诗廊得到社会各界千千万万人士的关心支持,真的不容易!我只是为乡里乡亲做了一些力所能及的工作,我们还要再提升,搞得更好!"

仓海诗廊永远在路上,我们祝愿她建设得越来越好,走出围龙,走向全国,成为让人记得住的"诗廊诗乡"。

（收录于 2022 年《仓海诗廊》文集）

"荣誉市民"蔡志浩心中的五株科技

认识蔡志浩董事长已近 30 年,他是一位有着大胸怀、大格局的企业家,对企业、社会、家乡、军人的感情,总是让我心生敬佩。

他是深圳市五株科技股份有限公司董事长,曾被评为梅州市荣誉市民、东莞市荣誉市民、赣州市荣誉市民;2021 年,他被授予梅州市"客都好乡贤"荣誉称号,留下了一串串带"金字牌情怀"的荣誉。

从"小厂房"到"大企业"

大时代需要大格局,大格局呼唤大胸怀。几十年来,蔡志浩有着远大志向,胸怀"国之大者"的情怀,从无到有,从小到大,一步一个脚印把企业做强做大,拥有了东莞、梅州、江西三大生产基地。

蔡志浩是个农民的儿子,年轻时,他吃苦耐劳,敢于创新。1974 年,他高中毕业后,写下了"七年务农"的情怀;之后,他在梅县造纸厂打工期间,写下了"自学无线电知识"的经历;不久,他选择到梅县电子公司,写下了"销售业务"的故事。

1992 年春,"春天的故事"带动了电子行业的蓬勃发展,蔡志浩从营销员到报关员,从送货员到"找客户",讲了一个个"用情怀换回业绩"的故事。从此,一种"电子之情"在他的心中开始熊熊燃烧。

1993 年,蔡志浩回乡设厂创业,筹集 60 万元在梅县办起了电路板厂,在只有 20 多名员工的条件下,既当老板又当业务员,用情怀做事,用实干创业,在梅州与深圳两头跑,开辟一条属于他自己的"电子之路"。

1999 年,他在深圳西乡办起了单面电路板厂。

2000 年，他在深圳黄田办起了多层电路板厂。

2002 年，他在梅州投资兴建五株科技的第一个工业园梅州市五株电路板有限公司。

2007 年，他再次投资 3 亿多元，建立了梅州市志浩电子科技有限公司，成为五株科技的第二个工业园。

2010 年，他以 1.82 亿元购得原台湾雅新集团属下的东莞雅新电子公司的设备、厂房等资产，并再投资 10 亿元成立东莞市五株电子科技有限公司。

2016 年 11 月，他在江西龙南工业园成立了江西志浩电子科技有限公司，总投资 30 亿元，建成厂房面积 35 万平方米。

蔡志浩就是这样一位洋溢着独特情怀的企业家，用心用功办好自己的企业，才让五株科技发展得更好！他一手创办《五株科技报》；他亲自创作厂歌《五株之歌》；他亲自撰写"战斗宣言"《生存万岁》……这些正能量的背后，留下他的智慧与思想、情怀与五株科技的感人故事。

遇上五株科技是他的缘，爱上五株科技是他的福。五株科技一路走来，在蔡志浩董事长那种"家国情怀"的带领下，经过近 30 年的艰辛创业，目前 6000 多名"五株人"终于把五株科技打造成一个年销售额逾 20 亿元的"知名企业"。

从"小公益"到"大回报"

有一种情怀，叫社会责任。

蔡志浩说："企业是国家的一部分，作为民营企业家，我们必须承担起社会责任。"

一个企业就是一个大家庭，作为志浩科技的企业家蔡志浩，担当起大家庭的社会责任，像经营家园一样经营自己的企业，把企业赚来的钱，回报给志浩科技的员工。

蔡志浩除了回报"五株人"，还几十年如一日，投身公益慈善事业，知恩报恩，回报社会。

2008 年，四川汶川地震，他带头募捐并发动"五株人"慷慨解囊。

2009 年，台湾水灾严重，他带头捐钱并发动"五株人"关爱同胞。

2010 年，青海玉树地震，他带头捐款并发动"五株人"奉献爱心。

…………

蔡志浩不仅是一位有大情怀、回报社会的企业家，而且也是一位有家乡情怀、造福家乡与他人的慈善家。

无论是家乡修桥、修路，还是建设黄遵宪公园、老人联谊会，蔡志浩情牵家乡人民，倾力捐资，造福桑梓。他是梅县白渡人，在 2013 年，梅县成立雁洋公益基金会，他怀着对人民的爱毅然率先捐款 500 万元。

父爱是永恒的，蔡志浩也深深地爱着他的父亲。2011 年，蔡志浩以父亲的名义在梅州修路；2017 年、2018 年，他再次以父亲的名义捐资 200 万元，建起一座崭新的白渡天宏门诊大楼。

母爱是幸福的，蔡志浩也真挚地爱着他的母亲。他曾以母亲的名义捐资 100 万元，为他母亲的家乡松口小黄村建桥、修路，为母亲家乡父老尽己所能。

最令蔡志浩感慨的是，他从小喜欢当兵，因故不能当上一名军人，但他非常崇拜军人，他说："有军人保家卫国的地方，社会就平安、稳定，我们企业才能发展得更好！"2015 年 1 月 19 日，他购书来到武警梅州市支队驻地，送到官兵手中，勉励官兵们多读书、读好书，进一步丰富部队官兵的文化生活。

一次次参与，一点点爱心，一年年捐资，却道出了蔡志浩与"五株人"回报企业、社会、家乡与他人的那份"感恩情怀"，广东梅州市、东莞市，江西赣州市三座城市授予他"荣誉市民"称号，可谓是当之无愧！

从"小税源"到"大税收"

"没想到志浩企业规模那么大，设备那么先进，承接生产世界和国内知名品牌的线路板，非常震撼，祝愿在蔡董事长的带领下企业越来越强，为梅州的经济建设做出更大的贡献。"2018 年 11 月 26 日，梅州市税务局开展"走访调研支持民营企业经济发展座谈会"，练富强局长不时地点赞志浩科技董事长蔡志浩。

为深入贯彻落实习近平总书记在民营企业座谈会上的重要讲话精神，梅州市税务局来到该公司开展"大调研、大走访"活动，问需问计于纳税人。

政策万般好，落实更关情。练富强局长一行深入生产车间，在蔡志浩董事长及高管们的陪同下，深入志浩工厂钻孔、镭射等车间以及志浩一厂调研，详细了解了生产工艺流程和产品类别，以及企业的生产经营情况，对志浩公司的生产规模之大不时地点赞，同时还征求企业对税收工作的建议意见。

在座谈会上，蔡志浩董事长向税务部门介绍了企业的发展史，他深有感慨地说："我们的五株科技股份是从原来的 20 多个人发展至今天的 6000 多人，年产值 20 多个亿，梅州志浩科技 2017 年年产值接近 10 个亿，缴纳各类税收 6000 多万元，为梅州的经济建设做出了应有的贡献。这离不开党的好政策，离不开市政府的关心和税务部门的大力支持。"

随后，练富强局长与蔡志浩董事长一句句幽默风趣的语言，打破了座谈会的寂静，让企业代表的同志畅所欲言。

"我们目前最担心的社保费由税务部门负责征收后，会不会加重企业的负担……"志浩电子科技财务总监助理罗芬梅直截了当地提出了这家企业职工最关心的一个个问题。

"我们到税务局办税大厅时，有时遇到人太多排队要浪费时间，税务部门能不能给我们纳税大户设立办税缴费绿色通道？"志浩电子科技财务经理张彩兰女士也提出了一条贴心的建议。

座谈会上，税务部门现场"把脉问诊"，雪中送炭暖企心，双方真正坐下来，接地气，心交心，对企业提出的问题也做出一一解答，受到在场人员的赞赏。

一个个点赞，一声声赞赏，写下了税务人与"五株人"那种"鱼水情怀"，写下了五株科技与梅州经济、国家税收之间的"民族情怀"。无论税务部门换了几任税务局长与税务人，但志浩科技那种"优质高效、团结敬业、做人负责、做事用心"的精神与情怀永远都在前行的路上。

（发表于《五株科技报》总第 177 期，2018-12-28）

见证梅州市福建商会的成长

走进广东省梅州市福建商会，墙壁上那六个大字"梅州福建商会"映入了我们的眼帘。这是全国政协原副主席、广东省原省长叶选平为鼓舞梅州市福建商会而题的字。15年来，梅州市福建商会发扬"爱拼才会赢"的闽商精神，为闽梅两地的文化交流和经济发展贡献"闽商力量"。

见证一：小团聚聚出"小家庭"

有一种甜甜的音叫乡音，有一种实实的情叫乡情。

1989年3月，我从福建安溪应征入伍，来到了山清水秀的梅州参军，那时，在梅州做生意的福建人屈指可数。

新兵连结束后，我被分配到小花园武警中队。当时，最早认识的有殷福兴、洪源金、黄志鹏、孙明忠、孙友志、吴顺发、吴成枝、陈朝财等几位安溪人，那时见到老乡真的是"老乡见老乡，两眼泪汪汪"。

后来，我们认识了一位随爱人转业来到梅州安居的张秀贤阿姨，她是一位热心肠的厦门人。在她的引荐下，我们认识了安溪人周振华。1966年8月2日，他随父母来到了梅州后，从事汽车修理生意，是一位"元老级"的福建人。由于他妈妈有一口流利的安溪话，每次去他家，他妈妈总是跟我讲闽南话，听到地地道道的家乡话，我感到无比的亲切。

美不美家乡水，亲不亲故乡人。我们遇见了梅州，就遇上了乡音。当兵三年，我们这些战友每每认识福建人，偶尔会见见面、叙叙乡情，时常享受"家"的快乐与幸福。

1994年，我从军校毕业分配回到梅州工作，我和李新定、王国华战友时常会与一些福建人保持联系，相互之间的感情也越来越深。

1999年，周振华参加我的婚礼后，深有感触地说："没想到梅州还有那么多福建人，你什么时候把他们召集在一起，大家聚一聚。"由于种种原因，一直没有实现。但一个个福建人心中总是惦记着这件事，洪源金记忆犹新地对我说："你小孩满月的时候，我们在江北金鹏大酒店喝喜酒时，还提到了'建立大家庭'问题。"就连邹林江也回忆起当年的往事说："有一次在华侨城雁南飞茶艺馆喝茶时，你也在场，黄长云、王国华、周振华、洪源金、陈朝财等都在一起，探讨如何把'福建这个家'建立起来。"

海内存知己，天涯若比邻。一场场相聚，一次次见面，让我们听到了乡音，见证了真诚，结下了一种无法割舍的乡情，但建立一个"大家庭"迫在眉睫。

见证二：大商议议出"大家庭"

乡情是一杯醇醇的美酒，越品越香；乡情是一杯浓浓的茶，越喝越香。在梅州生活时间久了，这些福建人都期待着要有个"自己的家"。

2005年的一天晚上，在周振华这位福建人的热心邀请下，我与王国华、夏勤、李建珠来到修理厂，一边喝茶一边围绕建立一个"家"来出谋划策。

时隔不久，大家听说要在梅州建立一个福建人的"家庭"，个个热情高涨，自发而来，相约于江南一家酒店。

你看，黄加映来了，洪金昕来了，洪源金来了，吴东超来了，李忠东来了，蓝端也来了……一个个福建人，为了一份乡情来到了这里。大家你一言，我一语，畅所欲言，探讨"同乡会"与"商会"哪个家更合适。讨论虽然没有结果，但我们见证了这些福建人多么希望建立一个"有温暖、有爱心"的大家庭。

就这样，2006年1月14日，一个个福建人积极主动参与，有钱出钱，有力出力，在新南大酒店举行"同是梅州建设者——福建人迎新春宴会"，让人感受到了"家"的温暖。

再后来，一次次的言语争论，一次次的思想交锋，一次次的心灵碰撞，经过多次征求政府意见和激烈讨论，大家最终形成统一意见，决定申报成立梅州市福建商会。

历史不会忘记，许多福建人都一起见证了申报商会的艰辛与成果。也许有人说："没有你，就不可能成立梅州市福建商会！"也许还有人会说："没有我，就没有如今的梅州市福建商会！"事实胜于雄辩。倘若你不参与，我不参与，你不热心，我不热心，你不同心，我不同心，"闽商力量"从何而来？

回忆梅州市福建商会走过的路程，一个个在梅州的福建人，就是这样时刻保持主人翁的精神，经过多年用心用情，才有这个"大家庭"的平台。

见证三：大共谋谋出商会

一年又一年，经过无数次的商讨、征求、决定，再商讨、再征求、再决定，2007 年 10 月 18 日，梅州市工商业联合会福建商会成立，这是梅州市第一个异地商会。就这样，一个凝聚乡情、服务闽商、共谋发展的平台从此搭建起来。

一个个福建人为此感到骄傲自豪，一个个福建人来到商会这个大家庭"认亲"了，一个个福建商人不约而同加入了会员。在选举表决大会上，周振华老乡理所当然当选为第一届商会会长，也就是现在的创会会长。

鲁迅先生说过，"路是人走出来的"。这新成立的商会的路怎么走？周会长没有任何经验，只有时刻记住"我是商会的主人"，要时刻服务好会员，把他们的事当作自己的事来办，凭着一颗公平公正的心，对待会员不分籍贯，不分你我，带领会员摸着石头过河，建立健全商会规章制度，维护会员的合法权益，走访会员企业及兄弟商会活动，积极参与汶川大地震及地方政府号召的各类救灾活动等，走过了不平凡的五年。

不经历风雨，怎见彩虹？不经一番寒彻骨，怎得梅花扑鼻香。

风雨过后，商会选举产生第二届会长，他叫林文山，是一位从事服装生意和房地产开发的创业者。2012 年 10 月 28 日，他接过了第二届商会的接力棒，到梅州市民政局成功注册梅州第一家有法人资质的梅州市福建商会；邀请全国政协原副主席叶选平为梅州市福建商会题字；牵头协调梅州各商会向市委、市政府申请 60 亩土地作为商会大厦的建设用地，并于 2016 年取得土地使用权等，又走过了不平凡的六年。

每个福建人都是有梦想的人，在前进的道路上注定会有风浪，在风浪中必有追梦的人、担当的心。

2018 年 12 月 15 日，备受关注的梅州市福建商会第三届会员大会如期选举表决产生了张景川会长。他是一名 80 后的年轻会长，从事房地产开发、酒店管理等业务。几年来，他带领全体会员开展了万企帮万村、友好商会友好林、走访会员企业、成立商会党支部、搭建会员商城平台、防疫捐赠、中秋送暖慰问等活动，走过了不平凡的几年。

一茬接着一茬干，一年接着一年干。梅州市福建商会一班人带领会员发扬"爱拼才会赢"的精神，用自己的心血与汗水谱写了一曲曲动人的篇章。如今，在梅州经商的福建人遍布各行各业，涉及金融、建筑建材、石油化工、水利水电、交通运输、信息产业、机械机电、环保绿化、轻工食品等几十个行业，为助力梅州红色苏区绿色发展做出了贡献。

"闽心聚力，同商共赢。"这就是新时代梅州市福建商会的力量。一路走来，梅州市福建商会建立自己的家，来之不易！一路走来，梅州市福建商会扩大自己的家，难能可贵！一路走来，梅州市福建商会强大自己的家，越来越好！

商会是我家，有你也有我！

商会是大家的，发展靠大家！

闽南夫妻打拼梅州

"你怎么开车的？撞到我了……"王文彬想起当年刚到梅州打拼创业时，有一次遭遇"文明抢劫"的情景，至今还心有余悸。

这是怎么回事？

遭遇三次抢劫勇创业

王文彬是福建安溪县长卿镇人，初中毕业后，他来到繁华的厦门帮舅舅看店经营生意。两年半后，他回到长卿老家拜师修理摩托车。不久，他在家门口开了家小店，干起维修摩托车那又脏又累的苦活。

这种修理活，对王文彬来说过过日子可以，但要脱贫致富就很难。于是，在没有娶妻之前，他暗暗下定决心：做个有志气的人，不娶到妻子，就不剃胡须！有情人终成眷属。2004 年，王文彬选择一位为人大方、温柔贤惠的家乡人陈啊红结为人生伴侣。订婚的第二天，他才兴高采烈地来到理发店，剃掉自己嘴上那黝黑黝黑的"八"字形胡须。结婚后的第二年，他们生下女儿王佳欣。年轻人总要走出社会打拼，他决心走出素有"西伯利亚"之称的家乡，外出寻求商机。

茫茫市场，到哪里找商机？2005 年，王文彬和二姐夫黄志东来到龙岩，参观大姐夫陈建团开办的矿山机械公司。有一定市场经验的陈建团说："龙岩的隔壁是梅州，要不我们一起去看看那里有什么市场？"就这样，他们三个人经过多次调查，发现梅州是个有潜力的市场。于是，王文彬和黄志东决定带领全家人到梅州创业。

创业难，起步更难。回到安溪老家，王文彬把自己的打算告诉了父母，得到他们的支持。几天后，王文彬手里提着父母腌制的咸菜，背上背着两袋行李，妻子怀里还抱着刚出生几个月的女儿，一起坐上了王文彬驾驶的摩托车。临行前，亲人们看到他们一家三口远离家乡出门打拼，个个依依不舍前来道别。走了一个多小时，他们才来到十多公里外的感德镇，然后再转乘火车来梅州打拼做生意。

说拼就拼，说干就干。2005年4月17日，王文彬与黄志东两家人在月梅公路石月村道口，租下了一个店面，楼上用来居住，楼下开起矿山机械经营店。

开家店容易，守好店很难。刚起步时，面临着严峻的资金问题，每个月的店面租金，两家人共五六个人的伙食费从哪里来？万事开头难。2005年4月22日，他们正式开张经营，女的在店里洽谈客户，男的在外面跑业务。

哪里有合适的生意？在梅州，他们人生地不熟，要走出这一步比登天还难。世上无难事，只怕有心人。打拼才是他们唯一的出路。于是，他们走乡下，跑工地，下农村，上矿山……心中只有一个念头：一定要打拼走出一条属于自己的路。

兴宁径南至梅县南口交界处，有一段山坡既偏僻又陡峭。2008年的一天下午，王文彬开着货车从兴宁回梅州的路上途经此处，在下坡路段，有个社会不良青年骑着摩托车一边上坡，一边制造"碰瓷"事故。刚开始，王文彬还以为真的撞到了人，马上停车，将身上5000元塞进驾驶座底下，然后下车关好车门，陪着那个社会不良青年前往南口镇卫生院检查。摩托车才走了一公里多，那个青年突然熄火停在半路上，凶狠地说："我不去检查！反正也没什么大事，要不你赔我一点就算了。"王文彬认为出门在外，破财消灾最重要，立即将身上零用的500多元全部拿给他。没想到，那人拿了钱之后，便骑着摩托车呼啸而去。王文彬只能步行回到自己的停车处。出乎意料的是，眼前的情景令他惊呆了：货车玻璃被人敲碎，放在车上的钱包不翼而飞。这时，王文彬才恍然大悟，如梦初醒的他意识到，刚才那青年制造的事故原来是一起"文明抢劫"。

一次次不幸的遭遇，没有改变王文彬夫妻在梅州创业的决心；一次次意外挫折，没有改变夫妻俩发扬"爱拼才会赢"的精神，他们立足梅州安家立业，成为新的梅州人。

安营扎寨梅州拼生意

三分天注定，七分靠打拼。王文彬是个蛮拼的闽南人，从开摩托车跑业务到驾驶小车谈生意，他翻山越岭跑遍了梅州的山山水水，不辞劳苦踏遍了江西、广东、福建等全国许多城市农村。

2005年，王文彬来到江西寻乌，一旦看到有货车载着石头，就会骑着摩托车紧追不舍，看看哪里有矿山，哪里需要机械设备。有一次，他来到了一家矿山，认识了一位姓黄的老板，虽然两人合作次数不多，但成了一辈子的好朋友。

随着疫情的发生，王文彬的公司生意或多或少受到一定的影响，但他始终还是那么淡然，笑着说："钱可以少赚，挺一挺就过去了，但健康平安比什么都重要！"

最值得王文彬自豪的还是家中的贤妻陈啊红，她既是"好帮手"，也是"贤内助"。王文彬心里总是没有忘记当年妻子穿着高跟鞋与他一起打拼创业的经历。

在王文彬的创业经历中，开好叉车叉载物品是他们每天必做的一件事。刚开始，陈啊红在王文彬的指导下，学开叉车，在进行物品的装卸过程中，没有用好制动器制动叉车，导致把货物推倒在一边，十分难堪。后来，她慢慢地琢磨，并掌握了开叉车的技巧，如今她已经能够十分熟练地操作。

家庭是事业的基础。王文彬夫妻扎根梅州后，做到事业家庭两不误。从最初偕妻子和女儿背井离乡，外出打拼，到第二年第二个孩子王嘉炜在梅州出生，再过了几年，小儿子王嘉裕也呱呱落地。三个孩子带来的压力更坚定了王文彬拼出一条路的信念。

就在当年陈啊红七月怀胎王嘉裕时，有一个周末，一位姓陈的安溪老乡来到他们的公司。刚坐下来不久，陈姓老乡看到她挺着大肚子，开着叉车，从一米多高的叉车上跳下来，立即喊道："啊红，你不要这样跳，肚子那么大，不安全的！"她笑了笑说："我们干这一行的，有时客户急着要货，要帮忙，跳上跳下是常有的事。"

每当关店时，由于卷闸门太高，陈啊红要用铁钩钩下卷闸门，然后再跳起来将卷闸门从上面往下拉，直至把门关好。有一次，隔壁的邻居看到后，为她捏了一把汗，大声喊道："哎哟、哎哟，啊红'掉'下来了！"

生活是被逼出来的。为了生计，王文彬夫妻俩非常能吃苦，房东阿古伯一家人看在眼里，许多邻居、伙伴、老乡都成了他们的好朋友，都被他们这种爱家爱业的精神感动。凡是认识陈啊红的人，都会夸赞她是个贤惠能干的闽南妻子。

家是生活的港湾，"月梅"曾经是他们住过的家。王文彬夫妻在这个"小家"经商生活了整整12年。随着业务的需要，后来他们搬到了平远高速路口附近一个二三千平方米的场地，开起了矿山机械有限公司，主营矿山机械设备破碎机、圆锥机、制沙机、洗沙机、整型机、振动筛、螺旋洗沙分级机、移动破碎机及配件等。在这里，他们又过了九年的创业生涯。

孝顺父母寻医走南北

俗话说，家有一老，如有一宝。王文彬的父亲叫王德根，一生务农，兼修单车；母亲叫陈粉，是一名早期的大队妇女干部。父母亲在艰苦年代生下三女一子。

王文彬和姐姐王友花两家人在梅州安营扎寨后，最揪心的事就是无法在身边照顾父母。为了让他们安度晚年，姐弟商量以请父母帮忙带七八个孩子为由，多次劝说两位老人家来梅州居住。可是，他们做通了母亲的思想工作，却怎么也做不通父亲的思想工作。

就这样，2010年，王文彬的母亲来到梅州，家里只有父亲孤身一人留守老家。一年、两年，这一守就是近十年。

由于父亲已过花甲之年，生活上无人照料，一日三餐大多吃的是稀饭，有时一忙起来就简单吃碗泡面，严重缺乏营养。日积月累，积劳成疾，父亲最终患病，疼痛难忍。2017年，父亲经医院检查，发现患上了较严重的疾病。

几个亲人商量后，决定把父亲送到大连接受保守治疗。他们在大连租了一个套房，母亲陪着父亲来到大连，日日夜夜守护照顾；家里的几个儿媳、女儿也先后飞到大连悉心照顾父亲。

天有不测风云。王文彬的父亲回到老家一段时间后，病情再次复发，经过辗转福州、厦门等医院，最终还是在 2019 年 7 月离开了人世。子女们哭得撕心裂肺，就连最小的 9 岁孙子王嘉裕也不时地打开盖在爷爷身上的白布，看了哭，哭了看，这一哭，让在场的人又哭个不停。小孩子伤心地说："奶奶，我们一家人少了一个人！"许多亲朋好友得知后，也自发排起一公里多的队伍送老人家一程，祝愿老人家一路走好。

18 年来，王文彬夫妻一直打拼在梅州，苦并前行着，累并快乐着，走过了一个个春夏秋冬。

86岁老战士的"炮战"往事

张丙元是86岁的老兵，广东省梅州市梅县区大坪镇人，现住在江南卫生局宿舍。这位老战士谈起当年自己参加"炮击金门"的战役，十分激动："我曾多次赶赴通讯故障现场，及时抢修好断落线路，确保通信畅通无阻，至今我记忆犹新。"

如今"炮战"过去了65年，但从梅县梅西一起入伍参加"炮战"的同一个班17名战友中，只有张梅兴、吴钦桂、张丙元三人还能一起回忆当年"炮战"的往事。

在"炮战"中将生死置之度外抢修线路

"一人参军，全家光荣。我当兵就是想在军队这个大家庭里锻炼好身体，练好本领，保卫祖国。"1937年1月出生的张丙元从小就立志报效祖国。

1956年2月，张丙元离开大坪镇平中村的父老乡亲，应征入伍来到福建龙海市角美镇新兵团。因为有文化基础，10天后，部队推荐他参加语文、数学、政治、普通话四科文化考试，后来，他和蓝雨元、谢森祥三位战友都取得优异的成绩，并被派到厦门市9162部队文化处参加文化教员培训。一个月后，张丙元被安排在电话连任文化教员。在服役期间，从战士到文化教员，从无线报务员到营部文书，从军部电话总机话务员到福建原海澄县港尾军队长途电话站话务员，他都一丝不苟，认真负责地干好本职工作。

训练是战士们的必修课，张丙元不怕苦、不怕累，勤学苦练，是一名训练有素的战士。1958年，他参加"劳动与卫国"体育制度测验，短跑100公尺（米）、长跑1500公尺（米）、手榴弹、跳高、徒手体操、引体向上、木马、双杠、单杠等9个必考项目都达到了"一级"成绩，并获得国家体育运动委员会颁发的"参加劳卫制一级测验及格"证书，此外还获得"优秀射手"等荣誉。

荣誉的背后留下了张丙元努力付出的心血。入伍第一年，有一次，他训练"跳木马"时，由于木马又长又高，加上他个子小，在起步往前跑即将靠近木马的一瞬间，在双手按住木马整个身体跃起往前冲的那一刻，由于手臂下滑，不慎摔了下来，造成左手脱臼，顿时疼痛难忍。随后，军医对他进行简单包扎。

张丙元除了训练站岗外，还有一项每天必做的规定动作，那就是一天到晚都在收发电报。他抄发电报的速度特别快。有一次，部队组织抄报比赛，48名战士代表经过紧张而激烈的角逐，最终只有张丙元与李增财两名战友出类拔萃，并受到部队的表扬。

然而，就在张丙元"跳木马"受伤的当天晚上，他仍然兢兢业业收发电报。他一边保持左手脱臼的姿势，一边用右手神速般地抄发电报，不拖班里后腿。第二天，营部通知他到厦门"野十院"住院，十天后，他被转移到江西九江一七一医院治疗，时间长达四个月。住院回到部队后，军部直属的独立通信营领导看了他的个人档案，就把他安排留在营部保密室当文书。

养兵千日，用兵一时。1958年8月23日，解放军福建前线部队对盘踞在金门的国民党军进行大规模炮击作战。张丙元所在的部队就在厦门前线，他服从组织安排，参与了此次战役。他奉命从福建原海澄县港尾军队长途电话站到边防排驻地屿仔尾，并与他们一起食宿。在执行任务期间，由于通信线路较长，双方商定，分别由双方同时检查线路，一半由边防军自行检查，另一半则由长途电话站战士负责检查。"炮战"期间，张丙元和战友们高度警惕，只要哪里有线路故障，就第一时间抢修线路，时刻确保长途电话通信线路畅通。

有一次，张丙元测量到屿仔尾至镇海之间的边防部队通信线路中断，马上背上接线工具和高杆电话线，骑着单车赶往故障现场。在现场，他不顾个人安危，先是把自己带来的高杆电话线与掉在地上的断线那一头连接好，然后用力拉起来，爬上电线杆，接上另一头电线，保证了通信线路的畅通。

"炮战"次年身患疾病投身机场建设

铁打的营房流水的兵。当"炮击金门"的战火还在纷飞时，1959 年 3 月，张丙元服满三年兵役期，又积极响应国家号召，和战友们一起投身于海南陵水机场的建设中。

来到海南，张丙元和他的战友接受的任务是负责前期机场平整工作，干的是"体力活"，住的是"茅草房"。在没有机械设备的情况下，必须在规定时间内平整好机场，那是一件艰苦的大事。然而，他们立下"军令状"，发扬部队优良传统和"南泥湾"精神，苦战在工地上。

建设就是命令，开发就是打仗。他们有的"打石头"，有的运泥土……一个个像"移山的愚公"一样干得热火朝天。而安排在土方大队的张丙元与战友们白天一身汗，雨天一身水，从不叫一声苦，一担担地挑，一回回地走，硬是把摆在面前的一座座山头挖掘并挑到坑坑洼洼的地方，一天天，一月月……一年到头，他每天总是干着这枯燥无味的挖泥、挑泥工作，去填平这个庞大的机场。

由于张丙元长期劳动，导致患上了急性肾炎，疼痛难忍，就连小便也痛不欲生。这种病属于"高危"病症，一旦医治不好就会转向慢性肾衰竭，甚至死亡。在部队的关心下，张丙元很快住进了海军飞机场指挥部卫生科，在病床前，一位军医对他说："我是医生，你要听我的话，不然的话，你的生命很快就结束。你不要到处跑来跑去，要卧床休息。"住院一个多月后，张丙元又回到工地上。与战友们经过一年半的奋战，终于把机场平整建设好。

66 年与"炮战"老排长联络战友情

有一种情怀，叫找战友；有一种思念，叫见战友。

张丙元从海南到广东后，于 1960 年 10 月被安排在广州黄埔海军水泥厂工会财务委员会工作；1961 年 5 月，因工作需要回到了美丽的梅州，长期在邮电部门报务等岗位工作。他不管在什么岗位，都干一行、爱一行、专一行，受到了同事们的尊重与爱戴。他因此结交了许多一辈子的好知己、好战友、好同事。

几十年来，张丙元一直珍藏着部队的慰问品，那一块由福建省人民慰问团敬赠的上面印着"保卫祖国"的手帕，就是"炮击金门"最现实的纪念品；他十分珍惜战友感情，时常翻看老战友老照片，想念一起参与"炮击金门"的战友；在亲朋好友面前，他不时地提及许建才、林玉坤、吴家哲等在厦门"炮战"中的战友；退休后，几个当地老战友也常来常往，偶尔相聚，总有讲不完的老兵故事。

曾祥安是张丙元在无线通信排当兵的老排长，广东梅县石扇人，在"炮击金门"期间，他一直在军部通信处工作。张丙元退伍后，一直保持着与老排长的战友情，不是写信就是打电话关心老排长的身体、家庭情况，至今他们还保持着与老排长的联系。2018 年 8 月 7 日，在他女婿的陪同下，第二次专程来到厦门老部队拜访 88 岁的老排长。曾祥安竖起大拇指，激动地握着张丙元的手说："你专门来看我，有你这样的战友，我身体会更好！"两位老战友深情回忆着"炮战"期间那感人的一幕幕。临行前，曾祥安一家人从厦门四面八方赶来与张丙元道别。2022 年，他的老排长已 92 岁，他们战友之间已保持了 66 年的感情联络，正所谓战友情，年月越久情越深。

（发表于《梅州日报》第 6 版《国防》，2022-07-24）

从梅州成长起来的书画家

离开梅州已经 20 多年了，如今在书画界颇负盛名的金新宇，对这片土地仍满怀眷恋，因为在他看来，他的书画之路是从这里起步的。原籍福建省闽侯县的金新宇，现为武警广东省总队警官，系中国书法家协会会员、广东省书法家协会会员、广东省青年美术家协会理事、广州市青年书法家协会副主席。

1989 年 3 月，他怀着美好的梦想，应征走进武警广东省总队梅州市支队，成为一名优秀士兵。他从小受父亲熏陶，喜欢画画。入伍后，他在勤学苦练的同时，不忘耕耘于书画，将自己第一张国画作品《范仲淹》投给《嘉应日报》（现《梅州日报》）。作品的发表，让他深深地爱上了艺术。

后来，上级领导发现金新宇是块"宝"，将他调到武警广东省总队工作。经过 25 年军旅生涯的磨炼，他成为武警广东省总队一名"文武双全"的中校警官、赫赫有名的"青年书法家"。

金新宇的国画以水墨为主，以山水、人物花鸟画为辅，在关山月等名家的指点下，形成了自己独特的国画艺术。在每个时期他都有自己不同的创作风格。近期，他以中国国画的水墨为主线，将陶瓷和金属的壶质融为一体，创作了 100 多幅水墨画《百壶图》，呈现出"画中有壶，壶中有画"的美妙意境。金新宇的书法创作以隶书为主，他把军人气质巧妙地融入了他的隶书中，既有"蚕头燕尾"的美，也有"一波三折"的美，给人一种"身临其境、飘飘欲仙"的艺术魅力。

一分耕耘，一分收获。25 年来，金新宇创作的书画作品先后发表在《人民日报》《中国青年报》《中国书画报》《书法报》等各大报刊；在第四届、第五届全军书法展览中荣获三等奖，在武警"文艺奖"中获得二等奖，在广东省青年书法篆刻展览中荣获一等奖……

金新宇虽然出名了，但他心中不忘自己是个农民的儿子，从来没有居高临下。无论是谁，邻里乡亲只要叫他写几个字、画一幅画，他都二话不说，挥毫泼墨，慷慨馈赠。

（发表于《梅州日报》第9版，2017-03-30）

"李团长"家里的"好媳妇"

"婆媳亲，全家和"是家庭的一种美德。都说"久病床前无孝子"，更何况是儿媳。一年、两年、五年也许可以坚持，可 21 年行孝婆婆，真够感动人！看看这位福建"好媳妇"是怎么做到的。

"妈，您走好，我们会怀念您老人家的！"2016 年 3 月 13 日，儿媳妇李访华趴在 92 岁的婆婆身上痛哭流涕。

2016 年 46 岁的李访华是福建云霄人，是武警广东省总队梅州市支队退伍军人李海琛的妻子，这位离开人世的婆婆就是李海琛的母亲。

在部队时，李海琛是一名优秀士兵，由于个子高，是班里的"排头兵"，因看上去高大威猛，于是，战友们给他取了个绰号叫"团长"。

1994 年，"团长"退伍后，便与曾在和平乡莆顶村任代课教师并多次获奖的李访华喜结良缘。

"团长"长年累月在外打拼，而李访华自从进了"团长"的家门，就一直把"团长"的母亲当作自己的亲生母亲，不怕脏、不嫌臭，无微不至地照顾好 70 岁体弱多病的婆婆。看到病情越来越重的婆婆，李访华毅然辞去工作，当起专职"护工"。

百善孝为先。1997 年 7 月，婆婆病重，咽喉疼痛难忍，吃不下饭，李访华马上带婆婆到医院检查，结果发现咽喉管弯曲等症状。回到家，她一边养育好自己的女儿，一边不厌其烦地悉心照料好婆婆，几个月后，婆婆慢慢地恢复了健康。

自那以后，李访华更加注意关心婆婆的身体状况，一有小毛病，就及时请来医生给婆婆看病，嘘寒问暖，端水送药；平时一有空，就陪婆婆逛逛街、散散步，带婆婆买东西；冬天来了，就请来裁缝师傅，给婆婆量身定做棉衣棉裤、羽绒服……就这样，年复一年，李访华的行动感动了婆婆，婆婆逢人便夸："我不知道哪里修来的福气，能娶到那么好的儿媳妇。"

李访华有句口头禅：一个人连父母都不孝敬，那实在说不过去。

俗话说，伺候老人难，伺候有病的老人更难。2009年7月，婆婆患上严重的脊椎病，病情发作时，躺在床上痛得不能动弹。她就把药端到床前，让婆婆靠在自己的肩上一口一口地吃药。每日三餐她也端饭到床前，与婆婆一起吃。婆婆尿急了，她拿桶来盛；婆婆想拉屎了，她赶快扶婆婆起来。就这样，李访华除了在生活上毫无怨言地照顾好婆婆，还经常在精神上鼓励婆婆要有活下去的信心。一份孝心一份爱。2010年春节，婆婆终于能够下床走路。这一年，她的婆婆已经86岁了。

转眼又到了2012年4月，88岁的婆婆突发高血压、冠心病和肺气肿并发症状，危在旦夕。经抢救，7天后，婆婆从"鬼门关"活了过来。照顾婆婆的事大多落在李访华身上，整整一个月，她每天按时给婆婆翻背、拍背、洗澡、搓身、端屎端尿、挽扶走路……此情此景，就连同一个病房的人都竖起大拇指说："现在的媳妇能做到这样的——太难了！"

同年6月，"团长"李海琛回乡参加换届选举，当选了村支部书记。这下子，丈夫工作更忙了，照顾婆婆和孩子的事只能由她一人包揽了。

出院后的几年里，李访华倍加小心照顾好婆婆，婆婆患有严重的肺气肿，她特意买来医用氧气瓶，每天定时给婆婆吸氧。婆婆时常便秘，在各种药物催便无效的情况下，李访华干脆跪下来，直接用手一点一点地把婆婆的粪便掏出来；除了管好婆婆的三餐，李访华每天还要准备三大桶热水，一桶帮婆婆洗上半身、一桶洗下半身、一桶泡脚。她还经常帮婆婆梳头发、修指甲、穿袜子……

老人的身体一年不如一年。2015年9月，我与战友陈竹根、方文福来到云霄"团长"家，得知他的老母亲的便秘又复发了。不料老人家心里着急，吃下过多泻药导致大便失禁。刚好李访华一家人正在给婆婆擦洗身子时，婆婆将粪便直接拉在了毛巾上，臭气熏天。婆婆看在眼里，心疼儿媳，流着眼泪说："我怎么还不死啊，拖累你了，我的好儿媳！"

然后，李访华安慰婆婆说："妈，没事的，你不要乱说，我都习惯了！"

婆婆每次都很不忍心，都会用闽南话夸赞儿媳妇说："你人这么好，心这么善良，会有好尾境（晚年的景况），有好报的，会活到一百多岁。"李访华笑着说："妈，这本来就是当儿媳妇的分内事嘛。我会陪你到老的！"

好女性树立好榜样。李访华婚后生育了三个女儿。以前的福建闽南是一个重男轻女的地方，但他们夫妻俩十分疼爱女儿。三个女儿在母亲的言传身教下，从小就很懂事，平时争着孝顺老人，逢年过节会给奶奶买点小礼物，哄奶奶开心。

就这样，一日又一日，一年又一年，一晃20多年过去了，李访华用一颗感恩的心，用一种孝顺的爱，让婆婆在有生之年得到了悉心照料，让婆婆享受到满满的幸福，展现了一位女性的伟大情怀！

孝行感动天感动地。20多年来，李访华行孝婆婆的事迹，一直成为云霄街头巷尾人们的佳话美谈，后来，还传遍了云霄县、漳州市。《闽南日报》在社会新闻版头条位置，刊发了《"云霄好媳妇"李访华行孝近20载——甘当婆婆的"贴心护工"》的感人事迹。

见报后，亲朋好友纷纷致电"李团长"，夸赞他的妻子，李海琛自豪地说："谢谢你们！我老婆的事迹不是吹出来的，是做出来的，她的善举现在被很多人拿来当镜子借鉴。她是我们家的荣耀，我妈在晚年是非常开心，非常幸福的！"

李访华，你不愧是我们福建人的好媳妇，是我们战友李海琛的好妻子，是我们这个社会女性中的"好母亲"！

（发布于"点点星光"公众号，2016-03-27）

从"抗洪功臣"到"梅州好人"

他，很平凡，是一名普普通通的税务人；他，不平凡，从军 14 载，从税 21 载，多次立功受奖，被部队和地方评为"优秀党员"，荣获 2021 年第四季度"梅州见义勇为好人"；他，就是梅州市税务局四级主办廖庆春同志。

见义勇为扑大火

"着火啦！着火啦……"2020 年 10 月 24 日傍晚 6 时许，梅州市江北的锦发江畔花都小区，一位六七十岁的老阿婆在不时地呼喊着。

原来，有一位长期拾荒的老人在小区 B 栋架空楼下焚烧电线，在他以为已用脚踩灭火点后，没想到火种复燃，大火慢慢地烧向堆在一边的废旧纸皮，导致火灾事故发生。

由于架空楼下是杂物间和停放汽车、摩托车、单车等的通道，楼道风大，火势凶猛，熊熊大火向架空层的天花板蔓延，几部摩托车被焚烧，有的汽车尾部被点燃，如果不及时扑灭，随时都会引燃摩托车、汽车油箱，进而发生爆炸，危及小区架空二楼以上的几十户业主，后果不堪设想。

此时，梅州市税务局干部廖庆春刚从外面打完篮球回到小区车库，听到老阿婆大喊"救火"，便循声望去，看到 B 栋一楼浓烟滚滚，火焰冲天。廖庆春凭着一名退役军人的使命感和责任感，马上从自家车后车厢取出灭火器，一边以迅雷不及掩耳之势冲向火场，一边呼吁群众拨打"119"报警。在紧张的扑火现场，火借着风势越燃越大，廖庆春的脸被大火烫伤了，眉毛、头发已布满了白白的灰烬，衣服和鞋子也被熏黑了，但他却不顾个人安危，一心只想着尽快扑灭大火。

时间一分一秒地过去了，后来，小区物业人员、部分住户及时赶到，在他们的帮助下，经过半个多小时的奋勇扑救，终于将这场大火扑灭。

在场的业主看到廖庆春奋不顾身的英勇行为，纷纷竖起大拇指为他点赞。小区党支部委员会、业主委员会和华韵佳和物业服务中心联合署名，给廖庆春所在的单位梅州市税务局写了一封感人肺腑的表扬信。

"98" 抗洪四十天

一提起1998年那场"抗洪救灾"，一幕幕感人的镜头便浮现在我们的眼前。

当年，我国遭遇了一场1954年以来的特大洪涝灾害，党和国家领导人亲临抗洪一线指挥，30余万人民解放军和武警部队官兵参加抗洪斗争，用血肉之躯筑起了冲不垮的坚强大堤。

1987年参军入伍的廖庆春也奉命参与这次抗洪行动，他随部队乘专列奔赴湖北武汉，两天后转入仙桃、钱江，最后辗转到赤壁市等地，投入紧张的战斗中。

哪里有危险，哪里就有人民子弟兵。八月的湖北，太阳炙烤着大地，天气变化多端，时而大雨滂沱，时而骄阳似火。尽管如此，廖庆春和他的战友始终发扬"人在堤在，人与堤共存亡"的精神，在大堤上执行着一项项抗洪任务，义无反顾地战斗在抗洪救灾中。

在抗洪一线，他和他的战友推车挥锹、抢运沙石，以最快的速度将沙石运送到大堤上；在抗洪一线，他和战友们不顾脚下陡坡的泥泞湿滑，小跑着搬运沙袋、加固堤坝；在抗洪一线，他和战友们临危不惧，三步一岗、五步一哨，分组分段加强巡逻警戒，防止大堤坍塌溃堤。

一天、两天……廖庆春和他的战友们舍小家顾大家，吃的是压缩饼干，住的是军用帐篷，从不说一声苦、叫一声累，用自己的行动，争分夺秒，历经40天的抗洪抢险，换取了人民的平安。

抗洪结束后，部队撤离抗洪现场，当地老百姓自发排成两行队伍送别战友们，一个村一个村地送，场面催人泪下。1998年12月，抗洪队伍回到部队后，上级表彰一批"抗洪功臣"时，廖庆春是其中一个，被部队记三等功一次。

投身公益不间断

"我们当兵出身的,能多做点好事就多做点好事,也是应该的!"他是这样说,也是这样做的。

在部队,廖庆春是一名军医。1992年10月,他考上广州军区卫生学校。凭着多年的医学经验,在新冠疫情期间,他经常主动参加社区的一些志愿者活动,深入小区宣传防疫知识,为小区居民测量体温等。在社区给他写的表扬信里,就有这样一句话:"廖庆春同志在小区还是一个非常热心和支持党支部、业主委员会和物业工作的好业主。"

在部队,廖庆春是政治处一名宣传干事。2002年1月,他转业至税务部门后,凭着多年从事宣传工作的经验,深入揭阳、梅州等地的企业宣传税收政策,帮助企业解决他们遇到的问题。

在部队,廖庆春是一名优秀共产党员。从部队转业到揭阳市税务局,再从揭阳调至梅州市税务局,不论走到哪里,他始终发挥党员模范带头作用,以身作则,践行为人民做好事的理念。

看!梅州市税务局成立文明交通志愿服务队,廖庆春走上街头,冒酷暑,顶严寒,与税务同事在繁忙路段参与交通志愿者服务。

看!梅州开展"创建全国文明城市"期间,廖庆春深入街头巷尾,开展义务植树、爱心捐款等各项社会公益活动。

看!梅州市税务局"创建全国文明城市"挂点社区梅县区程江镇西山村,廖庆春多次主动请缨参加慰问老人、打扫卫生等活动,受到老百姓的好评。

一个人做好事不难,难的是长期做好事。不管在部队,还是转业回到地方,廖庆春始终坚持把好事做到底。几十年来,他先后参与各类公益活动和志愿活动数百次,用实际行动践行了一名共产党员的榜样力量,多次被评为"优秀党员"。

从士兵到军官,从"抗洪功臣"到"梅州好人",廖庆春同志不忘初心,心中装着人民,心中始终铭记"为人民服务"这五个字,并用实际行动践行,赢得了"见义勇为好人"的口碑。

(发表于《南方日报》第A07版,2022-07-13;《梅州日报》第6版《特刊》,2022-08-31)

妈妈，您生我养我不容易

2018 年 11 月 10 日晚，广东中山市三角镇黄利街的战友黄信贤的老家灯火通明，热闹非凡，一片喜气洋洋。

黄信贤原来是武警广东省总队梅州市支队政治处司机，班长，上士警衔，退伍后长期在当地从事一些实实在在的生意，受到大家的赞誉。

这一天，黄信贤和他大哥、大姐及亲人们一起为他们的母亲庆祝 78 岁生日，来自四面八方的亲朋好友汇聚于此，一起见证这幸福的时刻。

六层的生日蛋糕摆放在小桌子上 2 米多高，犹如一座发光的小金字塔，几个"福""寿"大字嵌在蛋糕面上，格外引人注目。

蛋糕上顶层周围还插着八支点点星光的小蜡烛，上面写着："东小 88 届同学会祝黄老太福如东海，寿比南山。"

当生日晚宴进入高潮时，黄信贤的亲人们邀请黄妈妈一起切那美味的生日蛋糕。就在此刻，在场亲朋好友的目光一下子投向了摆放着生日蛋糕的方向，期待着黄妈妈许愿后吹蜡烛。

黄妈妈边说边笑，似乎有些不好意思。

然而，黄信贤的姐姐竟然高兴得抑制不住自己的激动心情，抱着妈妈亲了又亲；黄信贤的哥哥也不停地向亲朋好友挥手致谢。

过了一会儿，身高才 1.55 米的黄妈妈在心中默默地许了个心愿后，抬起头来想吹一吹比自己高出半个头的小蜡烛，似乎有些为难。

黄信贤看到妈妈不知所措时，二话不说，高兴地抱起妈妈，直到妈妈如愿以偿地吹好小蜡烛为止。

随后，黄妈妈切开了生日蛋糕，还来到每张酒席前向亲朋好友敬酒以表谢意，她甚至还情不自禁地为大家献歌献舞。整个晚上，黄妈妈高兴得合不拢嘴。

在场的亲朋好友看到这富有真情的场面，无不为之感动，不时响起了一阵阵雷鸣般的掌声。

其实，为人父母天下至善，为人子女天下大孝。

黄信贤的这一举动就足以看出他是一个有血有肉、有情有义、懂得感恩、孝行天下的儿子。

14岁就失去父爱的黄信贤，深深地感受到母亲一生务农不容易，一辈子辛辛苦苦把他们三哥姐抚养成人更不容易。黄信贤长大后，始终怀着一颗孝心：对母亲好一点！再好一点！

2018年11月11日，在"双十一"的好日子，黄信贤在他的微信朋友圈发出感人肺腑的心声："妈妈，您辛苦了，您生我不容易，养我不容易，一把屎一把尿把我们拉扯长大，我感恩您。昨天，在您78岁生辰大喜之日，亲朋好友都来为您祝福。我们作为子女，内心非常激动，非常高兴。我们一家人谢谢他们。妈妈，我爱您，祝您健康永在，开心常有！"

是啊，天大地大父母最大，感动天感动地孝感天地！

每个人在小的时候，父母亲都曾经把我们高高地抱起来。而如今，我们都长大后，您抱过父母亲吗？当您的父母亲踮起脚尖够不到东西时，您会赶紧抱他们起来吗？

一个细腻的动作，一个感动的镜头，一个温馨的视角，让我们想到了什么？

也许有的人几十年没抱过父母亲了；也许有的人想抱抱自己的父母亲总觉得不好意思；也许有的人因工作太忙，一直无法照顾病床前的父亲或母亲，更谈不上去抱一抱自己的父亲或母亲了。

父爱如山，母爱连心！

爱有多大，福有多大！

（发布于"点点星光"公众号，2018-11-13）

母校因感恩而多彩

有一颗感恩的心很重要，所有的人都要有感恩的心。我们福建省安溪县第三中学（现福建省安溪俊民中学）一九八七届（一九八四级）高中同学始终有一颗感恩的心，感恩母校、感恩老师、感恩同学。母校因你心怀感恩而多彩，母校因你饮水思源而自豪，母校因你知恩图报而丰富。

【20周年第一次聚会】

捐资助建学校大门

32 年前，我们带着美好的梦想，从山旮旯里的农村，肩挑大米和地瓜，几个同学一起翻山越岭，风雨无阻，来到了美丽的母校求学。三年艰苦而快乐的母校生涯，让我们结下了一份浓浓的同学情，拥有了一份纯纯的师生情，珍藏了一份满满的母校情。那时那刻，我们读懂了感恩，学会了做一个感恩的人，想着有朝一日一定回报母校！

岁月无情，仿佛就在昨天；同学有情，相约就在今天。2007 年大年初五，在赵志敏、颜古城等老师的关心支持下，我们分别 20 多年的老同学第一次相聚于久别的母校。想当年，母校那一草一木是那样的熟悉，母校那一砖一瓦是那样的迷人，母校那一桌一椅是那样的亲切。20 周年聚会现场，墙壁上高高悬挂着"母校恩深，同学情长"八个大字的横幅，深深地表达了我们同学的心声：用感恩的心回报母校的培育之情。

感恩母校，因为她是我们成长的摇篮；感恩母校，因为她是我们心中的灯塔；感恩母校，因为她是我们梦想的港湾……一首《相逢是首歌》把我们凝聚在一起，我们怀着一颗感恩的心，个个情深义重，你三百、我五百、你两万、我一万……捐款热潮一浪高过一浪，我们用实际行动捐资超过 15 万元，表达了对母校的点滴之恩。

众人拾柴火焰高，众人植树树成林。我们这一届同学齐心协力开展助学义举活动后，在学校历届领导的呼吁下，以及在政府、社会各界热心人士的支持下，共筹集资金 40 多万元，为母校修缮了学校大门。我们只是尽了一点微薄之力，然而，母校却为我们立传明德："阆山育俊民，桃李满天下。吾校高中 1987 届（1984 级）校友阔别廿载，重聚母校，感念同学情长，更录母校恩深，决议捐资助建学校大门。高情远致，拳拳之心回报培育之恩，薪火相传，助学义举当为世之楷模。"

【25 周年第二次聚会】

设立基金慰问同学

"我的老同学，你过得好吗？岁月如刀，刀刀伤人啊。我的老同学，我想念你呀！抛开一切，让我们醉吧……"

那首《老同学，你还好吗？》歌曲勾起我们对 30 年前那段风华正茂的高中年华的回忆。母校那条熟悉的林荫小道上留下了我们求学的足迹，母校那池塘边上的教室里留下了我们琅琅的读书声，母校那几棵大树上刻下了我们同学的名字。

老同学是一段难忘的岁月，是一坛陈年的老酒，是一首如梦的情诗。你是我们的同学，你是我们的同桌同学，你是我们的同班同学，你是我们的同届同学，一晃几十年过去了，你们还好吗？虽然经历了风风雨雨，但我们从来不离不弃，友谊珍藏心底，你中有我，我中有你！

感恩同学，因为你是我们难解的情结；感恩同学，因为你是我们幸福的陪伴；感恩同学，因为你是我们美好的回忆……

为了感恩老同学，留着老同学那种纯洁的情谊，2012 年大年初三，我们同学再相聚、再回首于 25 周年，在一首情意绵绵的《同桌的你》歌曲中，设立了一个小小的同学基金，我们倡导的原则是：自愿捐款、量力而为、用在实处、帮到点子。有了这份基金，我们用心呵护，用情维系，把同学之间的缘分与情感一直延续下来。有的同学生活遇到困难，我们会出现在他们面前；有的同学因故离开了我们，我们会来到他们亲属身边；有的同学及老师的父母"驾鹤西去"，我们会前往慰问他们的家人……

有一种感动叫同学情，有一种幸福叫情未老。同学依旧情未老，基金传递情更浓。我们这一届同学一定会更好地发挥基金的作用，在前行的路上坚持走感恩的路、做感恩的事、积感恩的德。

【30 周年第三次聚会】

一幅好字以谢师恩

无论相隔多遥远，仿佛你从未走远；无论分别多少年，好像你一直在身边；无论联络多与少，似乎你永远在心中。2017 年大年初五，30 周年的第三次相聚，让我们又回想起那份往事的情、那段朦胧的爱、那种相思的福。

同学情，一辈子亲。伴随着一首《我的快乐就是想你》的情歌，我们自娱自乐地举办了一场别开生面的同学聚会，简朴而不简单，没有任何彩排仪式，没有过多的花言巧语，只有一个大屏幕、几样小道具，加上那新颖的 PPT（指微软公司的演示文稿软件）展示的图文并茂的老照片，我们分享了"小七"丑情、情系师恩、师生情深、红雨情歌、一见钟情、两相情愿、情有独钟、异国牵情、鸿雁传情、金鸡报情、兵哥放情等十多个扣人心弦、寓意深长的节目，品赏了一次高潮迭起的情感文化大餐！

同学相聚，难忘母校，但最难忘的是我们最敬爱的老师。感恩繁星，因为她们点亮了夜空；感恩雨露，因为她们滋润了万物；感恩老师，因为他们播撒了知识。我们不时感慨，我们的师生情是纯纯的、青青的、美美的！我们的师生情是浓浓的、乐乐的、长长的！我们的师生情是满满的、香香的、久久的！

聚会现场，最引人注目的是那一幅"老师，您好"牌匾。为了表达对母校及老师的思念，我们的同学专程邀请中国书法家协会会员金新宇题写了"老师，您好"这四个大字赠送给母校。

那幅字，一个"老"字，笔画长长的，寓意师生情长；一个"师"字，寓意老师为人师表，一日为师，终身为父；一个"您"字，寓意老师的心中永远寄望学生学有成才，回报社会；一个"好"字，寓意老师"子女"多多，桃李满天下。

好一个"老师，您好"，深深地表达了我们同学对老师的崇敬之心。我们自豪地说：过去，我们是您的学生；现在，我们也是您的学生；将来，我们还是您的学生。我们永远是您的学生。我们永远都会记得：老师，您好！

［谨以此文献给安三中（俊民中学）七十五华诞，发布于"点点星光"公众号，收录于《俊民情思》，2019-05-29］

同学情，一辈子亲

有一种精神，叫众志成城；

有一种意志，叫越战越勇；

有一种心愿，叫梦想成真。

从不敢想象到变为现实，从不可能到挑战成功，从不敢做梦到梦想成真，我们走过的是艰辛路程，看到的是热心齐心，发挥的是团队精神，懂得的是知恩报恩。

母校给了我们平台，老师给了我们机会，同学们在赵志敏老师的鼓励下，在创业环境那么艰难的条件下，依然还是爱着母校，以母校为荣，大家你一千，我五百，纷纷用感恩之心表达自己的意愿。

这是一篇感恩文章，由 32 万元、148 个同学名字和每个同学捐款数字组合而成，多么的震撼！

举感恩旗，我们旗开得胜

世界上有一条很长很美的路，叫做梦想。

为了实现这个梦想，2019 年 10 月 28 日晚，福建省安溪县第三中学（现福建省安溪俊民中学）一九八七届（一九八四级）高中同学会李文泽会长举起感恩大旗，带头捐献 5 万元后留言："孤举者难起，众行者易趋，校长登高，咱们望远。"

紧接着，他看到前几名同学接龙后，又留言倡议大家："无中生有，有一就有二，有二出三，三生万物，百花争艳。"

当捐款总数突破 20 万元时，他感慨道："足见众多同学对俊民母校深情依旧，积少能成多，聚沙能成塔，百铁成钢，百人目标可期。"

同学们的一次次捐款，他总在真心歌颂："夕阳还言早，热情依旧高；涓涓细流汇成河，点点滴滴都是情；操千曲，观千剑，桃花朵朵开！"

在同学会倡议捐款过程中，他用不同方式一直在带领同学们做一件有意义的好事。他用"众人拾柴火焰高""感恩同窗爱戴""狂风骤雨都是情""点点滴滴都是爱""奔放的心"等激励人心的词语来不时发个红包，有时几十，有时几百，有时上千，从不吝啬，从不间断，为的就是那份爱。

当同学们捐款接龙突破百人大关后，他动之以情地留言："非常感谢我亲爱的 1987 届同学，瞧我们 1987 届同学热情威武又霸气'V587'。"

用"立场坚定、旗帜鲜明、自始至终"这样的词语来点赞李文泽会长对母校的那种无私与热情是最有意义的了。

2019 年，我们又为母校做了件好事

掌声响起来，同学站出来，爱心献出来。同学们总是群策群力，共同发力，抒写了感人之篇。

在异国他乡的何庆祥同学时常怀念母校，积极响应，捐款 5000 元，他留言说："安三中治学严谨，地灵人杰，有较深的历史文化底蕴，值得我们力所能及做点事。"

陈钦洲同学捐献 5555 元后，还留言：相信同学们一定会跟着会长一起努力！

最早表态支持母校建设的蔡绵田同学也在前面带头捐款 5000 元。

第一个带头表态捐款的苏金兴同学言行一致，在 2019 年 11 月 15 日零时上交捐款名单时，来个接龙 5000 元，与第一名李文泽会长的 5 万遥相呼应。

只要人人都献出一点爱，世界将成美好的人间。捐款不在乎多与少，重在参与，只要有一份心，点滴都是一份大爱。

苏四益、徐彬彬、陈克强三位同学的 2019 元，充分表达了"我们同学在 2019 年为母校做了一件有意义的好事大事"。女同学徐彬彬从外地学习

回到漳平后，主动捐款留言说："众人拾柴火焰高。"

与"87"相连的捐款情结

32年前的1987年，我们从母校高中毕业，从此，"1987"这个幸福的数字就一直烙印在我们的脑海里。

第二个接龙的苏东跃同学响应在前，捐款5187元，他在同学群里表达了自己的心意：1987届心连心，让我们难以忘怀，寓意为"我爱八七"。

颜庆鹏同学听到同学会为母校号召捐款的消息，立即第三个接龙捐款5987元，意为"我们八七届同学长长久久"。

我二话不说，积极响应捐款5287元，表达了他那种"我要八七"的美好心愿。

黄木成同学在突破百名捐献的基础上，主动接龙101名捐款5087元，充分刻画出：我们是母校1987届学生，愿同学们越来越好，更上一层楼。

1987元是李大波同学第一个捐献的数字，他要表达的意愿是"我们是1987届学生"。

王种志同学看到同学们的捐款热情深受感动，在原来捐款1000元的前提下追加到1987元，陈德城同学也捐献1987元。两人的捐献，象征着"1987年我们在母校毕业"。

黄坤春同学捐献的2187元象征着"还爱八七"。

李革秋是我们1984级同一级同学，一年后，他转学安溪一中，他所捐的1985元表达的意思是"我虽然离开三中到一中读书，但我们要以母校为荣，永远和同届同学心连心"。

陈有树同学的1087元告诉大家"我们是八七届同学"。陈福泉（全）同学捐款的870元寓意为"八七们"。

早早就捐献587元的许建财同学和蔡明雅、黄运发、杨秋发、苏动结、许仕艺、李水宫、苏爱治七位同学献出的587元不谋而合，都是表达同一层意愿：我是八七届学生。

再困难，也要捐！不差这一点

总有一种知恩报恩的情叫母校情，总有一种割舍不断的情叫师生情，总有一种燃烧不尽的情叫同学情。

有一位同学叫肖金转，常年都毫无怨言，默默地为我们同学会基金会做了许多工作，他积极响应，成为捐献3000元的第一人。

李炬艺同学心系母校，早早接龙3000元后，亲自和同学们参观校史馆筹建现场，11月6日晚，他还留言："今晚人数已进入半百了，总目标可期可突破。"感动之余，还发个了红包并备注：祝校史馆早日落成。

李进源听说同学们为母校发动捐款的感人事迹，立即入群，接龙捐款3000元，成为11月8日突破百人大关后第104位"圆满收官"之人，11月9日凌晨2时多，他激动地留言说："我们的同学今晚在炬艺同学家里补了冬，2019年的冬季一定是最有正能量的，2019年的冬天将更加有新收获和惊喜！等待着……母校永远是滋润我们生命的源泉，让我们继续前行！"

在天涯海角做生意的董显然由于这几年经济不景气，生意非常低迷，他说："再困难，也要捐个3000元，不差这一点，这是母校的大事！"

李全福同学悉知后，由原来的捐献2000元追加至3000元，用心支持母校捐建校史馆这件大事。

其实，家家都有一本难念的经。同学们生活也很不容易，但同学们的真情感动了母校。李保国、苏清茶、林松辉、黄聪吟、吴全民、叶财生、李立承、陈忠明等共有16人，每人捐献3000元，纷纷表达了自己的心愿。

捐款接龙，红遍湖头三中大地

没有拆台只有补台，没有局部只有整体，没有分心只有合心。

早在我们没发动捐款之前，在广东开平医院工作的李志腾就第一个捐献2000元给母校。

张文井是个很热心的同学，他不但主动捐款2000元，而且还转告其他同学，让同学的心跟着接龙走。

苏良武同学得知同学们正在倡议做好事时，不到一分钟就主动接龙捐款2000元。

你看，许柏龄、张象稳、谢文辉、沈乌洋、苏文泉、李小全、黄科双、李小焕、李自绿以及黄永治、廖小梅夫妻等共有17人，每人捐款2000元，用实际行动书写感恩篇章。

半个多月来，夜里总是那么激情、那么浪漫、那么美好、那么难忘。

郑辉荣同学说："永远的母校，永远的恩师，永远地铭记于心！"

陈仁筑同学捐款1000元后，看到同学们的捐款热情十分感动，11月9日凌晨2时多，留言说："冬天一把火，红遍湖头三中的大地，也让同学感觉到，母校对我们的关爱。"

在湖南长沙做生意的苏连忠一听说母校要建校史馆，就积极响应，在第一时间接龙第七位捐款1000元。

从捐款的名单看，由李和振（李和上）、苏景明、黄文坚、李剑峰、陈木（文）强、黄清海、赵永宏、吴建林、苏振炎、汪安全、许火生、黄修挑、廖文玉、钟新文、苏洪松、唐义金、郑辉荣、何华生、沈有得、苏青年、汪桂清、王宗标、白春阳、陈仁筑、李瑞昌、郑向阳、张伟明、苏闯明、苏建来、陈玉玺、苏三明、王安国、王月明、王瑞发等共有45人的团队，形成了"互信就是力量，团结就是力量"的精神。

吉祥数字表表心意

李淑端、汪上海和李培育同学的508元、钟炳贵和林再添（天）同学的518元、阮锦良同学的528元、许连丁同学的578元和陈辉彰同学的580元、李金标和苏金火同学的588元、苏尚斌同学的800元、李彬彬同学的880元和苏佳美同学的888元，这些同学的捐款数字都离不开一个吉利的数字"8"，他们的美好心愿就是希望母校辉煌兴盛，人才辈出。

陈梅花、陈新木是我们的姐弟同学，当他们在我的朋友圈看到我的文章后，打电话给我，为自己不知情感到内疚，并马上发红包各捐500元，表达对母校的点滴之恩；李锦波、苏明瑞（良）、董成彪、苏初升、李柏春、陈贵顺、黄海韵、余杜趋、陈梅花、陈新木 10 位同学的 500 元，5 和 6 的数字联系在一起，那就是"我们的同学顺顺利利"。叶建强同学的 519 元，象征着"我们同学要长长久久"。

苏鹏飞和黄拱照同学捐款 600 元，李安榕、苏志纲和钟松标三位同学捐献的 666 元和黄新建同学的 999 元，都是一个心愿：祈祷母校和同学们事事大顺、天长地久！

"女神同学"不吃猪肉也要建校史馆

我们的快乐就是想你！在同学时代，我们的女同学个个长得很美，留给我们的是幸福快乐的记忆，30 周年同学聚会那天，我们送给所有女同学一句心里话：你们永远是我们男同学心中的"女神"。

"女神同学"陈七妹捐款 1000 元后，每天看到同学群非常热闹，感激地说："你们把大家拢在一起，足见你们大格局。我们同学不吃猪肉也要建校史馆，很感动！"

当捐款总数超过 29 万元后，还有"女神同学"苏淑丽、李吉、许丽珍、王爱珍、李桂珍、李丽娟一个个接龙接个不停，每人捐款 1000 元，等等，他们让爱心行动一步一步地向 30 万元靠拢。

爱心的脚步从来没有停下来过，"女神同学"黄阿凤、李小葱、李爱华每人捐款 3000 元，李小黎、苏秀恋、陈美珍、许素凤每人捐款 2000 元，郑小玲、谢秀凤、李巧滨每人 1000 元，筑成一道道亮丽的风景线。

不一样的表达一样的爱

我们都是母校人，我们深深地爱着自己的母校。

陈水强、苏良益、苏棉花、李春兰四位同学捐献的 520 元，一看到这个数字，大家都想在一起了，他们要表达的意思是"我爱你同学"，尤其是苏棉花同学与其他同学在争夺攻关 100 名时拿下了这"百名大关"的吉利数字。

这一个个"520"的背后告诉我们，无论你我相隔多远，就算是天涯海角，我们心中永远爱你。

苏良益同学在人生过程中遇到难以想象的家庭问题，但他仍不忘母校，心系同学，将他心中的爱洒向了母校。

其实感人的故事还有很多。

杨月红同学自愿捐款 300 元表达对母校的一点心意；郑炳林、李勇林同学由于特殊原因没有在群里接龙捐款，但他们始终没有忘记母校的恩情，当听到母校要建校史馆时，每人毅然慷慨解囊 300 元支持母校建设，3 的谐音就是"生"，象征着"我们同学一生一世爱着母校"。

连续突破"10 万、20 万、30 万"三大关

没有强召，只有号召。李朝晖同学带领医院团队创新推出的"共享药房"，在全国得到肯定和推广。10 月 26 日，刚在央视《焦点访谈》亮相的李朝晖同学，工作之余不忘母校捐款之事，捐赠 5000 元。在摸底时带头表态的林棋楠同学时时刻刻在关注同学们的热情，他说："我要等到捐款数目快到 10 万元时，来个突破。"果然不出所料，10 月 31 日晚，他们俩各捐献的 5000 元让捐款总数一跃突破了 10 万元。

捐款活动一天天在进行，数目一天天地增加。同学们的热情也越来越高，当捐款总数达到 13 万多元时，长期关注此事、热心的陈水渠同学于 11 月 3 日上午捐献 2 万元，使捐款总数超过 15 万元，他还留言说："在赵校长的领导下，祝安溪三中越来越好，为国家多培养人才。"

没有强求，只有征求。在短短的几天时间里，爱心接力一波又一波，16 万、17 万、18 万、19 万……11 月 7 日晚，长期以来关注支持母校热心事业的陈景山、傅革虹夫妻同学捐献 3 万元后，一举突破 20 万元，连升三级，超过 22 万元。

没有不愿，只有自愿。在捐款过程中，每位同学都是自愿捐款，同学们的心激动得此起彼伏，在连续突破 10 万、20 万元大关后，捐款浪潮一浪高过一浪。

11 月 11 日，也就是"双十一"那天晚上 7 时，同学们个个捐款热情非常高涨，当捐款临近 30 万元时，许仕艺同学马上捐款 587 元，使捐款总数轻松突破 30 万元。

看到十多天来同学们那种激情澎湃的捐款干劲，母校的现任校长赵志敏老师还留言写道：衷心感谢 1987 届高中校友对母校的鼎力支持！母校以你们为荣！

母校情像一首老歌，母校情像一首好诗，母校情像一杯老酒。从担心到热心，从发动到感动，从低潮到高潮，我们的同学始终只有一个目标，既然做了就要做得最好！

截至发稿时止，捐款人数达到 148 人，捐款总数超过 32 万元，其中万元以上 4 人，5000～6000 元共 10 人，3000 元共 16 人，2000～2999 元共 17 人，1000～1500 元共 45 人，300～999 元共 56 人。

我们最难忘的日子，就是一连几天的众志成城。

还记得吗？捐款接龙名单从 11 月 6 日的 54 人上升至 11 月 7 日的 73 人。

还记得吗？11 月 8 日是立冬之日，但同学群有一种非常温暖的感觉，是捐款人数最多的一个晚上，从 11 月 7 日捐款人数的 73 名一跃升至当天的 104 名。

还记得吗……

历史永远记住我们，我们这些 1987 届（1984 级）高中同学用心为母校谱写了一曲动人篇章。

一路走来，有你们更添彩！

一路走来，有你们更精彩！

一路走来，有你们更出彩！

（发布于"点点星光"公众号，2019-12-20）

75，我回家

在一代名相李光地故里、中国历史文化名镇湖头古镇，有座美丽的福建省安溪俊民中学（原安溪三中）学校。她创办于1944年，迄今已有75年历史。

2019年12月21日，我们的母校在这里举行了建校75周年庆典活动，他们的主题是："75，我回家"。

这一天，是激动人心的日子；

这一天，是永载史册的日子；

这一天，是见证回家的日子。

家是最小国，国是千万家。刚刚走进雄伟壮观的家门口"北大门"，一幅巨型而醒目的"75，我回家"的字幕展现在我们眼前，此时此刻，让我们重拾学生年代那琅琅读书声的记忆。

回到这个温馨的家，我们看到，山还是那座山，风景秀丽的五阆山；祠还是那座祠，古香古色的贤良祠；树还是那棵树，万木争荣的大榕树。

回到这个温馨的家，我们发现，母校环境优美，日新月异，不亚于一座美丽的"大学校园"，你看，体育馆、地理园、生物园、和声楼、振羽楼、学生宿舍、师生食堂、秀成楼、新秀楼等等，一幢幢崭新的大楼拔地而起，令人心旷神怡！

回到这个温馨的家，我们读懂，正是历届学校领导和老师们那种"春蚕到死丝方尽，蜡炬成灰泪始干"的无私奉献精神，培养出一代代优秀的"俊民校友"。你看，《榕村记忆》里记载有1997年当选中国工程院院士的陈火旺，有做出突出贡献、享受国务院政府特殊津贴的专家李鸿烈，有现任退役军人事务部部长裴金佳，有泉州市原市长李建国，等等。

回到这个温馨的家，我们回忆，那历史的悠久、文化的底蕴，勾起了我们许许多多难忘的昨天。

俊民中学坐落于风景秀丽的五阆山下，由湖头李氏宗亲发起，依托一代名相李光地读书讲学旧址——"榕村书屋"，于1944年创办。经历了70多年风雨的洗礼，学校多次易名。

这就是我们的家，我们为自己的家史感到欢欣鼓舞，喜出望外。

虽然这是个简朴而庄重的历史时刻，但在这个有着75年历史的老家，我们望了望那个由1987届（1984级）高中同学集资32万多元捐建的校史馆，翻了翻那本厚厚的纪念册《榕村记忆》，读了读那本浓浓的校友随笔汇编《俊民情思》，数了数那本收藏了3万多个名字的《校友名录》，看了看那个生动的专题片《接力梦想，再续华章》。通过这五件大事、好事，我们深深地读懂了母校的用心、老师的用情、职工的用力，大家付出了长期艰辛，才有这可喜可贺的成果。

一篇篇文章，感动着我们一届届芸芸学子。

一张张相片，催发着我们一批批菁菁学子。

一个个名字，激励着我们一代代莘莘学子。

七五功名尘与土，万千里路云和月。

一路走来，母校风雨沧桑。

一路走来，母校教书育人。

一路走来，母校桃李芬芳。

母校，您是一支明炬，照亮了祖国大地。

母校，您是一颗明珠，照耀了世界东方。

母校，您是一轮明月，照亮了一湖一路。

我们永远祝愿母校欣欣向荣，英才辈出！

（发布于"点点星光"公众号，2019-12-24）

农村孩子一样可考上清华北大

2001 年正月，陈丽娜在福建安溪白濑乡下镇村待御潭呱呱落地，一个可爱的小生命从此与这个村庄结下了浓厚的情谊。在她出生那个年代，待御潭地处偏僻，交通不便，是下镇村里的一个村落。她热爱自己的家乡，经常回老家看看这个山清水秀的地方，看看她的父老乡亲。

由于父母亲早在 20 世纪 90 年代就到厦门谋生，陈丽娜从小就跟随他们在厦门读书。"我们从 1994 年来到厦门打工，在厦门从事装潢行业，考上北大的陈丽娜是我的大女儿，2001 年正月在下镇出生。"父亲陈建福说，"我本人初中没有毕业，文化程度比较低，根本不懂得辅导小孩读书。我们到了厦门后，小孩读书全部靠她自己，她平时读书都很认真，没有让我们操心过。"

也许有人会说如果不去厦门求学，她就不可能有今天上北大的机会。其实这话不完全对。陈丽娜说，中考时，厦门约有 3 万名考生，她却处于 1800 多名，虽然荣幸地进了学校的"定向名额"，但自己怎么也想不到三年后可以考到全省文科第 18 名。

由于清华大学在福建只招两名文科生，清华大学是更加偏重理科的；而北京大学在福建招收 20 名文科生，北京大学相对来说是偏文科的。经过综合考虑，他们决定选择北京大学。

"高三下学期，她的成绩波动很大，有时年级二三十名，也有过 90 多名的时候。但其实这些都不重要，最重要的是我的目标明确，也就是在高考时发挥出自己最好的水平。"陈丽娜谈了自己奋斗的经历，"幸运是努力到拼就开始起作用，唯一不会辜负你的就是努力。学习就像是按压弹簧，不触底怎么能反弹呢？今日的低谷是为了明日更美的风景。"

可见，如果自身不努力，再好的学校也不可能一蹴而就。学校的学习环境固然重要，但不是起决定性作用。后天的努力、自身的努力比什么都重要，她从小就锁定了努力前行的目标，锁定了超越自我的意志，锁定了走向成功的方向。

总之，我们不要埋怨自己出生在农村，光脚的不怕穿鞋的，在农村出生的孩子，经过努力来改变命运，都有可能考上清华大学、北京大学和其他名牌大学。

家庭的熏陶一样可上北大

陈丽娜的祖祖辈辈都是面朝黄土背朝天的农民，父母亲虽然自身文化程度不高，不可能像许多人想象的那样创造条件去辅导小孩读书，在没有任何背景、任何资源的情况下，父母始终给予小孩最好的读书条件，从来没有让她在经济上有过什么烦恼，同学们有的她都有。父亲的一手好字不时地熏陶着她，母亲总是在她写作文时给她很多好的建议与意见。父母在她成长过程中总是给予无微不至的关心，自始至终鼓励她好好读书。

可见，一个良好的家庭氛围可以熏陶孩子的思想、性格和品德。三分天注定，七分靠打拼。陈丽娜靠的是她"没有人是生来优秀"的心态，靠的是她"有梦想一定要敢做"的理想，靠的是她"给自己一个制定更高标准的机会"的胸怀，一步一个脚印地走向北京大学。

总之，我们不要忽略了对小孩的家庭教育，用自身的言传身教熏陶好孩子，让他们一开始就扣好人生第一粒扣子，经过努力来改变命运，这样他们都有可能考上清华大学、北京大学和其他名牌大学。

励志的女生一样可上北大

"女孩子读那么多书干吗？迟早也要嫁出去的！"过去，在农村，有些人重男轻女的思想尤其突出。陈建福是农村的"二女户"，但他有着先进的思想，他说，这个新社会男女都一样，只要小孩会读书，我们再穷再苦也要供她们读好书。

陈丽娜从小就立志要好好读书。"我不是'学霸'""我不是'黑马'""我不愿做'学渣'""幸运是努力到拼就开始起作用"，这些非常励志的心里话，一直激励着她做一件事：我们最重要的目标是在高考时发挥出自己最好的水平。

如今，她的成功告诉我们，在这个新时代，每个女生都是奔跑的人，都是追梦的人，经过努力，都有可能成为一代骄人。总之，我们不要轻视自己是女生，要树立远大的志向，机会总是留给有准备的人，经过努力来改变命运，都有可能考上清华大学、北京大学和其他名牌大学。

好一位"学霸"，好一位女生"学霸"，好一位农村出生的女生"学霸"！

（发布于"点点星光"公众号，2019-07-03）

高龄父母与"二孩"的 "不代沟"教育

　　二孩生育政策实行后，我们拥有了一个可爱的二孩，在充满幸福的日子里，我们夫妻俩也常常相互提醒，要从小教育好孩子。由于我是个"奔五"的人，妻子也已四十出头了，我们与小孩都有着代际的距离，如果我们再用传统的老办法去严厉教育二孩，那未必有好的效果。于是，我们采用"不代沟"教育，让不到三周岁的二孩接受良好的熏陶。

言传身教传礼节

　　儿子刚满两岁不久的一天，我开着小车载着儿子，儿子自言自语，冷不丁爆出一句"他妈的"，我顿时愣了。

　　这是我第一次听到儿子这样的一句"国骂"。坏事！我常挂在嘴边的"国骂"被儿子学走了！怎么办？如果我按老办法当场批评他，他肯定不会接受；但如果不指出来，以后这个口头禅就可能会被他"继承"。

　　于是，我转过头，伸出右掌，在他面前摇了摇，心平气和地说："儿子，不能这样说！很难听的！"儿子似懂非懂，静静地看了看我，却默不作声。而我静观其变，就是不主动跟他讲话，注意观察他有什么反应。没想到，一路上儿子也不吭声。

　　此后，我时刻注意自己的言行，可是，要改变坏习惯不是一两天的事。

　　时间大约过了半个月，有一天晚上九时许，我在家里与一位朋友通完电话，心情不好，便脱口而出："他妈的！烦死了！"

这时，站在旁边、正在逗着鱼缸里的小鱼的儿子走到我面前，机灵地看了看我，嬉皮笑脸地说："不能这样说！很难听的！"顿时，我开怀大笑，脑海里忽然想到：儿子说的这句话，不就是上次我提醒他的吗？怎么现在他反过来教我呢？此时此刻，我马上主动向儿子承认错误，意味深长地说："儿子，爸爸说臭话了，要掌嘴的，这样是不文明的！"

时间大约又过了半个月，我们带着儿子正准备走出家门口，我的老毛病又犯了，一句"国骂"飘然出口，儿子一边穿鞋，一边指出："听，爸爸说臭话啦！"他说话风趣，惹得我们一家人捧腹大笑。随后，我对他循循善诱："爸爸刚才那句话很难听，不文明，来，掌一下爸爸的嘴。"话音刚落，儿子在我的脸上轻轻地拍了一下。

父母的一言一行都会成为孩子的榜样。40多岁的年龄差距不会成为儿子学习的"代沟"，当然也不能成为父母教育儿子的"代沟"。我们一直把儿子当好朋友，相互尊重，在言传身教中引导他养成文明、礼貌、开朗、热情的好习惯。

偶尔遇见穿着快递标识、手里拿着快件的年轻人，儿子会小声地叫他："快递叔叔、快递叔叔。"

出入小区，儿子要么叫我们停下车，喊一喊"保安叔叔"，要么走上前去叫一叫"保安叔叔"。

走出家门，看见正在走廊打扫卫生的阿姨时，儿子都会亲切地跟她"阿姨长阿姨短"，乐得那位阿姨每次都夸他"你真棒"，对我们说"你儿子很有礼貌"。

主动问好可以开启与陌生人的友好交往。每次听到儿子这样礼貌地叫人，我们打心里感到幸福，咱儿子没白教。

抓住时机学感恩

时间过得真快，儿子已经两岁半了。2019年9月，我们决定把他入托到幼儿园"小小班"进行学龄前教育。

儿子入园的第一天，下午放学时，家长们陆陆续续接走了自己的心肝宝贝，然而，由于工作原因，我和妻子一时脱不开身，无法出现在儿子的眼前，儿子等着、盼着爸爸妈妈早点来接他回家。

老师看见他可怜兮兮的样子，递给他一颗小小的葡萄逗他开心，儿子接过葡萄，小心翼翼地放在手心里。老师见他无动于衷，问："榕铮，你怎么不吃啊？"儿子支支吾吾地说："留给我妈妈吃。"

随后，老师又拿出山楂片给他吃，儿子接过山楂片，还是舍不得吃。

老师问他："榕铮，你怎么还不吃啊？"儿子却奶声奶气地说："这个留给我爸爸吃！"

老师非常感动，一下子拿了两颗葡萄给他，儿子这时才张开小嘴，吃得津津有味。

老师说的这个"感恩故事"，让我和妻子感动不已，幸福感油然而生。

其实，自从儿子咿咿呀呀地学会讲话，我们就开始引导他，教育他，让他从小懂得感恩。与老人家一起吃饭，我们会不厌其烦地教他"要先给爷爷奶奶夹菜盛饭"的道理；比他大17岁的姐姐故意与他争东西时，我们会再三叮嘱他"姐姐最疼你，好东西要舍得给她"；他与小朋友一起争夺玩具时，我们会耐心细致地教他"要与大家一起分享"的道理……

久而久之，儿子就懂得了"共同分享才快乐"。

鼓励冒险任飞翔

一个周末的上午，天气格外晴朗。梅县新县城广场"车展"热闹非凡，人山人海。

看完"车展"，我们来到了广场一角"蹦极跳床"的小小游乐园，几个小朋友正在几张蹦床上欢快地上蹿下跳。

为磨炼儿子的勇气，我引导他："那蹦极好好玩，你去跳一跳好吗？"

儿子爽快地说："好！你看着我哦。"

过了一会儿，蹦床才有空位置，儿子走进蹦床，老板帮他绑紧了腰间的安全带，然后，通过两边高高竖起的铁杆顶端的蹦极绳用力往下拉，将多余的绳子绑在铁杆上。

刚开始，儿子两手紧紧地抓住绳子，两脚偶尔在蹦床上来个"蜻蜓点水"，我看得出他有点提心吊胆。这时，我不停地鼓励他说："儿子，勇敢点，跳，再跳，快啊！"

当他慢慢抬起脚尖用力下蹬了个小高度时，我教他用自己平时喜欢而常用的玩具"钻地机"的方法，大声说："不要怕，跳，用力，用力跳……"

儿子也许摸索到蹦极的窍门了，越来越勇敢，越跳越高，我情不自禁地喊道："哇！好高哦！超级厉害，超级棒！"

儿子跳得越高，我越是大声夸赞他，儿子不停地变换姿势，双腿要么前蹬，要么后踢，像小"孙悟空"一样飞来飞去，玩得不亦乐乎。

突然，儿子脚一蹬，在上跳时头部往后一仰，来个"鲤鱼打挺"，我吃了一惊，担心他会翻倒在蹦床上。没想到，他很快头一抬，又来个"彩霞飞舞"的姿势，把我逗得合不拢嘴。

一连几分钟，我一边拍摄，一边喜笑颜开地给他点赞："勇敢的孩子，这个小朋友好厉害！"

儿子兴奋不已，犹如一只小小的鸟儿在空中勇敢自由飞翔，动作优美，或高或低，或仰或俯，那一刻，儿子的脸上洋溢着无穷无尽的欢乐，那甘甜的笑声飞向蔚蓝色的天空。

（发表于《梅州日报》第 7 版《家庭》，2020-01-09）

继续执笔书写 "税务蓝" 风采

——《南方日报·梅州观察》采访作者特别报道

《警营里的"好妈妈"——记爱兵如子的张其香》《梅州武警"第一拳"——赵干登》《63亿元背后的"摇钱树"》……一张张泛黄的剪报，记录着梅州过去30多年里发生的各类故事，而这些剪报的作者都是同一个人——陈诗良。

他曾经是一名驻守梅州的武警战士，后来脱下"橄榄绿"，穿上"税务蓝"，成为梅州市税务局的一名干部，继续用手中的笔讲好税收故事，为梅州发展建言献策。

立功受奖　笔耕不辍

在一张泛黄的老照片里，一群参加抗洪的武警战士正拿着铁锹把淤泥和垃圾铲到车上，他们浑身都是泥浆。拍下这张新闻照片的就是陈诗良，拍完后，他又迅速放下相机和战友一起投入灾后清理工作中。

陈诗良，1970年12月出生于福建省安溪县，19岁入伍。当年，部队的东风车载着他们一群新兵从家乡来到梅州，"没想到在这里一待就是34年"。

1992年9月，陈诗良考上梦寐以求的军校，从一名士兵成长为一名警官。17年的军旅生涯中，他曾参加扑救山火、抓捕罪犯、抗洪抢险、看押执勤等任务，多次立功受奖。

在部队，陈诗良养成了写作的爱好。"当时我写了一篇稿子就哼哧哼哧地骑自行车送到报社，军装都来不及换下，就为了可以早点发表。"陈诗良说。

从刚开始只能发表"豆腐块"内容，到后来的长篇通讯、人物纪实、理论文章，陈诗良通过坚持不懈的努力，赢得了大家的认可。30 多年来，他先后在《人民日报》《解放军报》《人民武警报》《南方日报》等中央、省、市报刊发表文章 4000 多篇，曾著书《点点星光》《滴滴心语》《围龙税月》。

如今，陈诗良的笔触从记录身边的生活，到关注梅州的发展，写下了《用心谋划梅州建设省际交界地区节点城市发展思路》《扛起"推动红色苏区绿色发展"的责任担当》《解放思想，走好梅州苏区新的"赶考之路"》等理论文章。"我是闽南人，身上有一种'爱拼才会赢'的精神，我更希望梅州可以发展起来，跑起来！"陈诗良说。

战友情深　伸出援手

"黄景芬，500 元；邓长稠，500 元；余益雄，300 元……"在一本厚厚的文件夹里，陈诗良用心记下一笔笔捐款。近年来，只要听到哪个战友遇到困难，他都第一时间伸出援手，发动大家捐款。

在陈诗良的心里，从军 17 年给他留下了一大笔宝贵财富，那就是深深的战友情。

"退伍老兵身患重病，因家庭贫困无法治疗，8 年来一直卧病在床。热心战友在微信朋友圈连发 3 条求助信，很快，全国 10 多个省市的爱心人士争相呼应，筹集了 10 多万元爱心款……"那位"热心战友"就是陈诗良，他为这名退伍老兵撰写了 10 多篇文章，希望呼吁更多的人来帮助他。仅这一次，就筹集善款 27 万多元。

"有一个名字叫中国武警，有一种情怀叫军人本色。当兵后悔三年，不当兵后悔一辈子；我不能当一辈子的军人，但我要用一辈子的情怀帮助战友！"陈诗良一字一句认真地说。

虽然已经脱下军装，但陈诗良时刻不忘自己曾经是一名军人，他先后撰写了《救救我们的兄弟吧！救救我们的梅州武警老战友吧！》《"梅州"，不哭！》《有你，才有韦奇的生命》等几十篇文章，呼吁爱心人士帮助战友。

血脉赓续　家风传承

军人有铁血也有柔情。在陈诗良的家里，记者发现了一个奖杯，上面"最棒的爸爸"几个字的笔画十分稚嫩，这是儿子送给他的手工礼物。在儿子的心里，他不是刚毅的军人，也不是严肃的税官，而是个温柔的好父亲。

"女儿出生的时候，年轻的我一门心思都扑在部队工作上，对妻子和女儿的照顾比较少。二宝出生以后，我才理解了妻子生育的辛苦。"陈诗良带着愧疚说。

陈诗良的妻子 40 多岁才生"二孩"，她说比年轻的时候辛苦很多，"他每次都陪我去产检，孩子出生后又无微不至地照顾我，他就是我最坚强的精神支柱！"

每天下班回来，陈诗良都会陪儿子玩耍，有时父子俩还会扮演警察与小偷，陈诗良希望用游戏的方式教会儿子做人做事的道理。受父亲的影响，这个只有 5 岁的小男孩特别崇拜军人，常常缠着要陈诗良讲述军人的故事。

陈诗良还专程带儿子去武警中队参观战士训练生活，"我希望让他更深入了解军人，尊重军人，在心里种下'当兵光荣'的种子"。有一次在回来的路上，儿子就骄傲自豪地对陈诗良说："我们家是个'光荣之家'！"

（记者：陈萍，发表于《南方日报》第 A02 版《梅州观察》，2022—07—27）

附　录

作者摄影并发表的部分图片

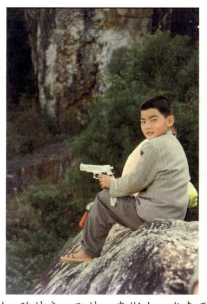

山里娃

有志山里娃，
"手枪"手中拿；
长大参军去，
为民保国家。

（摄影：陈诗良；配诗：李彬生；发表于《梅州日报》，2004-11-12）

小小装茶师

（发表于《梅州日报》第 7 版，2015-04-02）

227

我和小熊谁更萌

（发表于《梅州日报》第 7 版，2014-12-01）

织竹篮

（发表于《梅州日报》第 7 版，2014-12-11）

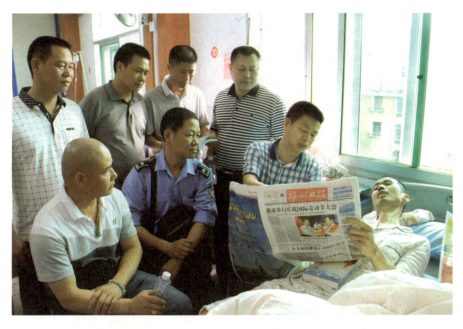

梅州战友携善款并带上《梅州日报》探福建老兵陈开盾

（发表于《梅州日报》第 4 版《民生一线》，2015-05-14）

减税降费宣传走进社区

（发表于《梅州日报》第 3 版，2019-03-15）

梅州市税务局组织青年志愿者将个人所得税和减税降费政策送进企事业单位
（发表于《中国税务报》第 B2 版，2019-04-08）

梅州市税务局联合梅州市工商联组织部分企业代表开展减税降费税企互动交流活动。图为税务干部向纳税人宣传减税降费政策

（发表于《中国税务报》第 A2 版，2019-04-16）

梅州市税务局落实支持疫情防控和复工复产的各项税收优惠政策，帮助企业"加油提速"，增强企业信心

（发表于《中国税务报》第 2 版，2020-05-11）

蕉岭县税务局深入广东塔牌集团蕉岭分公司文福水泥厂，送上新春祝福和税收优惠政策，让企业员工感受"就地过年"的融融春意

（发表于《中国税务报》第 B4 版，2021-02-08）

梅州市税务部门组
织 3 支 "税收惠民办实
事" 业务咨询团队分组深
入 30 余家陶瓷企业开展
"一对一" 上门宣传辅导
（发表于《梅州日报》
第 2 版，2021-04-18）

梅州市税务局、大埔县税务局联合组织当地陶瓷协会会员单位人员，
走进三分陶瓷大卖场开展 "税务春风助旺千年窑火" 活动，为企业办实事
（发表于《中国税务报》第 B2 版，2021-04-19）

梅州市税务局最近加大制造业企业服务力度，组织税务干部为企业开展税收优惠政策辅导。图为税务干部为财务人员讲解研发费用加计扣除政策

（发表于《中国税务报》第 A3 版，2021-04-27）

寓教于乐，陈诗良跟"二宝"一起练站立，做俯卧撑，玩"打枪"，练"马步冲拳"

（发表于《梅州日报》第 10 版，2020-02-24）

我们家是个"光荣之家"

（发表于《梅州日报》第 7 版，2021-11-06）

后　记

有情怀才能走得更远

2022 年 6 月 1 日，时隔 20 年，我再次被评为"2021 年度南方日报社积极通讯员"，内心感慨：有情怀才能走得更远！第二天，就有了出版《情怀筑梦》一书的念头。

当兵 17 年，从税 17 年，有苦有累，有酸有甜，我收获最多的就是能够及时把身边的正能量弘扬出去，并结集出版《点点星光》《滴滴心语》《围龙税月》三本书，书中留下的是心血与情怀。

有情怀才能走得更远！带着情怀，饱含泪水，翻开泛黄的剪报册，浏览历史的公众号，回忆美好的往事，费尽心血把情感文章凝聚成新的作品集《情怀筑梦》。出版前，高中老师赵志敏语重心长地对我说："人，一定不能骄傲！"我深知，我的情怀永远都在路上。不管走到哪里，我都会坚持日日行、常常做，做一个有情怀、有梦想的人。

在《情怀筑梦》一书出版之际，我感恩国家税务总局梅州市税务局和武警部队领导、同事、战友对我一直以来的关心与厚爱；我感恩社会各界人士对我出版本书的点赞与给力；我感恩新闻界、文学界、书法界朋友对本书的支持与指导；我感恩广东人民出版社编辑同志对本书的用心与付出；我感恩暨南大学新闻与传播学院名誉院长、教授、博士生导师，南方日报社原社长范以锦为本书作序；我感恩中国作家书画院副院长，中国作家协会会员，中国美术家协会会员，广东省作家协会原主席、党组书记兼《作品》杂志社社长廖红球为本书题字。在此，我表示衷心的感谢和致以崇高的敬礼！

由于时间仓促，难免有误，敬请指正！

2022.11.18